Johann Jung-Stilling

Briefe Jung-Stillings an seine Freunde

Verlag
der
Wissenschaften

Johann Jung-Stilling

Briefe Jung-Stillings an seine Freunde

ISBN/EAN: 9783957009265

Auflage: 1

Erscheinungsjahr: 2016

Erscheinungsort: Norderstedt, Deutschland

Briefe Jung-Stillings

an seine Freunde

Berlin 1905

Verlag von Wiegandt & Grieben.

Vorwort.

Unter den Papieren meines sel. Vorgängers im Amt fand sich ein Paket mit Briefen, die mein Urahne Jung-Stilling geschrieben hatte. Das gab vor Jahren die Veranlassung, daß ich einige kurze Auszüge aus diesen und etlichen anderen Stillingsbriefen im „Christlichen Volksboten aus Basel" veröffentlichte. Wiederholt trat seitdem die Frage an mich heran, ob die Briefe nicht einer weiteren und ausführlicheren Mitteilung wert seien. Als ich im vergangenen Winter an diese Arbeit ging, merkte ich erst, welch ein großes und reiches diesbezügliches Material noch vorhanden ist. Jung-Stilling hat eine bewundernswerte Korrespondenz geführt. Die Briefe, die er in einem Jahre schrieb, waren wohl fast tausend. Ein beträchtlicher Teil derselben ist uns in Archiven und bei Privaten erhalten geblieben. Wollte man allen Spuren nachgehen, man könnte Bände mit Stillingsbriefen füllen. Aber es mag an diesen hier mitgeteilten Proben genug sein. Sie geben dem Leser ein anschauliches Bild von dem, was vor einem Jahrhundert ein originaler und einflußreicher Mann seinen intimsten Freunden zu sagen hatte. Sie führen manche etwas einseitige Auffassung in seinen Büchern auf ein nüchterneres Niveau zurück und zeigen uns den einst vielgelesenen Schriftsteller nach seinem innersten Sein und Wesen. Daneben lassen sie uns auch interessante Blicke tun in die Zeit, in der er lebte, und bieten so in ihrer Weise einen bescheidenen Beitrag zur Beurteilung der Zeitgeschichte am Ausgang des 18. und zu Beginn des 19. Jahrhunderts.

Nur ganz wenige (3) dieser Briefe, sind früher bereits veröffentlicht worden, daneben jene vorher erwähnten Auszüge von Kraftstellen. Beide Publikationen sind aber nur einem verhältnismäßig kleinen Leserkreise bekannt geworden, weil sie nur in Zeitschriften erschienen. So können wir in Wahrheit sagen, daß wir im wesentlichen bisher Ungedrucktes und Neues bieten.

Die meisten Briefe haben wir vollständig wörtlich aufgenommen. Nur einzelne sind etwas gekürzt. Diese Kürzungen wurden durch Punkte bezeichnet.

Daß wir daneben auch einige Antworten von Lavater und Heß mitteilen, wird dem Leser nur interessant sein und den Wert dieser Sammlung erhöhen.

Es ist selbstverständlich, daß sich der Herausgeber nicht mit allen einzelnen Stellen in diesen Briefen einverstanden erklären kann. Auch werden die Leser in manchen Stücken abweichende Ansichten haben. Das vermindert aber den Wert dieser Sammlung keineswegs. Wir haben es hier mit selbständigen Denkern und Forschern zu tun, die uns etwa zum Widerspruch herausfordern mögen, immer aber anregen und interessieren und in den meisten Fällen unsere volle Sympathie finden werden.

Von Herzen danken wir auch an dieser Stelle für das so freundliche Entgegenkommen der Herren Archivare und derjenigen Freunde, die uns bereitwilligst ihre Briefschätze geöffnet haben. Sie haben uns dadurch unsere Arbeit wesentlich erleichtert und es uns ermöglicht, dem Publikum nun hier eine abwechselungsreiche Briefsammlung zu bieten. Für manche Namen und Daten der Einleitung und der Anmerkungen ist der von Dekan Ernst Vömel herausgegebene Stammbaum der Familien Schwarz, Jung-Stilling und Vömel (Homburg 1894) benutzt worden.

So möge denn der längst verklärte Autor auch zu unserm Geschlechte reden! Es will uns scheinen, seine Stimme dürfe auch heute noch vernommen werden.

Emmishofen (Schweiz), in der Passionszeit 1905.

A. Vömel, Pfarrer.

Inhalt.

	Seite
Einleitung	VII
Briefwechsel zwischen Jung-Stilling und Joh. Caspar Lavater . .	1
Briefwechsel zwischen Jung-Stilling und Antistes Heß in Zürich .	64
Jung-Stilling an seine Züricher Freunde	103
Briefe Jung-Stillings an Professor und Diakonus Altorffer in Schaffhausen und an dessen Sohn Johann Caspar . . .	107
Prof. Altorffer an Jung-Stilling	122
Danksagungsschreiben des Schaffhauser Gemeinderates an Jung-Stilling	123
Kirchenrat Schwarz an Joh. Casp. Altorffer	124
Briefe Jung-Stillings an W. Berger, Lehrer der französ. Sprache in Mülheim a. Rh.	126
Jung-Stilling an Prof. Joh. Georg Müller in Schaffhausen . .	179
Jung-Stilling an die Schwestern Kirchhofer in Schaffhausen . .	180
Auszug eines Briefes Jung-Stillings nach Basel	183
Jung-Stilling an Pastor Joh. Heinrich Hasenkamp in Dahle . .	185
Briefe Jung-Stillings an Johann Abraham Heider in Ronsdorf .	187

Einleitung.

Das Jahr 1740 ist das Geburtsjahr von drei deutschen Männern, die von größter Bedeutung für die geistige Entwicklung ihrer Zeit — und weit darüber hinaus — gewesen sind; ja, deren segensreiche Werke wir auch heute noch, ein Jahrhundert nach ihrem Tode, mit dankbarer Freude genießen. Wir meinen Matthias Claudius, den gemütvollen Wandsbecker Boten, Johann Friedrich Oberlin, den Vater des Steintals, den edlen Gründer und Beförderer christlich-humaner Bestrebungen, und Jung-Stilling, den geschickten Augenarzt, mehr noch den weltberühmten Schriftsteller und begeisterten Propheten des Heimwehs.

Nur ein Jahr später (1741) ist Johann Caspar Lavater, der liebewarme Menschenfreund und feurige Prediger, in Zürich geboren, der schon als intimer Freund Jung-Stillings hier genannt werden soll; um so mehr, als seiner auch in diesem Buche reichlich gedacht ist, und nicht nur Stillings Briefe an ihn, sondern auch etliche seiner Briefe an Stilling Aufnahme gefunden haben.

Jung-Stilling*) ist es, dessen Erinnerung diese Blätter gewidmet sind. Ehe wir ihn selbst durch seine bisher ungedruckten Briefe reden lassen, sei uns ein kurzer Rückblick auf seine Herkunft, sowie auf sein Leben und Wirken gestattet.

---

*) Johann Heinrich Jung (geb. am 12. Sept. 1740), als Schriftsteller genannt Stilling; später nahm er den Namen Jung-Stilling an. Der Name „Stilling" hängt zusammen mit den „Stillen im Lande"; denn Jung verlebte seine Jugend im Kreise der stillen Frommen seiner Heimat.

Der Stammbaum der Familie Jung weist uns in die Schweiz. Dort ist um 1500 Ulli Jung geboren. In seiner Jugend erlebte er die großen religiösen Kämpfe und schloß sich der Reformation an. Er war auch persönlich mit Zwingli bekannt. Dann zog er aus unbekannten Gründen, noch vor Ausbruch des Bürgerkrieges, außer Landes. In einem Dörfchen*) des Rothaar-Gebirges unweit Siegen ließ er sich nieder und verheiratete sich daselbst 1530. Er war Burgschöffe auf dem Schloß Ginsberg,**) das heute nur noch in wenigen Resten vorhanden ist.***)

Von seinen Nachkommen ist zu erwähnen, daß sie meist ein sehr hohes Alter erreichten. So sein Sohn Reinhard, der sich erst im 50. Lebensjahre verheiratete und noch viele Kinder bekam. Und sein Enkel Henrich, der zwar im Gegensatz zum Vater sehr jung, mit 22 Jahren, in die Ehe trat, aber erst mit 101 Jahren starb. Dessen Sohn Hans mußte sich zur Zeit des 30 jährigen Krieges als Protestant flüchten und geriet in die äußerste Armut, kehrte aber nachher ins heimatliche Dorf zurück und starb 104 Jahre alt anno 1724.

Hans Jung ist der Vater von Eberhard, dem Großvater unseres Johann Heinrich, in dessen Hause er aufwuchs und dem er in seiner Lebensgeschichte ein unvergleichlich schönes Denkmal gesetzt hat. Eberhard war 1680 als jüngstes von 10 Kindern seiner Eltern geboren. Er war Landmann und Kohlenbrenner, dabei ein Kirchenältester, wie er sein soll.†) Anno 1751 starb er

---

*) Im Grund, in Stillings Autobiographie „Tiefenbach" genannt, im Kirchspiel Hilchenbach (Florenburg) gelegen.

**) Später Schloßberg genannt.

***) Von diesem Stammvater Ulli Jung erzählt Eberhard Stilling: Er war ein sehr frommer Mann, auch so stark, daß er einstmals fünf Räubern seine vier Kühe wieder abnahm, die sie ihm gestohlen hatten.

†) „Deine Vorfahren sind alle ehrbare, fromme Leute gewesen; es gibt wenig Fürsten, die das sagen können. Laß dir das die größte Ehre in der Welt sein, daß dein Großvater, Urgroßvater und ihre Väter alle Männer waren, die zwar außer ihrem Hause nichts zu befehlen hatten, doch aber von allen Menschen geliebt und geehrt wurden." Eberhard zu seinem Enkel Johann Heinrich.

71 Jahre alt. Pastor Johannes Seelbach*) hat ihm über Matthäus 25, 21 die Leichenrede gehalten.**)

Von den 6 Kindern Eberhards interessiert uns Johann Helman (Wilhelm) 1716—1802, der Vater Jung-Stillings, der Schneider und Schulmeister. Und damit sind wir an dem Zeitpunkte angekommen, da Stillings Lebensgeschichte beginnt. Es gehört nicht in den Rahmen dieses kurzen Rückblicks hinein, auf eine Charakteristik Wilhelm Jungs und auf die Jugendzeit Johann Heinrichs näher einzugehen. Das hat Stilling selbst in unübertrefflicher Weise getan.

Aber die Hauptdaten aus Jung-Stillings Leben mögen uns im folgenden beschäftigen:

Das schlichte Bauernhaus im Dorfe Im Grund, das letzte am Wege nach der Krappenwiese und Lützel, sieht nicht aus, als ob dort die Wiege eines berühmten Professors und geheimen Hofrats gestanden hätte. Gar bescheiden und ärmlich waren die Anfänge der reichgesegneten Laufbahn Jung-Stillings. Dazu kam noch, daß sich schon frühe etwas von dem Druck der Traurigkeit auf sein Gemüt legte, die seinen Vater so sehr niederbeugte; denn schon mit anderthalb Jahren verlor Johann Heinrich seine Mutter. Wie schwer war seine Jugend! Und doch, der begabte, lebhafte Jüngling kämpft sich tapfer durch. Auch während er in dem Beruf des Vaters arbeiten muß, kann er von seinen Büchern nicht lassen. Abwechselnd ist er Schneider und Schulmeister. Nach mancherlei schweren Erlebnissen findet er 1763 in Radevormwald bei Kaufmann Flenter (Spanier) Anstellung als Hauslehrer und Aufseher über dessen Hammerwerke. Daneben treibt er fleißig Philosophie, Griechisch, Hebräisch, Anatomie und Naturlehre und

---

*) In Stillings „Jugendjahre" Stollbein genannt, war 1725—1768 Pfarrer in Hilchenbach.

**) An der Kleinkinderschule zu Hilchenbach, die auf dem ehemaligen Friedhof steht, auf dem Eberhard beerdigt wurde, erinnert eine Gedenktafel an ihn mit Sprüchw. Sal. 10, 7. Dieses Haus wurde 1879 dem frommen Eberhard Jung zu Ehren durch freiwillige Beiträge gebaut.

wird von dem katholischen Pfarrer Molitor in das Geheimnis seiner Augenheilkunst eingeweiht.

So vorbereitet bezog Jung-Stilling 1770 als dreißigjähriger Mann ohne Geldmittel die Universität Straßburg, um — im Vertrauen auf seinen reichen himmlischen Vater — Medizin zu studieren. Dort schloß er Freundschaft mit Goethe und Herder und erwarb sich 1772 die Doktorwürde. In Elberfeld ließ er sich als praktischer Arzt nieder, ohne daß ihm daselbst das Glück sonderlich hold gewesen wäre. Im Jahre 1778 erfolgte dann seine Berufung an die neue kurpfälzische Kameral-Hochschule zu Kaiserslautern durch den Markgrafen Karl Friedrich von Baden. Bei Verlegung dieser Hochschule nach Heidelberg 1784 siedelte auch Jung dorthin über und erhielt den Titel Hofrat.

Mit dem Jahre 1787 kam ein neuer Wechsel in seinem Leben. Der Landgraf Wilhelm IX. von Hessen-Kassel berief ihn nach Marburg als Professor der Kameralwissenschaften. 1792 wurde er daselbst Prorektor der Universität.

Aber nicht in einem öffentlichen Lehramte sah Stilling seinen eigentlichen, ihm von Gott verordneten Beruf, sondern einmal in seinen wunderbaren Staroperationen, deren er weit mehr als 2000 gelungene*) ausführte und zwar die meisten ohne sich dafür zahlen zu lassen, und zum andern in seiner religiösen Schriftstellerei. Daher war es ihm eine herrliche Fügung der Vorsehung, daß der edle Kurfürst Carl Friedrich ihn im Jahre 1803 ohne besonderes Amt, aber mit einem Ehrengehalt, wieder nach Baden berief. Er sollte durch Briefwechsel und literarische Arbeiten praktisches Christentum an des Kurfürsten Stelle fördern.**)

---

*) Nur wenige sind nicht gelungen. Auch verdankte ihm eine kleine Anzahl Blindgeborener das Gesicht.

**) „Ich habe von Jugend auf den Wunsch gehabt, der Religion und dem Christentum alle meine Kräfte zu widmen; allein Gott hat mir das Regentenamt anvertraut, dem ich alle meine Kräfte schuldig bin. Sie sind nun der Mann, den Gott zu diesem Zwecke zubereitet hat.“ (Kurfürst Carl Friedrich zu Jung-Stilling.)

Jung-Stilling ließ sich nun zuerst in Heidelberg nieder, den Sommer 1805 verlebte er mit dem Kurfürsten in Baden-Baden, und im Frühjahr 1806 siedelte er mit dem Range eines Geheimen Hofrates nach Karlsruhe über. Sein hoher Gönner*) hatte ihn gerne in seiner Nähe. Jung hatte im Schloß seine Zimmer und speiste meistens an der großherzoglichen Tafel. In diese Zeit fallen mancherlei Reisen zu Staroperationen. Er kam auch mehrmals in die Schweiz, wo er viele Freunde besaß und glückliche Kuren ausführen konnte.

Am 2. April 1817 entschlief Jung-Stilling, 11 Tage nach seiner 3. Gattin, 76½ Jahre alt, nachdem er jenes herrliche Gebet gesprochen, das uns aufbewahrt ist**) und als ein rechter Hauspriester den Seinen in der Frühe seines Todestages das heilige Abendmahl gereicht hatte. Auf dem alten Friedhof zu Karlsruhe, dicht vor der östlichen Chorseite der Kapelle, ruhen die Gebeine Stillings und seiner Elise. „Herr, du weißt, daß ich dich lieb habe" ist die Inschrift auf seinem Grabkreuz. Hilchenbach hat ihm im Jahre 1870 ein Denkmal in Form einer Pyramide mit seinem Bildnis gesetzt.

Es erübrigt uns nur noch, kurz auf seine Werke einzugehen.

Hat Wilhelm Baur von Claudius gesagt: „Seine Schriftstellerei war nie von seinem Leben getrennt, sie war allezeit der Ausdruck dessen, was er innerlich lebte", so kann man dasselbe in Beziehung auf Jung-Stilling sagen. Das geht ja vor allem aus seiner rühmlichst bekannten Autobiographie hervor. Im Jahre 1777 überraschte Goethe den Autor mit dem fertigen Druck von „Henrich Stillings Jugend"; diesem ersten Bändchen schlossen sich dann im Laufe der Jahre die übrigen an.

---

*) Seit 1. Jan. 1806 Großherzog, gest. 1811, als Jung-Stilling sich gerade auf einer längeren Reise befand.

**) Gott möge seine Kinder alle in dem Glauben an Jesum Christum erhalten, sie als Reben am Weinstock bewahren, daß er sie nach Jahrhunderten, gleich einem Reisbündlein zusammengebunden, fände!

Was der Dichter Graf F. L. Stolberg einst von Stillings Jugendgeschichte gesungen hat: „Dem Büchlein dein bin ich so hold — Ist's doch so rein wie lauter Gold", das hat seinen Widerhall gefunden in tausend und abertausend Herzen, und es hallt noch immer wider; denn immer noch wird Stillings Lebensgeschichte gelesen, und wer sie liest, kann nicht davon loskommen. Es liegt soviel Gemüt darin. Immer berührt es wieder wohltuend, seine wunderbaren Lebensschicksale zu verfolgen und Gottes treues Walten darin zu erkennen. Wie hat Stilling die Menschentypen zeichnen können! Der alte Kohlenbrenner Eberhard hat es doch schon manchem Leser angetan. Unwillkürlich ist man für ihn begeistert. Da haben wir einen Patriarchen, der uns ein edles Vorbild ist, nicht am wenigsten in seiner Erzieherweisheit. Von Herzen bekenne auch ich aus der Erfahrung meiner Jugend mit Max von Schenkendorf:

Auch mich hat früh das reine Gold
Aus diesem klaren Bach erfreut.
Wie hohen Patriarchen gleich
Der Eberhard sein Haus regiert,
Und wie sein Dortchen fromm und weich
Der treue Wilhelm heimgeführt.

Merkwürdig ist übrigens, daß Jung-Stilling das erste, am meisten bekannt gewordene Bändchen seiner Lebensgeschichte „Stillings Jugend" ursprünglich gar nicht für den Druck geschrieben hat, sondern bloß für eine Gesellschaft junger Leute zum Vorlesen. Als dann Goethe es ganz ohne Wissen und Wollen Stillings zum Druck beförderte, hatte es den großen Erfolg. Er selbst schreibt davon: „Ich darf kühn behaupten, daß sehr wenig Bücher ihren Verfassern ein so großes edeldenkendes und wohlwollendes Publikum erworben haben, als eben dieses."

Aber seine Lebensgeschichte ist ja nicht Stillings einziges Werk. Es sind ihrer viele. Abgesehen von seinen wissenschaftlichen Facharbeiten ist es eine ganze Reihe christlicher, mystischer und apokalyptischer Schriften, welche einen großen Leserkreis seiner Zeit lebhaft beschäftigt haben, ohne daß sie in gleichem Maße für die

Nachwelt von Wert geblieben wären, wie das bei seiner Autobiographie der Fall ist.

Wir nennen hier noch einige der wichtigsten Werke Jung-Stillings: Vor allem sein berühmtes Buch: „Das Heimweh" (siehe darüber die Anmerkung zu seinem Briefe an Lavater vom 18. Jan. 1795 Seite 10), sodann „Die Siegesgeschichte der christlichen Religion, eine gemeinnützige Erklärung der Offenbarung Johannes". Ferner „Theobald oder die Schwärmer", „Die Szenen aus dem Geisterreiche", „Die Theorie der Geisterkunde", die „Apologie" zu derselben. Dazu „Der graue Mann", eine Volksschrift. „Der christliche Menschenfreund in Erzählungen" usw. usw.

Manche seiner Schriften brachten ihm neben viel Anerkennung freilich auch viel Kampf, ja Haß und Feindschaft ein. „Wenige Menschen sind zu gleicher Zeit so geliebt und geehrt und so verachtet und verspottet worden, wie Jung-Stilling".*)

Nicht am wenigsten aber gehört hierher sein reicher Briefwechsel. Wenn Stilling z. B. am 25. März 1807 schreibt, er habe seit Neujahr 238 Briefe erhalten und zum großen Teil beantwortet, so läßt uns diese Notiz einen Einblick in seine Korrespondenz tun.**) Sie gehörte recht eigentlich mit zu seinem Lebensberufe.

Und gerade in seinen Briefen gibt sich Jung-Stilling nach seinem innersten Herzen. Sein edler, liebewarmer Sinn tritt darin ungehemmt zutage. Er verstand zu lieben, und er wurde geliebt. Sein reiches Maß an Liebe aber stammte aus dem reinen Quell der ewigen Liebe. Er trug hinieden schon den Stempel der Ewigkeit an seiner Stirn. Und darum zog es auch so viele zu ihm hin, die gleich ihm etwas kannten von dem Heimweh nach oben.

Jung-Stilling hatte das Glück, bei einer sehr ausgebreiteten

*) Aus dem Schriftchen: Worte der Erinnerung an den selig entschlafenen Dr. J. H. Jung, gen. Stilling, von einigen seiner Freunde. Nürnberg, Rawsche Buchhandlung 1818.

**) Ein andermal schreibt er sogar von 400 Briefen in ungefähr 1 Vierteljahr.

Bekanntschaft viele vertraute Freunde zu besitzen, mit welchen er in regem mündlichen und schriftlichen Verkehr stand. Und dabei hatte er in seinem Verkehr nichts Einseitiges. So fest er persönlich auf seinem Glaubensbekenntnis stand, so weitherzig konnte er doch anderen gegenüber sein. Er hatte, wie das oft aus seinen Briefen hervorgeht, etwas ungemein Demütiges, und, wo es irgendwie mit seinem Gewissen vereinbar war, etwas Nachgiebiges und Versöhnliches.

Sehr erfreut war Jung-Stilling, als sein Jugendfreund Goethe ihn in seinem hohen Alter 1815 in Karlsruhe besuchte. In ihrer Richtung waren diese beiden Geister ja sehr verschieden, aber sie bewahrten sich doch jederzeit eine stille Freundschaft; und nie hörte man Stilling anders, als mit großer Hochachtung von Goethe sprechen. Auch mit dem Philosophen Kant hatte er einen Briefwechsel.*) Mancher Fürst und ausgezeichnete Staatmann**) gehörte zu seinen Schülern und Vertrauten. Wie sehr er mit seinem hohen Gönner, dem Großherzog Karl Friedrich, verbunden war, haben wir schon erwähnt; auch dessen erhabener Nachfolger, der Großherzog Karl, erwies ihm seine Gnade, und Stilling war von Dankbarkeit gegen ihn erfüllt. So dachte er bis an sein Ende auch mit Dankgefühl an seinen vorigen Landesherrn, den Kurfürsten Wilhelm IX. von Hessen. Ebenso stand Jung-Stilling dem Kaiser Alexander I. von Rußland besonders nahe und schloß mit ihm einen christlichen Freundschaftsbund. Er hat die Huld dieses edlen Fürsten in einer solchen Weise erfahren, daß sein ganzes Herz ihm ergeben war.***)

Daneben bewahrte Jung-Stilling auch in den höchsten Ehrenstellen, die er erreichte, seine echt christliche, brüderliche Gesinnung

*) Kant schrieb ihm eingehend über philosophische und christliche Fragen und stimmte ihm völlig bei, daß er seine Beruhigung im Evangelium suche.

**) Der später rühmlichst bekannte westphälische Oberpräsident von Vincke fand z. B. auch, als er in Marburg studierte, in Jung-Stillings Familie Aufnahme.

***) Vgl. darüber seine Bemerkung in dem Briefe an E. Altorffer, 8. März 1814 Seite 120. Über Stillings Verkehr mit der Kaiserin von Rußland und ihrem Hofe vergleiche seinen Brief an Berger vom 21. April 1814, Seite 172 f.

gegen die einfachsten, schlichtesten Leute. Nur war es ihm schwer, daß gerade von diesen seine eigenartige Lebensführung manchmal nicht recht verstanden und gewürdigt wurde.*) Eine große Zuneigung hatte er zur Zinzendorfschen Brüdergemeine, ohne ihr persönlich anzugehören.**) Er sah in ihr denjenigen Zweig der christlichen Kirche, in dem am treusten die Versöhnungslehre gewahrt wurde, und in dem man sich am besten auf die Zukunft des Herrn, die ihn so lebhaft beschäftige, rüstete. Auch manche edle Seele aus der römischen und griechisch-katholischen Kirche stand mit ihm im religiösen Herzensverein. Sein liebendes Herz war allen Brüdern in Christo weit aufgetan, gleichviel welche Farbe sie trugen. Seine Freunde waren über die ganze Erde zerstreut. In fast allen europäischen Ländern, in beiden Indien, in dem Hottentottenlande, im weiten Asien und auf Otaheiti wurde seiner mit Liebe gedacht. Oft liefen bei ihm aus den entlegensten Gegenden zugleich Nachrichten vom Reiche Gottes ein.

Wir schließen nun diese kurzen Vorbemerkungen über Jung-Stillings Leben und Wirken mit dem Zeugnis, welches einer seiner Zeitgenossen,***) der ungefähr 30 Jahre in naher Beziehung zu ihm stand, über ihn äußerte:

„Christus hatte in ihm eine Gestalt gewonnen."

---

*) Vgl. seinen Brief an etliche Brüder vom 7. Jan. 1801, Seite 142 ff.

**) Jung-Stilling gehörte bis an sein Lebensende der reformierten Kirche an.

***) Jung-Stillings Schwiegersohn der Geh. Kirchenrat Prof. Dr. Schwarz in Heidelberg, der das „Nachwort" zu Stillings Biographie geschrieben hat. Siehe auch seinen Brief an C. Altorffer vom 5. Mai 1817, Seite 124.

Briefwechsel zwischen Jung=Stilling und Joh. Caspar Lavater.

Der Briefwechsel zwischen Jung=Stilling und Lavater befindet sich in der Stadtbibliothek zu Zürich. Eine Anzahl anderer Briefe Lavaters an Stilling, die wir bei dieser Arbeit nicht berücksichtigt haben, sind abgedruckt in einem im Buchhandel wohl längst vergessenen alten Werkchen: „Sendschreiben geprüfter Christen an den weiland Geh. Hofrat Jung=Stilling", Karlsruhe, Müllers Hofbuchhandlung 1833. Herausgegeben wurde es von Stillings ältestem Sohne, dem Oberhofgerichtsrat Jung in Mannheim. Außer Briefen Lavaters befinden sich darin Briefe von Sailer, Moser, Großherzog Karl Friedrich von Baden, Oberlin, Frau von Krüdener, Dr. Hufeland, Antistes Heß, Senator von Meyer u. a.

Jung an Lavater.

Elberfeld, den 13. Juni 1775.

Ich muß es endlich doch wagen, liebster Lavater, noch einmal an Sie zu schreiben, mein letzteres ist Ihnen vielleicht fremd vorgekommen, es war auch vielleicht unüberlegt abgefaßt. Sie werden aber als Psychologe wohl wissen, daß man eben nicht immer in einer Fassung des Gemüts steht.

Ich war diesen Winter einige Wochen in Frankfurt, um daselbst einige Augenkuren zu verrichten. Ich logierte bei Goethe und sah daselbst die Broschüren von Ihren „Physiognomischen Fragmenten." Ich gestehe es, das Werk macht Ihnen Ehre, wird Nutzen schaffen, und enthält Wahrheiten, allein seine Kostbarkeit macht es nicht so gemeinnützig als es zu wünschen wäre. Zur

Menschenkenntnis usw. in einem Anblick wird's Theologen, Ärzten und Philosophen, auch andern Künstlern, dienen können. Ich werd's kaufen, sobald ich kann. Mir ist immer bei dieser Wissenschaft etwas bedenklich vorgekommen, und das ist die Modifikation des Menschengeschlechts, als da sind Moden, Landesarten, Erziehung und vornehmlich die Gewalt der göttlichen Gnade. Alle diese Dinge sind gleichsam Kräfte, die die Seele anders determinieren, als sie von Natur sein würde. Nehmen Sie z. B. Jakob Brehms Bildnis vor sich, es ist etwas Trotziges, Unbiegsames und Sombres in der Anlage; und doch war der Mann ein liebreicher, sanfter und aufgeweckter Mensch. Ich könnte dgl. Exempel sehr viele anbringen, die mir aus dem gemeinen Leben her bekannt sind . . . Es kommt mir noch immer so vor, und in dem Bau des Körpers ist's gegründet, daß sich die menschliche Natur überhaupt in 4 Oberklassen teilen läßt, in Menschen 1. deren körperliche Bestandteile oder Fasern geschmeidig und zart sind und dabei eine sehr wirksame Nervenkraft haben. Diese sind die Sanguinei der Alten. 2. Menschen, die zwar zarte, geschmeidige Fasern, aber dabei eine träge, schwache Nervenkraft besitzen, welches die Phlegmatici sind. 3. diejenigen, die eine starke faserfeste Textur des Körpers, und einen dieser Struktur angemessenen Nervensaft besitzen, solches sind die Cholerici, und endlich 4. gibt's Leute, die zwar diese starke Faser, aber einen schwachen Nervensaft haben, welches die Melancholici sind. Diese Einteilung hat wahrlich ihren Grund in der Natur und Erfahrung; in den verschiedenen Graden dieser Mischung und Vereinigung einer mit der anderen kommen viele Unterklassen heraus, wo dann doch ein jeder Mensch besonders in der Zeichnung individualisiert wird. Die Ärzte haben ihre besonderen Zeichen am Pulse und anderen Lineamenten, woraus sie das Temperament kennen lernen, welche aber nicht so sehr hierher gehören. Mir dünkt einmal, man müsse denn doch einen Menschen, der z. B. durch die Gnade geändert worden, noch physionomisch beurteilen können. Man möchte wohl am ersten auf den Grund der Sache kommen, wenn man die Bildung des Gesichts und überhaupt das Individuelle des Körpers oder Menschen nach ihrer Signatur in wesentliche und zufällige Zeichen unterschiede, z. B. das würden wesentliche Zeichen sein, die da machten, daß ich einen Erzspitzbuben nach seiner Bekehrung und hohen Grad der Heiligung doch noch kennen könnte und sagen: das ist der Mann. Diese wesentlichen Zeichen liegen so unmittelbar im Bau des Körpers, daß sie nur mit demselben aufhören können. Die zufälligen Zeichen aber sind's, die durch Modifikationen Änderungen leiden können, sie sind willkürlich und den Affekten gehorsam, die sie ausdrücken. Hieraus kann nun schon eine physionomische Wahrheit als Grundsatz gefolgert werden, nämlich der Affekt, der den Menschen vorzüglich beherrscht, drücke sich in seinem Gesicht auch dann aus, wenn er abwesend ist. Z. B. ein zorniger Mensch wird immer eine etwas steife, dicklichte Oberlippe, Runzeln vor der Stirn, die sich nach der Nasenwurzel hinziehn, und finstere Augen haben. Die Miene des Lächelns wird immer abwesend sein, es läßt sich dieses auch leicht begreifen. Menschen, die zum Zorn geneigt sind, sind's von Jugend auf, und alle Lineamente wachsen nach dieser herrschenden Leidenschaft. Wird aber ein solcher Mensch vom Geist Jesu verändert und sanftmütig, so erscheinen alle diese auch willkürlichen Zeichen des Zorns ganz ohne Energie, die ruhige Heiterkeit erweitert die Augen, und eine lächelnde Miene überzieht das Störrische des Angesichts. Wir sagen alsdann, dieser Mann sieht ruhig ernsthaft aus, wir belegen diesen Charakter auch mit dem Namen der Majestät. Und so ist es mit allen anderen Haupttemperamenten. Ich weiß hier in der Nähe einen Beweis von dem, was ich Ihnen hier sage. Ein Mann, der das allerunordentlichste Leben von der Welt führte, soff, fluchte, schlug seine Frau, lästerte alles was gut war, hatte alle diese Eigenschaften so deutlich in seinem Gesicht, daß ein jeder sagen mußte, der ihn sah, das muß ein wilder Mensch sein. Auf einmal wurde er mächtig herumgeholt, er wurde ein Christ, und zwar ein recht eifriger. Nun hat er zwar die Körpergestalt noch, allein sie ist so ins Heilige vermetamorphisiert, daß wieder ein jeder sagen muß: der ist ein frommer Mann. Man würde also in der Physionomie Progresse machen, wenn man die wesentlichen Zeichen genau kennte, hernach die zufälligen und ihre wahre und falsche oder heuchlerische Verwandlung zu unterscheiden wüßte. Doch Sie wissen vielleicht das alles — schadet nicht, Sie haben nur alsdann ein paar Minuten mit Lesen verdorben. Leben Sie wohl! Ich bin

Ihr wahrer Verehrer und ergebener

Freund und Diener

Jung.

Jung an Lavater.

Lautern, den 7. Oktober 1779.

Liebster Lavater!

Aus Lautern in der Pfalz einen Brief von Jung. Das wird Dich, mein Bester, befremden. Also meine Geschichte: Du sahst mich in Elberfeld, aber nur meine Außenseite, den Schmelzofen, worin ich saß, sahst Du nicht; wenn ich noch einmal einen vierten Band von meiner Geschichte schreibe, so wirst Du viel davon lesen, aber das geheime Wichtige erzähle ich Dir dermaleins, etwa auf einem der Planeten oder Fixsterne, wenn wir dieser Zubereitungszeit entrissen, Äonen voller Wonne zusammen durchleben werden. Ich machte keine Bewegung, nicht die mindeste in Elberfeld, um meinen Leiden zu entrinnen, und da gefiel es Gott, mich gerade jetzt vorm Jahr zu entbinden, denn unser Kurfürst berief mich an die hiesige Kameral-Hohe Schule. Hier bin ich wohl und zufrieden und gerade in meinem Fach, auch finde ich Gelegenheit, den wahren äußeren Gottesdienst, der in tätiger Nutzleistung unter den Menschen Gottes besteht, nach aller Fülle auszuüben. Gott! gib mir nur Kraft genug dazu!

Ich hätte das alles dem würdigen Lavater geschrieben, aber ich weiß es, mein Herzensbruder, wie sehr Du mit Briefen und Besuchen bestürmt wirst . . .

Der Herzog von Weimar und Goethe sollen zu Dir gereist sein; mich freut das unendlich, denn wer dich besucht, muß doch noch immer ein Verehrer der Religion sein. Grüße Goethe von mir, ich denke, er liebt mich noch; den Herzog — nun freilich — den grüßest Du nicht von mir, wiewohl ich doch gern Bruder Herzog sagen möchte, weil er Lavater besucht. Das ist immer so ein Zug in seinem Charakter, um welchen man ihm an den Hals springen, ihn herzen und küssen möchte. Das Bruder Herzog will ich also noch ein Jahrhundert aufschieben, vielleicht schickt sich's dann besser. Wärme, Seelen-Wärme erfüllt noch immer mein ganzes Herz für die Religion Jesu. Dich auch, das weiß ich. In diesem süßen Bruderband reich ich Dir die Hand, küsse Dich und wünsche Dir den Frieden Gottes.

Dein

Jung.

Lavater an Jung.

Was soll ich Dir sagen, lieber leidender Bruder? Eine leere, vom Brunnen abgebrochene Röhre, so komm ich mir vor, kann kein erquickendes Wasser geben, ohne ihn können wir nichts tun. Laß nicht ab von ihm! Geh ihm nicht von der Seite! Laß Dich nichts von seinen Füßen wegstoßen! Klage keiner Menschenseele! Nicht einer! Ihm allein! Bete, wenn Du nicht beten kannst und höre nicht auf, wenn es Dir gegeben wird, zu können.

„Du wirst helfen, kannst helfen, mußt helfen. — Du bist nicht, wenn du nicht hilfst, wo niemand helfen kann. Die Weise sei dir überlassen. — Ich will nicht vorschreiben. — Ich will nicht wissen, und nicht denken, wie? Allmächtiger, laß die Ohnmacht erfahren, daß du allmächtig bist. — Bist du, so zeige mir, daß du bist! Ich versinke. — Hast du Freud' an meinem Versinken? Lust an meinem Verschmachten?"

Lehrt Gott Dich so beten, so bist Du gerettet, so erscheint Dir Hilfe, die durch alle Mauern dringt. Ich rede aus Erfahrung. Laß nur nicht nach! Räsonier nur nicht weder mit Dir selber, noch mit andern. Glaube ist die höchste Vernunft. Denn es kann nichts vernünftiger sein, als zu Gott zu sagen: „Vater! es ist dir alles möglich!„ Wer nicht glaubt, ist ein Atheist; wer an Gott glaubt, ein Gott.

Mehr, Bruder, kann ich Dir jetzt nicht sagen. Gott gebe dem toten Buchstaben Geist und Leben!

Zürich, den 26. April 1780.

Johann Caspar Lavater.

Lavater an Jung.

Zürich, den 7. August 1780.

Lieber Jung!

Dank für Deinen brüderlichen Brief. Sei getrost und unverzagt und warte auf den Herrn. Ich kann und mag nichts Neues sagen. Was vor Jahrhunderten Wahrheit war, ist's jetzt, und wird es nach Jahrhunderten sein. Welche auf ihn sehen und hinzudringen, derselben Angesicht wird nicht zu schanden werden. Aber, ich bitte Dich, weniger ängstlich, als mutig kühn zu bitten. Fast möcht' ich sagen — nur Pfeile des Glaubens ins Herz des Allgenugsamen abgedrückt, mehr als lange vor diesem Herzen gewinselt!

Und dann zerstreue Dich nicht zu sehr in der Vielheit.

Ich denke freilich, indem ich dies schreibe — an den „Balken in meinem Auge!" — aber eben aus Erfahrung warn' ich. Von Deinem philosophischen Versuche versprech' mir noch nicht viel. Doch will ich anhören. Lebe wohl.

Dein

Lavater.

Lavater an Jung.

25. November 1780.

Ich danke für Dein gutherziges Zutrauen, lieber Jung, und für jede neue Probe Deiner brüderlichen Gesinnung gegen mich! Wenn ich nur mehr Zeit und Kraft hätte, zu empfangen und zu geben. Doch hab' ich immer höchste Ursache, mit dem, was man mein Schicksal zu nennen pflegt, zufrieden zu sein. Könnt' ich's nur mehr mit mir selber sein! Denn nicht das „Gutes tun" allein macht glücklich—das „reines Herzens sein" ist das, was wohl macht. Auch in meiner mannigfaltigen Armut halt' ich mich an Gott — oft bin ich so kühn im Beten, daß ich's niemandem, auch keinem Christen nicht, sagen dürfte. Gottes Güte und seine Verheißungen machen mich oft übermenschlich kühn — tollkühn würd' es die schwache Christenwelt nennen, — die durch Zaghaftigkeit den Allgenügsamen und Allgegenwärtigen zu ehren meint.

Was braucht's da Schonens? Schwachheit schont.
Staub schmeichelt gern dem Staube —
Dir, Herr, der hoch im Himmel wohnt,
Dir schmeichle nie mein Glaube!

Johann Caspar Lavater.

Jung an Lavater.

Lautern, den 19. April 1781.

Liebster Bruder Lavater!

Du liebst mich, mein Bester! Und darum eine Bitte: jetzt steh ich wegen der Dir vorm Jahr gemeldeten Not auf der höchsten Glaubensprobe. Damit ich nun nicht wanke, nicht unterliege, so tritt mit mir alle Abend um 9 Uhr ein paar Minuten vor den Herrn, und hilf mir kämpfen, es sind noch mehrere, die's tun, ohne die Ursache meiner Not zu wissen. Nach erlangter Hilfe schreibe ich Dir.

Ich gebe nun eine Monat-Schrift heraus, „Der Volkslehrer" genannt, Stil, Ton und Einrichtung wirst Du aus beikommendem Plane sehen, teile sie aus.

Pfarrer Hahn im Württembergischen hat mir seine theologischen Schriften geschickt, sie sind mir ungemein angenehm, ganz nach meinem Sinn; da, wo er gar zu strikte Bengels Geist hat, bin ich nicht ganz seiner Meinung. Bengels Apokalypse gefällt mir sehr.

aber die Grundlage auf die Zahl 666*) und auf χρονος**) ist mir lange nicht sicher genug. Laß auch Pfenninger und Heß für mich beten, wenn Du glaubst, daß sie Beter für mich sind. Ich bin

Dein armer leidender Bruder

Jung.

Sonst geht's mir unvergleichlich wohl, in meinem ganzen Zustand.

Jung an Lavater.

Lautern, den 20. Mai 1781.

Liebster Lavater!

Das war wieder ein Brief, wie ich auch einmal einen in Elberfeld von Dir bekam. Indessen Dank Dir, innig unaussprechlichen Dank für Dein treues Bruderherz, Du bist mir lieber, als tausend andere. Du sagst mir's, wie Du denkest, Du erlaubest mir doch aber auch, daß ich's tue.

Siehe Bruder! Liebster Lavater! Ich gestehe Dir's, daß das Ansetzen bestimmter Gebetsstunden freilich kindisch ist, allein was tut man in einer bangen gedrängvollen Stunde nicht, und doch denk an die Worte Jesu Matth. 18, V. 19: *ὅτι ἐὰν δύο συμφωνήσωσιν ἐπὶ τῆς γῆς κ. τ. λ.****) was heißt: *συμφωνήσωσιν*? Bruder! Vergib dem Schwachen, ich bestürme den Himmel, bis mir geholfen ist. Dich wandelte ein kleiner Unwille über mich an, als Du meinen Brief lasest ... Ihr bessern Brüder wie ich, betet dann für mich, wenn Ihr wollt und wann Ihr könnt. Der Herr wolle mir helfen.

Ebenso urteilst Du auch vom „Volkslehrer", Bruder! Da irrst Du. Das ist keine Sprache, die ohne Überlegung geschrieben ist.

---

*) vgl. Offenb. Johs. 13, 18.

**) *χρονος* = Zeit vgl. Offenb. Johs. 10, 6.

***) „Wo zwei unter euch eins werden auf Erden, warum es ist, daß sie bitten wollen, das soll ihnen widerfahren von meinem Vater im Himmel."

Seit etlichen Jahren hab' ich in diesem Stil und Ton in den kurpfälzischen Kalender geschrieben, über alles Erwarten und Denken wirken diese Aufsätze. Der gemeine Mann reißt sich drum. Dies bewog mich, in dieser Art eine Monatsschrift zu schreiben ... Daher kann ich Deinem Urteil, mein Lieber, kein Gehör geben. Denn Du bist ein Mensch und kannst irren. Für die Schweiz ist's denn vielleicht nicht, aber für einen großen Teil Deutschlands. Laune ist in dem Stil gar nicht, sondern nur biederer Volkston... Ihr Herren kennt nichts weniger als die Sprache des Bauern, Ihr seid in höherem Stand geboren, ich aber weiß, wo ich ihm ans Herz kommen kann, denn ich habe 22 Jahr unter ihnen gelebt und gewebt, ich kenne seine Sprache.

Liebster Bruder! Verlaß mich nicht mit Deinem Kraftgebet und liebe mich ferner ungeachtet aller meiner Fehler, ich bin ganz

Dein Bruder

Jung.

Jung an Lavater.

Marburg, den 18. Januar 1795.

Liebster Bruder!

Jetzt, da unser lieber guter Kirchhofer, der hier seinem irdischen und himmlischen Vaterland Ehre macht, nach Zürich schreibt, muß ich doch ein Zettelchen einschlagen, um Dich zu grüßen.

Guter Lieber! Wie kann's Dich doch betrüben, daß ich die gute teure Christus-Religion, die nun durchgehends beginnt Kontrebande zu werden, unter dem allegorisch-romantischen Gewande allenthalben einschleichen will? — Du meinst, das würde meiner Stillings-Lebensgeschichte schaden? — Geh doch! — laß Dir doch so etwas nicht einfallen! Der sieht man die Wahrheit nicht bloß auf dem Titelblatt an, wo es heißt „eine wahre Geschichte". Hab' ich doch seitdem ja „Morgentau", „von Fahlendorn", „Theodor von der Linden", und den „Theobald" geschrieben, lauter Fiktionen, und doch fiel's noch keinem Menschen ein, deswegen an der Wahrheit von Stillings Geschichte zu zweifeln. Das „Heimweh"*) wird wahrlich auch diese Wirkung nicht tun. Der „graue Mann" ist das züchtigende Gewissen. Theodor die leitende Gnade, Urania die himmlische Wahrheit usw. Das sind ja auch alles wirkende Dinge, die wahrlich nicht existierender sein können, als sie sind, nur daß man sie gerade nicht porträtieren oder zeichnen kann, muß man aber auch das?

Über Deine Begriffe von Glauben, Unglauben, Aberglauben, Schwärmerei und Taktibilität**) des Auferstandenen, wahrlich! auferstandenen Jesus, wollen wir nicht disputieren; denn es frommt nicht, in der Hauptsache sind wir eines Sinnes. Mußt Du noch hier in diesem Leben Deine Finger in seine Nägelmale legen (das war's, was ich soeben durch Taktibilität des Auferstandenen sagen wollte), ich muß es nicht; ich glaube seinen oftmaligen schriftlichen Zeugnissen, und den Zeugnissen seiner Führung mit mir, und kämpfe mich durch seine Kraft durch dieses Tal der Todesschatten durch. — Soll ich Zeichen seiner nahen Zukunft, oder gar ihn selbst noch hier im Fleische sehen, nun, so mach's ich, wie jede gute Schildwache im Krieg, und ruf' ihm mein Schibboleth zu, damit mich kein Irrgeist betrüge: denn wir sollen ja nicht jedem Geiste trauen.

Freuen würde ich mich erstaunlich — ja das ist wahr, aber ich erwarte diesseits des Grabes nichts dergleichen.

Summa, Summarum! laß uns ihn von Herzen lieben, ihn vor aller Welt bekennen, auch wenn's not tut, wie sich's noch mal ereignen kann, für ihn sterben, und laß uns die Brüder recht warm lieben, denn es wird sehr kalt. Wirken dieweil es Tag ist. Glauben wenn's Nacht ist, beten in der Angst, und lieben im Leiden und Dulden, das sei unsere Sache. Meinen Brudergruß an Deine Ehe-

---

*) Stillings berühmtes Buch „Das Heimweh", dem ein Beifall ohne Gleichen folgte vom Königsschlosse bis zur Hütte der Armen. Übersetzungen in fast alle europäischen Sprachen und die Bildung von „Stillingsgemeinden", selbst in Asien, bewiesen, wie sehr die Gedanken des frommen Verfassers gezündet hatten.

**) Berührbarkeit.

freundin und Nette, dann auch an die Schwester Kit. Euch allen sei der Herr Jesus Christus nahe, nach Kopf und Herz, ich bin ewig Dein

treuer Bruder

Jung.

Lavater an Jung.

Lieber Bruder Jung!

Zwei mir von Person unbekannte, aber von einem wackeren Mann mir als gesittet empfohlene Bündner sind gesinnt in Marburg zu studieren — und wünschen bei Jung-Stilling in die Kost zu gehen — wenigstens seinem besonderen Schutz empfohlen zu sein. Herr Ulysses von Salis bittet mich, Dir deswegen zu schreiben. — Es ist mir leid, daß ich Dich, Beladener, bemühen muß — und lieb, wenn ich eine befriedigende Antwort erhalte.

Ich halte mich meiner Gesundheit wegen auf dem Land auf — und las vor wenigen Tagen den dritten Teil Deines „Heimweh" mit Vergnügen, Nutzen und — Wehmut. Ich fühlte, ehrte die Heiligkeit des Zwecks — die Kühnheit und Treue des Verfassers — bewunderte oft, erstaunte oft — aber noch kann ich mich in die Maschinerien nicht so recht finden, bedaure meinen Schwachsinn, oft den Zweck des Mittels nicht erkennen zu können, und wußte sehr oft nicht die Bedeutung der Allegorie herauszufinden: Ich erwarte von Deiner Weltkenntnis, Menschenkenntnis, Leserkenntnis, Christenkenntnis, Wahrheitsliebe und Demut im vierten Bande völlige Aufschlüsse über alles, auch für mich — in solchen verschlungenen und belasteten Vorstellungsweisen unglaublich stupiden Menschen.

Auch womöglich hätt' ich gern von Dir ein lüminoses — nicht bloß allgemein wahres und unerleuchtendes Wort, über das Wie der Wirksamkeit und Ursachlichkeit des Leidens Jesu zur Vergebung der Sünden. Ich glaube, es liegt viel Aufschluß darüber im Evangelio — und die Leser, für welche Du schreibst und welche Dich am liebsten lesen, bedürfen und vermißten hierüber lüminöse Gedanken (ich habe 18 oder 16 Briefe über die Versöhnung im Mskrt. fertig). So bedarf und vermiß ich auch Licht und sogleich anwendbare Belehrung über die unendlich wichtige Materie vom Lüre*) — jede noch so wahre, bloß allgemeine — lichtlose Deklamation wider den Lüre — die nicht Grenzen angibt, ist mehr schädlich als nützlich. Ich gestehe, daß ich, als Mensch und als Christ hierüber noch zu keinen durchgäng klaren, festen, allanwendbaren Grundsätzen gekommen bin. Ohne Roman wünscht ich diese Materie von Dir tief und solid — und ohne einige Deklamation abgehandelt.

Die Ehetrauung über der wahren Bundeslade? Kann sie bloß Allegorie sein? wozu denn die wahre Bundeslade?

Die Reise nach Jerusalem, ist sie bloß Allegorie?

Oh, wie gern möcht' ich mit Dir über so manche schöne, und manche mir völlig rätselhafte und lichtlose Stelle Deines heiligen Heimwehbuches sprechen!

Wie gern mit Dir — über die mir immer klarere Unentbehrlichkeit einer positiven und reellen Konnexion mit dem Herrn — wovon ich auch so gern ein klar entscheidendes Wort in Deinem Heimweh gelesen hätte — denn das vom Parakleten kann in der durchgehenden Vermischung des wahren, oder wahrscheinend sollenden — und des offenbar nur allegorischen — mir lange nicht entscheidend heißen.

Lieber Bruder! — Es kann dem besseren Teile der Menschheit durch nichts, als durch einen lebendigen und lebendig sich beweisenden Christus, der sich als Christus legitimiert, geholfen werden. Alle Gesetze und Beispiele geben keine beständige Kraft das Gesetz des Lebens zu halten und das Gesetz in unsern Gliedern zu bezwingen. — Sinnlichkeit kann nur durch Sinnlichkeit bekämpft werden. Nur, wenn das Liebere kommt, weicht das Liebe — das Liebere aber muß dem Glauben so

*) soll wohl heißen „Luxus".

gewiß sein, als das Liebe den Sinnen. Glaube kann des ungeachtet immer Glauben bleiben. Der Opfergebieter aber muß als Gesetzgeber erkannt und ihm dann in Ansehung des Opfers geglaubt werden.

Dieser Punkt sollte meines gewiß nicht richtenden, sondern wahrheitsliebenden Ermessens das Rückgrat eines Buches sein, wie Dein heiliges Heimwehbuch ist. Es dürfte den Weltgeist noch mehr beleidigen, aber es sollte den lebendigen Christusbedürfern einen lebendigen Christus geben, und zeigen — oder dem sie näher führen. Ohne dies hilft alles nichts; was sollte mich abhalten, dies einem lieben Bruder brüderlich — einem Wahrheitslehrer, wie Du bist, mit aller Wahrheitsliebe, Harmlosigkeit und furchtloser Offenheit zu sagen?

Der Prinz Carl von Hessen schrieb mir mit Rührung vom dritten Teil Deines Heimwehs. Es scheint mir, daß er das eine und andere historisch nehme, obgleich ihm das Allegorische nicht entgeht. Er ist begierig, viel von Dir zu wissen.

Über die große Sache, wovon ich ein Wort mit Dir sprach, beobacht ich seit langem ein komplettes Stillschweigen — bis sie reif ist. Sie reift aber.

Meine Tochter Nette ist mit dem wackern Diakonus Geßner, dem Verfasser der Ruth, seit dem 14. April verheiratet.

Grüß Alles.

Mönchhof bei Zürich,
Donnerstag, den 25. Juni 1795. Lavater.

Der erschreckliche Brand in Kopenhagen ist ein schwerprüfendes ehrenvolles Leiden für die dortigen Auserwählten.

Jung an Lavater.

Marburg, den 21. Februar 1796.

. .

Mit Freuden hör ich, daß Du wohl bist und fortwirkst. Eben das ist auch mein Fall. Wir wollen, jeder auf seinem Posten, treu ausharren bis in den Tod. Die Zeit ist da, wo es auf die Probe ankommt. Das Tier aus dem Abgrund ist am Aufsteigen. Hier ist Geduld, Mut und Glauben nötig, um dem allwaltenden falschen Propheten, der so sehr für das Tier wirbt, entgegenwirken zu können. Es beginnen auch allenthalben aus der Nähe und Ferne Anstalten, die wenigstens scheinen für das Reich Gottes getroffen zu werden; allein die Klugheit befiehlt Vorsicht. Der Herr mit Dir! Und mit

Deinem treuen Bruder

Jung.

Lavater an Jung.

Lieber Jung!

Ein Wort statt hundert.

Dein Heimweh und der Schlüssel dazu, den ich eben lese, hat unzähliges Gutes gewirkt. Dies setzt mich über manche mir unbeantwortlich scheinende Kritik weg. Mög' es Dir einleuchten, wie noch mehr Scharfheit, Bestimmtheit, Klarheit, Anwendbarkeit ohne Mißverstand von manchen Deiner würdigsten Leser mit Recht gewünscht wird, die Dein Werk für zu philosophisch für Christen, für zu wenig philosophisch für philosophische Leser halten. Es weht übrigens ein guter Geist drin, viel tiefe Menschen- und Christenkenntnis und redlicher Eifer für die große Sache, um deren willen wir da sind.

Mög' es Dir einmal, o Lieber, recht gelingen, die Materie vom sinnlichen und geistlichen Luxus klarer, bestimmter, anwendbarer, schriftgemäßer, philosophischer, genugtuender vorzutragen.

Dem, der hat, wird gegeben. Wie viel also steht Dir noch bevor! Dank für Dein Briefchen durch Kirchhofer. Du hast ein gutes Werk an ihm getan.

Abbitte meines langen Schweigens wegen.

Die höchsten Genüsse und die heißesten Leiden haben in meiner Seele abgewechselt.

Deine Weissagung von einem Eugenius (Schlüssel 110) hat mich sehr frappiert. Kannst und darfst Du mir was weiteres vertrauen, so tue es.

Hätt' ich Zeit, und dürft' ich — ich schrieb auch was Heimwehähnliches — aus tiefer Erfahrung, nicht ohne Kenntnis der Zeitbedürfnisse.

Von hundert Dingen nur eins noch. — Laßt uns unaufhörlich nach der Kenntnis und Erfahrung des uralten, stets neuen sich selbst ewiggleichen Gottmenschen und Menschengottes Christi streben — sonst ist all unser Schreiben nur kraftloses Blasenwesen. Ich spreche wider mich selbst. Der Herr erbarme sich unser aller! Amen!

Zürich, den 14. Nov. 1796 am letzten Tag meines 55. Jahrg.

Johann Caspar Lavater.

Lavater an Jung.

Lieber Bruder Jung!

Dank für Dein christlich offenes, brüderliches Schreiben, und das beigelegte an Magdalena Kitt. Gott wird sich alles mit gutem Herzen Getane und Geschriebene gefallen lassen und alles segnen, was im Glauben geschicht, und mit Demut gekrönt ist. Dies wird auch dem Heimweh widerfahren.

Sicherlich kann man behaupten, das äußere Christentum wird in weniger Zeit kaputt gehen, das Innere wird nie zugrunde gehen, aber sich auf wenige Köpfe reduzieren.

Jede Stimme, die noch in der Wüste ruft, sei uns heilig — doch, was wir selber schreiben, wollen wir mit möglichster Wahrheit und Klarheit, Kraft und Vollkommenheit schreiben, daß die Vernunft selbst vor unsern Schriften Respekt haben soll. Wir müssen schlechterdings keine Prise über uns geben. Wir müssen einfältig sein wie die Tauben und klug wie die Schlangen.

Ich vermisse diese Respektabilität in vielen meiner liebsten und sonst ihrer Absicht und ihrem Geiste nach respektabelsten Schriften. *Das* macht mich sehr leiden. In der Eudämonia*) zum Beispiel herrscht offenbar *nicht der gute Ton*, der dies gutgemeinte Werk durchaus, auch bei gutgesinnten Lesern empfehlen könnte. Welch ein treffliches Werk: *Bibellehre für gebildete Laien* — und welche Kruditäten, fremde, unerklärte Wörter, Unbewiesenheiten! Sollte die christliche Wahrheit nicht so gut klassisch, als gemein und ungefällig gesagt werden können? (Bei diesem Anlaß empfehl' ich Dir eine prägnante treffliche Predigt von *Stapfer* über den *Charakter Jesu*, die auch klassisch zu sein verdiente, und es beinahe ist — so sehr es eine kantianersche Predigt sein kann.)

Daß wir mehr als je *zusammenhalten*, mehr als je auf die *Guten* wirken, mehr als je uns als *Männer* beweisen müssen — dies fordert die Lage der Dinge. Ohne förmliche Verbindung muß *derselbe Geist*, *dieselbe Absicht* uns vereinigen — und einer muß für den andern gewissermaßen gutsprechen können.

Ich denke hierbei mit Wehmut an den lieben Stolz, der nun auch Proselyt zum Neologismus geworden ist, doch möcht' ich fast sagen: „Er wird zurückkommen!" Wer geliebt hat, wird lieben.

Nun noch ein anderer Punkt brüderlicher Äußerung: Ich werde immer mehr Vorsicht lernen müssen. Täglich erfahr' ich, daß fast alle Mitteilungen von höheren Erfahrungen nur neues Leiden verursachen. Entweder ist das *Experiment* oder *wir*, oder *der*, dem wir etwas mitteilen, noch *nicht reif*. Und, was ich immer mehr erfahre: In alles *Reine* mischt sich was *Unreines*, daß wir nicht lange genug prüfen können, bis wir *der reinen Göttlichkeit* einer höheren Wirkung ganz gewiß sind.

Ich wollte wohl sehr gern, daß ein sehr weiser Christ sehr *weise* und sehr *christlich* über den Luxus schriebe — ein Einmaleins, womit man sogleich *alle Fälle* berechnen könnte. Ich

*) εὐδαιμονία Glückseligkeit, ist wohl Titel eines Buches.

find' es aber beinahe unmöglich. Wenn Du es nicht kannst, wer wird es können? Daß Du es noch nicht kannst, scheint mir Deine Regel zu zeigen. Was? Lieber? Ich soll nicht um des Genusses willen, nur allein um der Nahrung willen, um der Stärkung willen Speise genießen dürfen? — Dies willst Du als Einmaleins für das Essen und Trinken angeben? So was Unnatürliches? So was Peinliches? So was alle Augenblicke alle natürlichen Genüsse Verdammendes? Wie kann ich je von mir oder einem gesunden, unverschraubten Menschen fordern: „Trinke ja keinen guten Wein, weil er dir wohl schmeckt; das ist Luxus, und Luxus ist seelenverderblich; als Arznei, aber nur als stärkende Arznei, darfst du ihn im Notfalle brauchen — sobald du ihn aber um des Genusses willen genießest — wehe dir! du sündigst! Du mußt also, wenn du das getan hast, um Vergebung bitten, daß du liebst, was wohl schmeckt, weil es wohl schmeckt; denn alle Freude am Wohlgeschmack als Wohlgeschmack, ist über den Zweck der Stärkung hinaus. — Du mußt um Vergebung bitten, daß deine Zunge — Zunge ist!" So was lehrt der vernünftige christliche Jung? Bloß zur Stärkung — ja beileibe nicht zum Genusse verwandelte Jesus zu Kana Wasser in Wein? Oder wohl gar, bloß um Seine Herrlichkeit zu offenbaren? Solche Unnatürlichkeit lehrt der natürliche Bruder Jung? Was Gott geschaffen hat, den Gläubigen mit Danksagung zu genießen, das genieß ich ohne alle Skrupulosität mit Mäßigkeit, kinderlicher Ruh' und herzlicher Danksagung. Gott schafft Millionen Unnotwendigkeiten bloß zum Luxus, bloß zum Genusse, nicht bloß zur Nahrung, nicht bloß zur Stärkung; der Genuß mit Danksagung ist Zweck nach unserer, das ist nach der uns möglichen Ansicht. Von dem jetzt nicht zu sagen, daß wenigstens hundert oder doch gewiß fünfzig Millionen Menschen zugrunde gehen müßten, wenn alles, was nicht notwendig ist, abgeschafft werden sollte? Nur das schlechterdings Unentbehrliche bleiben sollte?

Finden wir in unserm nüchternen, alle Unanwendbarkeiten hassenden Evangelio ein Spürchen, daß Christus alles, was Genuß war, und nicht bloß zur Nahrung diente, verdammte? Wie hätte auch der weiseste eine solche inhumane Krudelität vortragen können? Seine Jünger zu solchen Karthäusern (denn wozu führt Dein Grundsatz anders?) machen können? Von Tausenden eins: Wie oft hätte er bei Mahlzeiten den Anlaß gehabt, gegen das nicht bloß Nahrhafte, gegen das Überflüssige zu intonieren, oder Regeln oder Lehren anzubringen? Und ergreift er diese Gelegenheit nicht mehrmals, Lehren zu geben? Aber welche? Etwa — „Denkt ja nichts anders, als an den Zweck der Speise, Nahrung und Stärkung. Was darüber ist, ist aus dem Bösen." Gewiß nicht! Aber lad' Arme, Krüppel usw.*) Oder „setze dich nicht oben an!" Tut er etwa hinzu: „Auch wenn du ein Mahl für Arme machst, gib ihnen nichts Überflüssiges — und wenn's ihnen wohlschmeckt, so warne sie vor der Lust am Wohlgeschmack, denn sie sollen nur genährt, nur gestärkt werden — aber am Genuß als Genuß Freude haben, das wäre garstiger Luxus, üppige Sinnlichkeit. Weg damit!"

Meinst Du, Lieber, es wäre nicht bemerkt worden, wenn Paulus der Lydia den Purpurhandel schlechtweg als eine Sache zum Luxus untersagt hätte?**)

Sollen alle Gold- und Silberarbeiter, alle Bildhauer, Maler, Architekten, Fabrikanten von Entbehrlichkeiten, ich will nicht sagen alle Pastetenbäcker, Zuckerbäcker, Weißbrotbäcker aus der Welt, aus der Christenheit verbannt werden? Diese Diener des Luxus alle?

Was sagen wir von der Juden Gewohnheit zu begraben? Von der Salbung Christi? von dem Wort: Du hast mir keine Salbe gereicht***)? Von dem: Salbe dein Haupt†)? O Lieber, Du mußt einen ganz anderen Grundsatz aufstellen als Philosoph und als Christ.

Frei herauszusagen: Genuß ist der letzte Zweck von allem, selbst von der Tugend und Religion. Genuß ist ja letzter Zweck selbst der Nahrung, ist ja nur Mittel zum Lebensgenusse!

---

*) Luc. 14, 12 f.

**) Vergleiche Apostelgeschichte 16, 14.

***) Luc. 7,46.

†) Matth. 6, 17.

Genuß, der keinen besseren Genuß erschwert, kann nicht Sünde sein.

Dein Grundsatz „aller Genuß als Genuß ist Luxus, und aller Luxus ist verderblich" — führt mich dahin, wohin Du gewiß nicht führen willst — zur Egalität. Nur der Luxus macht inegal. Aufhebung des Luxus und Egalität sind untrennbar. Gute Nacht dann alle Industrie, alle Schiffahrt, alle Gelehrsamkeit, alle Kaufmannsschaft, alles Almosengeben, alle Sozietät, alle Großmut.

Ich bitte Dich also, lieber Bruder, recht sehr, diese hochwichtige Sache in ganz neue Überlegung und Prüfung zu nehmen, und nur solche Grundsätze festzusetzen, die allanwendbar sind, auf Königskronen und den Stuhl, worauf ich sitze — auf Hochzeiten (wo die Hochzeitskinder nicht fasten, oder nur zur Nahrung, zur Stärkung, und ja nicht, beileibe nicht zum Genusse??? essen dürfen) und auf jede Schale Kaffee und das Quantum Zucker, das man drein tun darf; anwendbar auf jedes Paar seidene Strümpfe, jeden Seidenfaden, der bloß des Luxus wegen da ist, jede Prise Tabak, jede Rauchtabakspfeife und jede Schuhschnalle usw.

Denn jeder Grundsatz, der nicht allanwendbar ist, ist kein Grundsatz.

Für den Christen gibt es solche einfache Grundsätze: „Darf ich es vor dem Herrn, dürft' ich's in seiner Gegenwart genießen? Würd' ich es sogleich fallen lassen, wenn er nein winkte?

Nun von was ganz anderem.

Ich sag es tausendmal, und tausendmal auch meinen Liebsten umsonst: „Ich will nicht schauen, aber erfahren! Ich will wie die ersten Christen die Rechte, die Christus den Christen gab, so wie ich die Pflichten derselben auf mich nehmen muß."

An der Form liegt mir nichts, aber an der Sache.

Ich muß gewiß sein, daß der Herr Jesus (nicht Gott überhaupt), der gekreuzigte Nazarener, mir nahe ist, mir Antwort gibt, mich erhört — sonst bin ich Unchrist, Halbchrist, Schwachchrist oder Schwärmer.

NB. Er muß sich mir beweisen, nicht nur im Geist, sondern

in reellen, palpabeln, sicheren Erfahrungen. Der Mystiker, der nichts hat, als sein vernichtigtes Ich — spricht auch von nichts, als vom Haben im Geist und in der Wahrheit.

Der Christ muß palpabele, entscheidende Christuserfahrungen haben — sonst sind wir nie sicher, daß entweder nicht unser eigener oder ein fremder falscher Geist uns täusche. Mit einem Worte: Wir möchten erhörlich beten können. Alles andere kann Täuschung sein — dies nicht.

Ich möchte noch eins baldmöglichst von Dir wissen — was weißt Du ganz Zuverlässiges (über das, was Burgmann sagt) von den Bewegungen, die in Asien, Afrika, Nordamerika und Polen unter der Judenschaft vorgehen sollen? Man spricht von Achttausend, die auf sonderbare Weise zum unlutherischen, unreformierten, unkatholischen Christentum übergegangen sein sollen. NB. Alles was Kölln weiß, weiß ich schon. Es ist die Frage, ob Du was Besonderes weißt?

Adieu, Lieber! Ich bin

Dein aufrichtiger Bruder im Herrn

Johann Caspar Lavater.

29. April 1797.

Jung an Lavater.

Marburg, den 18. Juni 1797.

Lieber Bruder Lavater!

Schritt für Schritt will ich Dir Deinen Brief beantworten, für den ich Dir von Herzen danke: denn Deine Seele und Dein treues Bruderherz spricht darinnen ganz rein nach Überzeugung und Empfindung; folglich können wir, wenn ich ebenso verfahre, und das geschieht gewiß, uns untereinander über unsere Grundsätze und Erfahrungen, oder auch bloß Wahrnehmungen, miteinander verständigen, und unsere daraus entstandenen Resultate berichtigen.

Du beurteilst mich, mein Heimweh und meine übrigen Schriften zu sehr nach Deinen individuellen Überzeugungen, — verzeihe mir, liebe Seele! Das darf nicht sein; Moses und die Propheten, und Christus und die Apostel bestimmen Wage und Gewicht, Probierstein und Maßstab, nach denen wir alles prüfen müssen. Die Vernunft ist im Übersinnlichen nie Quelle — sondern nur Werkzeug der Wahrheit, sie kann nichts anders tun, als die Prämissen dem Geiste genießbar machen, aber keine aus ihrem Wesen herauswickeln, weil ihr dazu die gehörigen Data fehlen. Ich glaube, daß Du in diesem Punkte mit mir einig bist, folglich gehe ich nun weiter.

Ich will Deine zween Hauptpunkte, über die Du Dich in Deinem Buche erklärst, vor die Hand nehmen und nach Vermögen erläutern, und dann die noch übrigen Nebendinge auch abtun. Jene zween Punkte betreffen den Luxus und die außerordentliche Legitimation der Verheißung und der Offenbarung Jesu Christi. Der erste ist in jedem Betracht wichtig, und der andere überhaupt auch, besonders aber für Dich, weil Du da um eine gefährliche Klippe herumschiffest; lies diesen meinen Brief unbefangen, ohne Leidenschaft als Christ, und wenn Dir's so gemütlich ist, so beantworte mir ihn auch so.

Da die Begriffe vom Luxus, als Religions- und politische Sache Kardinalpunkte sind, auf denen erstaunlich viel beruht, so habe ich als Christ und als Staatslehrer nun seit zwanzig Jahren daran berichtigt und sie aufs Reine zu bringen gesucht; ob ich sie aufs Reine gebracht habe, darüber haben die größten Köpfe in der Staatswirtschaft entschieden.

Alle Konsequenzen und judicia in absurdum, die Du, guter lieber Bruder! aus meinem Grundsatz zogest, als Dein Imaginations-Pferd mit verhängtem Zügel seitwärts über Stock und Stein wegklabasterte, rühren daher, weil ich mich nicht positiv genug erklärt hatte, indem ich nicht vermutete, daß Du die notwendigen Schranken meines Grundbegriffs übersehen könntest; hättest Du meine übrigen staatswirtschaftlichen Schriften gelesen, so würdest Du nicht so querfeldein galoppiert haben. Verzeihe, daß ich jezuweilen einen spaßhaften Einfall mit einmische, und merke nun auf folgende Sätze:

Nicht wahr! Du gibst mir zu, daß sich alle unsere Pflichten in der einzigen konzentrieren: Gott und den Nächsten zu lieben.

Gott lieben, heißt nichts anders, als aus wahrer Anhänglichkeit seine Gebote halten.

Alle Gebote Gottes haben kein anderes Ziel, als uns zu dieser Liebe geschickt zu machen, und sie dann auch auszuüben.

Die Ausübung der Liebe des Nächsten ist nichts anderes, als mit angestrengten Kräften und herzlicher Zuneigung sein zeitliches und ewiges Wohl zu befördern, und dies kann nicht besser geschehen, als wenn ich dahin arbeite, daß auch er Gott und den Nächsten immer mehr liebt.

Diese Tätigkeit nenne ich in meinen Schriften Wirksamkeit zum allgemeinen Besten. Diese ist also der Endzweck, das ewige Ziel unserer ganzen Existenz.

Nun bedarf aber unsre physische und moralische Existenz vieler Mittel zu ihrer Erhaltung oder Fortdauer und zu ihrer Vervollkommnung oder Erhöhung; diese sind nun wieder so wie die Existenz, teils physisch, sinnlich, teils moralisch oder geistig.

Der Mensch würde diese Mittel nicht suchen, wenn er nicht Bedürfnisse dazu in sich fühlte. Diese Bedürfnisse beziehen sich nun entweder auf die Erhaltung und Fortdauer der gegenwärtigen Existenz und insofern sind sie wesentlich, notwendig, diese müssen befriedigt werden: denn ohne sie kann man nicht leben, viel weniger seiner Bestimmung gemäß zum allgemeinen Besten wirken; oder die Bedürfnisse beziehen sich auf die Erhöhung und Vervollkommnung unseres physischen und moralischen Zustandes und insofern sind sie nützlich, und dürfen befriedigt werden; ja insofern meine und anderer wesentliche Bedürfnisse nicht darunter leiden, so müssen sie sogar befriedigt werden. Endlich gibt es aber auch Bedürfnisse, die weder auf unsere Erhaltung, noch Erhöhung unseres Daseins, oder auf die Vervollkommnung unseres Wesens, das ist, auf das Geschicktwerden zum allgemeinen Besten, sondern bloß **auf Genuß** Bezug haben, und diese nenne ich **üppige Bedürfnisse**, **deren Befriedigung im eigentlichen Sinn Luxus ist.**

Du siehst also, daß es **in der Befriedigung der eigentlichen Bedürfnisse** keinen Luxus gibt, und hingegen, daß die Befriedigung der üppigen Bedürfnisse, **lauter Luxus** ist. Aber in der Befriedigung der erhöhenden oder nützlichen Bedürfnisse, kann auch Luxus stattfinden; dieser ist aber alsdann relativ, z. B. alles was mich heiter und froh, kurz, alles was mich zur Wirksamkeit zum allgemeinen Besten geschickter, aufgelegter macht, was meinen Körper stärkt und aufmuntert; Wohnung und Kleidung, die mein Leben angenehm und mich bei den Menschen beliebt machen; Meubles, die mich belehren, erfreuen, folglich zur Tätigkeit beflügeln; Gemälde, die nützliche Ideen in mir wecken; Kunstwerke, die mich zur Nacheiferung reizen; Musik, die meine Nerven stärkt und mich froh macht usw. Das alles darf ich als physische und moralische Nahrungs-, Erquickungs- und Stärkungsmittel ansehen, ihr Genuß soll und muß mich freuen, wie mich jeder Wohlgeschmack freut, aber dies Vergnügen darf nie Zweck des Genusses, sondern es muß Stärkungsmittel zur Tätigkeit sein; nur in dieser Rücksicht werde ich nie in Ausschweifung, Mißbrauch und Übermaß geraten, welches jeden Augenblick geschieht, sobald ich das Vergnügen des Genusses zum Zweck des Genusses, folglich diesen zum Endzweck meines Daseins mache.

Aber alle obige so sehr erlaubte und untadelhafte Vergnügen und Genüsse werden augenblicklich Luxus, sobald ich mir dadurch die Befriedigung der wesentlichen Bedürfnisse entziehe, oder sie auf die Zukunft unsicher mache, oder auch dadurch meinem Nächsten das Notwendige entziehe oder ihm dessen Erwerbung erschwere. Jetzt siehst Du, lieber Bruder! was positiver und relativer Luxus, und daß es eine ewige göttliche Wahrheit ist, wenn ich sage: Nicht Vergnügen, nicht Genuß, nicht die ewige Seligkeit ist Zweck unseres Daseins, sondern Tätigkeit zum allgemeinen Besten. Der ganze

Glückseligkeitstrieb ist bloß Mittel, und jeder Genuß irgendeines Vergnügens, teils auch Mittel und teils Gnadenlohn, alles miteinander aber bloß um seines Zweckes willen da.

Nun bedenke nur liebe Seele! welch ein unstatthafter Konsequenzmacher Du warst, als Du aus meinem Grundsatz so schlossest: wenn der Genuß nicht Zweck ist, so darf ich nichts genießen, als was unbedingt zu meiner Erhaltung wesentlich nötig ist; wahrlich, Du hättest auch an die Vervollkommnungsbedürfnisse denken sollen, so wär Dein Konsequenz-Gaul nicht so über Stock und Stein, und über Deines Bruders Jungs Kopf und Schultern hingaloppiert.

Nun komme ich zum zweiten Hauptgrund, zu Deinem Thomas-Trieb, zu Deinem Zeichen- und Wunder-Hunger. O Bruder! Bruder! Du bist ein edler trefflicher, von Gott begnadigter Mann, ein Christusfreund, wie es wenige gibt, und darum trägt auch der Herr die unbegreifliche Schwachheit so langmutig an Dir, daß Du immer über das Evangelium hinaus, noch weitere Zeugnisse forderst. Ich bitte und beschwöre Dich bei der Liebe unseres gekreuzigten Herrn, höre auf Gott zu versuchen, ehe er aufhört langmütig zu sein, und Dich erschrecklich fallen läßt; von allem dem, was Du so kühn von ihm forderst, hat er Dir — wahrhaftig! — nichts versprochen; sobald Du nur die Sprüche, die Dir so scheinen mit einem ungetrübten Auge ansiehst und mit anderen Aussprüchen des Herrn vergleichst. Kenntest Du die Beschaffenheit der Geisterwelt so genau wie ich sie kenne und vielfältig kennen zu lernen Gelegenheit gehabt habe, zittern und beben würdest Du, und herzlich Gott danken, daß er Dich vor dem Fallen bewahrt hat.

Ich bin mit äußerst seltenen und wichtigen factis aus dem Geisterreich bekannt . . . allein mich bindet die Verschwiegenheit . . . Ich kann Dir also nur die Resultate meiner Erfahrungen mitteilen, auf deren Gewißheit und Wahrheit Du Dich fest verlassen kannst.

So wie die Organisation des Schmetterlings in der Raupe tief verborgen liegt, so liegt auch die Organisation des verklärten

Körpers und seiner Empfindungsorgane in unserer gegenwärtigen Existenz unentwickelt und tief verborgen.

Eins von den Empfindungsorganen für jene Welt ist das Ahnungsorgan oder Vermögen; hierunter verstehe ich abwesende und zukünftige Dinge, wenn sie mit uns in Rapport geraten, mehr oder weniger deutlich, bald durch, und bald ohne Bilder zu erkennen und zu erfahren. Dies ist auch das Organ, durch welches wir, sobald es entwickelt ist, mit der Geisterwelt in Rapport kommen.

Nach den Gesetzen der Natur und der Ordnung Gottes soll dies Organ nie in diesem Leben entwickelt werden, ebensowenig, als daß die Raupe einen Schmetterlingsflügel bekommen soll. Indessen da der Mensch ein freies Wesen ist, und manches in ihm vorgeht, das wider Gottes Ordnung ist, so geschieht's auch gar oft, daß er sein Ahnungsvermögen hier schon entwickelt. Die Veranlassungen dazu sind folgende:

1. Wenn sich bei hysterischen und hypochondrischen Personen zu ihrer hohen Nervenspannung nun auch noch eine Sehnsucht nach höheren geistigen Kenntnissen, und besonders in Beziehung auf die Geisterwelt gesellt und lange anhaltend fortdauert, so wird leicht das Ahnungsorgan entwickelt.

2. Finsterer und unwissender Aberglaube mit vorwitziger Anstrengung übernatürliche Kenntnisse zu erlangen, ist auch ein Weg zu jener Entwicklung, die dann auch durch den Mißbrauch starker Getränke beschleunigt wird.

3. Ein von Jugend gefahrlos strenges und heiliges Leben, besonders, wenn sich die anhaltende Beschäftigung mit dem Geist der Weissagung dazu gesellt, kann auch das Ahnungsvermögen entwickeln.

Und 4. gibt es auch Visionen und Ahnungen, die bloße Täuschungen und Träumereien einer erhitzten Einbildungskraft ohne Entwicklung des Ahnungsorgans sind, die also nichts bedeuten. Die mehrsten Visionen sind von dieser Art.

Du wirst also leicht einsehen, daß jede Entwicklung des Ahnungsvermögens widernatürlich, eine wahre Krankheit und Gott in keinem Fall gefällig ist. Ein großer Teil der Wahrsager in der Bibel, besonders diejenigen, von denen gesagt wird, daß sie einen Wahrsagergeist hatten. (S. Bileams Geschichte u. a. m.). Denn auch die Besessenen im Evangelio waren Leute, deren Ahnungsvermögen entwickelt war, und dessen sich dann im letzteren Fall böse Geister zum Organ ihrer Bosheit bedienten. In der Polizei des Reiches Gottes ist der Gebrauch dieses entwickelten Ahnungsgefühls durchaus verboten, mithin auch der Umgang mit Geistern: denn dieser ist im gegenwärtigen Leben nur durch jenes möglich. Nun weiter!

Im Geisterreich gibt es nur vier Klassen von Wesen:

1. Gott und Christus, Vater, Sohn und Geist.
2. Engel.
3. Abgestorbene Menschen, und
4. Die bösen Engel.

Die Gottheit als solche ist nie Menschen erschienen, sondern nur der Urmensch Jehovah, der hernach Mensch wurde, und dann Jesus Christus hieß; der aber nach seiner Himmelfahrt nur einmal erscheint. Engel erschienen und erscheinen nie, als wenn sie Gott sendet, und dies geschieht wiederum nie anders, als zu Zwecken, die ins Ganze des Reiches Gottes gehen. In diesen beiden Fällen ist die Entwicklung des Ahnungsvermögens nicht nötig. Um aber in jedem Fall prüfen zu können, ob die Erscheinung dieser Art sei, so muß man jedesmal ein Zeichen der Allmacht oder Allwissenheit fordern. Die heiligen Männer der Bibel taten das immer, so oft ihnen die Erscheinung nicht gewiß war.

Ob böse Engel erscheinen und Spukereien treiben, darüber hab' ich keine Gewißheit; es kann sein, daß das, was man dem Satan zuschrieb, böse verstorbene Menschen waren. Endlich sind dann die Verstorbenen eigentlich diejenigen, die am häufigsten erscheinen; mit diesen verhält sich's folgender Gestalt:

1. Gibt es Menschen, in denen das böse Prinzip durchaus herrschend war, diese werden gleich nach dem Tode gerichtet und fahren dann hin ins ewige Verderben an ihren Ort.

2. Gibt es Menschen, in denen das gute Prinzip herrschend

war, auch diese werden gleich nach ihrem Entschlafen abgeurteilt und in die Bürgerschaft des Himmels versetzt.

3. Gibt es Menschen, und dieses sind die mehresten, in denen das gute und böse Prinzip zugleich herrschte, diese verharren nach ihrem Tode länger oder kürzer in einem ganz leeren Zustand, worinnen sie durchaus nichts mehr lernen und erfahren, als sie hier in diesem Leben wußten, ja, wohl gar in der Erkenntnis zurückgehen, und alle ihre irrige Meinung und Vorurteile mit sich hinübernehmen und beibehalten, bis sie, je nach dem Prinzip, das in ihnen herrschend ist, entweder zur Hölle oder zum Himmel gefördert werden.

Diese Klasse enthält nun eigentlich alle Gegenstände der Spukereien, Gespenster und Geistererscheinungen, insofern sie wahr, nicht Täuschung oder auch Betrug sind; die erste und zweite Klasse erscheint nie.

Die Ursachen ihrer Erscheinungen sind folgende:

Wenn Menschen mit einer Sehnsucht, noch etwas in Ordnung zu bringen, dahinsterben, so hält sie diese Sehnsucht hernach noch an diese Erde zurück, besonders wenn eins von beiden herrschenden Prinzipien nicht mächtig genug ist, sie an den Ort ihrer Bestimmung zu ziehen, oder schwächer als jene Sehnsucht ist. Finden diese nun einen lebenden Menschen, dessen Ahnungsorgan entweder schon entwickelt, oder leicht entwickelt werden kann, so adressieren sie sich an einen solchen Menschen; denn anderen können sie nicht erscheinen, weil diese noch keinen Sinn für ihre Erscheinung haben; sie suchen dann durch solche lebende Menschen den Zweck ihrer Sehnsucht zu erreichen. Sehen aber mehrere Personen eine solche Erscheinung, so ist entweder bei allen diesen Sehern das Ahnungsvermögen entwickelt, oder die Sehnsucht des Geistes ist so stark, daß er jedermann sichtbar wird.

Dann gibt es aber auch Geister, die Freude daran haben, Menschen zu täuschen, oder die selbst irren; wenn nun diese neugierige vorwitzige Menschen finden, deren Ahnungsvermögen entwickelt ist, so täuschen sie sie mit falschen Vorspiegelungen und führen sie weit vom wahren Ziel ab.

Auf keinen Fall können wir aber etwas von diesen armen

Wesen lernen: denn sie wissen nichts weiter, als was sie bei ihrem Abschied aus der Welt wußten; solche Geister aber, die mehr wissen, sind abgeurteilt an ihren Wohnort gebunden, und erscheinen nie.

Man muß sich also sehr hüten, durch Neugierde, Sehnsucht oder Verlangen das Ahnungsvermögen zu entwickeln. Gerät man aber in diese Krankheit ohne seine Schuld, und man sieht einen Geist, so muß man seine Anträge wohl prüfen. Begehrt er etwas Rechtmäßiges, Christliches, so kann man seinen Willen erfüllen, aber immer muß man ihn zugleich auch zur erbarmenden Liebe Gottes in Christo weisen: denn da ist die Quelle seiner Ruhe. Verlangt aber der Geist etwas Irriges, so tut man seinen Willen nicht, und weist ihn zurecht; auf jeden Fall aber muß man diese Wesen von ihren Erscheinungen zurückweisen, weil sie wider Gottes Ordnung sind.

Zwei gelehrten Schulmännern, Vater und Sohn, erschien einer ihrer Väter aus der Zeit des 30jährigen Krieges, der Geld vergraben hatte, und noch immer glaubte, dies Geld müsse der rechte Erbe bekommen, sonst könne er nicht zur Ruhe gelangen; diese rechten Erben waren nun obige Schulmänner. Zwanzig Jahre lang erschien ihnen der Geist fast täglich, sie belehrten ihn mit vieler Mühe, daß er irre, und daß er selig werden könne, ohne daß sie das Geld bekämen, sie hoben den Schatz also nie; der Geist wurde endlich überzeugt, er suchte und fand seine Seligkeit im Erlöser, und wurde vor ihren Augen herrlich verklärt. Diese Geschichte ist unwidersprechlich wahr. Ich könnte Dich vollkommen von der Wahrheit meiner Sätze überzeugen, wenn's mir erlaubt wäre, meine Erfahrungen bekannt zu machen. Kurz! — Alle Erscheinungen, die nicht wahre Offenbarungen und Gesandtschaften Gottes sind, und diesen muß man deswegen durchaus ihr Zeichen abfordern, sind wider die Ordnung Gottes, daher zweckwidrig. Der Geist darf sie durchaus nicht suchen, nicht wünschen, sondern er muß sie zu hindern suchen, so sehr er kann. Das ist verbotene Wahrsagerei, und alle wahren Zaubergeschichten springen aus dieser Quelle, sowie Leichensehen, Schatzgraben und dergleichen mehr.

Der verklärte Gottmensch Christus erscheint nie selbst . . ., er wohnt an seinem heiligen Ort und wird nicht eher gesehen, bis er wiederkommt zu seinem herrlichen Reich. Sein allgegenwärtiges Organ, wodurch er mit uns umgeht und uns belehrt, unsere Gebete erhört und uns leitet, ist der heilige Geist, der Paraklet, der lehrt uns und führt uns in alle Wahrheit, geschieht das nicht, so fehlt's an uns. Der einzige Weg, ihn zu erlangen, ist gründliche Erkenntnis unseres grundlosen Verderbens, die daher entstehende Sehnsucht nach Rettung zieht den Geist zum Erlöser, in dessen Leiden und Sterben findet er vollen Frieden, und nun empfängt er den Tröster, den heiligen Geist, der ihn von Tag zu Tag immer mehr heiligt, und ihn in alle Wahrheit leitet, er verlangt und braucht keine weitere Offenbarung.

Nun noch ein und anderes zur Beantwortung Deines Briefes. Auch das äußere Christentum wird nicht zugrunde gehen. Der Herr sammelt sich jetzt die Gemeine der Erstgeborenen, die Brüdergemeine wirkt gewaltig und reinigt sich von Tag zu Tag, und in allen Weltteilen regt sich's allenthalben in der jüdischen Nation und neigt sich zu Christo; diese Sache ist erstaunlich wichtig und gewiß wahr, die Totengebeine regen sich Ezech. 37. Ich kann Dir davon keine anderen Beweise geben, als meine Korrespondenz. Ob Stolz wieder zurecht kommt? Gott gebe es! Für Ewald zittre ich, ihm stehen schwere Proben bevor. Wieder ein neuer erzneologischer Prediger namens Kisselbach ist sein Kollege geworden.

Immer noch hängst Du an Deinem Mißbegriff vom erhörlichen Beten! Um Gotteswillen, wolle nichts als was Gott will, so wird jedes Deiner Gebete erhört; soll aber Gott Deinem eigenen Willen folgen, so muß ja die Welt zugrunde gehen!! Christus verspricht ja nur Gebetserhörung seinen Nachfolgern — Christi Nachfolger aber wollen ja nichts, als was Gott will, und so wir etwas nach Gottes Willen bitten, so erhört er uns.

Immer noch der jüdische Wunderglaube, bedenke doch, wie er sie so oft und so ernstlich zurückweist! Du sagst, Du wollest keine Zeichen und Wunder, sondern nur Überzeugung, diese gibt Dir der

Geist Gottes in vollem Maße, sobald Du auf dem vorgeschriebenen Wege suchest.

Der junge Eßlinger war bei mir, er gefiel mir sehr.

Lieber teuerer Lavater! Verzeihe mir jeden hartscheinenden Ton und Ausdruck! Du bist ein großes Werkzeug in der Hand des Herrn, und könntest es noch erst recht werden, wenn Du nur einmal von Deinem Steckenpferd stiegest, und es in die weite Welt jagtest. Der Herr sei mit Dir und Deinem Dich ewig

treu liebenden Bruder

Jung.

Lavater an Jung.*)

Ich habe, lieber Bruder Jung, auf Deinen wichtigen, lehrreichen, dankverdienenden, innigst betrübenden Brief Dir drei Dinge zu antworten.

Das Erste: Deine Erklärung über den Luxus hat mir von Deinen Begriffen darüber eine ganz andere im ganzen wohl annehmbare Idee gegeben. Daß ich Dich mißverstehen mußte, war die äußerst nachlässige Hingeworfenheit und Unbestimmtheit Deiner Äußerung, daß alles, was bloß zum Genuß und nicht zum Erhaltungszweck diene, schädlich sei — schuld. So wie Du Dich nun erklärst, daß alles, was uns erhebt, belebt, stärkt zu großem Lebenszweck — genießbar erlaubt, oft notwendig sei — kann ich im ganzen Deine Meinung unterschreiben; obgleich ich glaube, daß sie philosophischer und evangelischer vorgetragen werden könnte. Ich bleibe bei dem einfachen allanwendbaren Grundsatz: „Jeder Genuß, der nicht zu meiner Erhaltung dient und mich zu geistigen Genüssen untüchtiger macht, ist sündlich." Oder: „Wobei

*) Ohne Datum, gehört jedenfalls in den Sommer 1797 und ist als Antwort auf Jung-Stillings Brief vom 18. Juni 1797 zu betrachten.

ich nicht an die Gegenwart des Herrn denken, wofür ich ihm nicht danken darf, ist unchristlich." Oder: „Jeder Genuß, der mich egoistischer, härter, liebloser, unnützlicher macht, ist sündlicher Luxus." Du siehst also, daß ich in der Hauptsache völlig Deiner Meinung bin.

Du siehst aber auch, lieber Bruder, wie nötig Deine Erklärung war, und diese und solche Erklärungen scheinen mir und manchen Deiner scharfsinnigsten und würdigsten Leser bei manchen Deiner Behauptungen zu fehlen. Ich bitte Dich also, in meinem und vieler Namen, um mehr Präzision und ausarbeitende und vollendende Darstellung.

Was Du, mein lieber Bruder, von der Divination, Ahnungsgabe, Geistereinfluß, Geistererscheinung usw. schreibst, ist mir teils nicht neu, teils nicht so wichtig, als es Dir scheint, zumal ich mich ganz allein an dem Evangelio und an dem Herrn selbst halten möchte. Übrigens, daß ich keine den Herrn bindende, ihm vorschreibende, ihn begrenzende Äußerung mir erlauben möchte, nie sagen möchte: „Der Herr erscheint nie, erscheint nur einmal" und dergl., wird jeder unbefangene Christ, der die Geschichte des Evangeliums höher hält als alles, was alle Geister, ja alle Engel des Himmels sagen, vernünftig finden. Christus erschien dem Saulus, dem Stephanus, dem Johannes.

Er kann tun, was er will, und es scheint mir, wo nicht vermessen, doch unbescheiden und schwach, zu setzen und zu ordnen, zu dekretieren und zu schreiben: „Der Herr erscheint nie!"

Und was soll ich nun, lieber Bruder, zu dem sagen, was Du mir vom Gebet und der Gebetserhörung ganz Unerwartetes und meinen Augen kaum Anschaubares sagst. Lieber, wir sind Männer und Christen, und als Männer und Christen laß uns heilig von der heiligsten Sache sprechen, heilig, d. h. nicht despotisch, sondern nach Gründen heilig, d. h. höchst ernsthaft würdig, heilig, d. h. dem Evangelio gemäß.

Ich könnte Bogen überschreiben — ich könnte mit dem einzigen Wort abbrechen: „wenn Du mein handschriftliches Ein-mal-Eins über Bitten, Fragen, Antworten, Verheißen, Erhören gelesen hättest, so würden Dir über Deine mir äußerst unchristlich scheinenden Behauptungen alle Sinne vergehen. Wenn Du meine handschriftliche Abhandlung: „Jesus stets derselbe“ gelesen hättest, so würden die ungesalbten Deiner unwürdigen Worte: „Thomasglaube, Wundersucht, Steckenpferde, Wunder der Langmut, weil Du an Gebeterhörung glaubst, Dich vor Dir selber zittern machen.“

Lieber Bruder, es ist schlechterdings unmöglich, daß Du mich verstehst, dem Evangelio glaubest, und mich vor dem Glauben an Gebeterhörung, als einem gefährlichen Irrglauben, warnen kannst. Dies also muß ich an dem christlichen Jung erleben? Ich weiß nicht, was mir mehr wehe tut, Stolzens Neologismus oder diese Deine Äußerung.

Der Herr bewahre mein Herz vor Unwillen und verwandle meine Betrübnis in heißes Gebet für Dich. Doch, wenn mein Gebet nicht erhört wird, warum beten wir? Das hieße ja seinen eigenen Willen Gott aufdringen? Gott vorschreiben? Ihm gebieten wollen? Und davor warnen uns ja alle biblischen Geschichten und Lehren? Wir sollen ja nicht so vermessen sein — Erhörung zu erwarten? Oder gar zu fordern? Es habe Gott sehr mißfallen, daß Jakob gerungen und gefleht: „Ich lasse dich nicht, du segnest mich denn.“ Gott hab' ihm ja um dieses Eigensinns, dieses Gottbeherrschens willen, einen ewigen Schimpfnamen angehängt? Wir lesen ja deutlich, daß Gott mit Abraham gezürnt habe, da er um einen Sohn gebetet — daß Jesaias übel auf Hiskias zu sprechen gewesen, da er um Verlängerung seines Lebens gebetet? — — —

(Hier fehlt eine beträchtliche Stelle in dem Briefe Lavaters.)

Ich frage Dich: Ist's nicht völlig derselbe Fall bei dem Gebete? Ist das Beten nicht ein Tun? Eine Aktion? Eine Handlung so gut als Almosen geben, Kranke besuchen, Unwissende unterrichten?

Heißt uns der Herr nicht beten? Nicht bitten? Sagt er uns nicht, was und wie wir bitten sollen? Wenn wir um das bitten, warum — und so bitten, wie er uns bitten heißt — bitten wir dann nicht nach seinem Willen, wie wir nach seinem Willen Almosen geben, wenn wir's mit Demut und Liebe tun?

Verheißt er nun einem solchen Gebet, solchen positiven Bitten nicht Erhörung?

Ist es denn nicht Unsinn oder Vermessenheit, oder Abnegation des Evangeliums, wenn man sagen wollte: „Hör auf mit Bitten, die dem Willen des Herrn gemäß sind, der Sache nach und der Form nach — Gott zu versuchen. Achte es für eine sonderbare Langmut Gottes, daß er dich um deswillen, weil du nach seinem Willen bittest, Erhörung erwartest, so ausdrücklich er auch diese Erhörung verheißen haben mag — nicht straft. Es ist doch immer ein eigener Wille, ein Gott-Vorschreiben."

Oder was würdest Du sagen, wenn jemand in einem Atemzug folgende zwei Äußerungen täte:

„Wer nach dem Evangelio Almosen gibt, hat Belohnungen zu erwarten, welche das Evangelio verheißt. —

Aber wer nach dem Sinn des Evangeliums betet, ist ein Gottesversucher, wenn er die Erhörungen erwartet, welche das Evangelium dem evangelischen Beter verheißt."

Vergingen einem nicht alle Sinne ob einem solchen erbärmlichen Räsonnement?

Oder — (von tausend eins):

Könntest Du es evangelisch, dem Geiste Christi und der Apostel gemäß finden, wenn ein Christenlehrer zu einer Christengemeinde sagen würde:

„Es steht zwar geschrieben: ‚Rufe mich an zur Zeit der Not, so will ich dich erretten!' — Ich aber sage euch: ‚Ruft Gott nicht an, denn er hilft nicht!'"

„Es steht zwar geschrieben: ‚Bittet, so werdet ihr empfangen!' — Ich aber sage euch: Bitten ist eine Handlung des freien, also des eigenen Willens. Nun heißt uns Christus unsern eigenen Willen verleugnen — also sollen wir eigenen Willen im Bitten verleugnen und alles Bitten als eine Gottversuchung betrachten . . ."

(Hier fehlt wieder der Schluß des Briefes.)

Lavater an Jung.

Zürich, 28. Juni 1797.

Nachtrag zu meinem Briefe vom 28. Junius 1797.*)

1.

Glaube mir, lieber Bruder Jung, kein Mensch kann auf der Erde leben, der sich mehr als einen Gegenstand der göttlichen Langmut erkennt, als ich mich dafür erkenne. Aber daß ich mich deswegen für einen Gegenstand der göttlichen Langmut halten sollte, daß ich an Gebetskraft und Gebetserhörung glaube — dazu hab' ich nicht den geringsten Grund — davon wird mich kein Mensch und kein Gott überzeugen. Ich glaube: Gott liebt mich deswegen.

2.

Was glaub' ich dann als: „Christus hat nicht gelogen, wenn er dem kindlich demütigen liebevollen Glaubensgebet positive Erhörung verheißt — Gott werde sein Wort erfüllen"? Wir haben gar nicht in die philosorhische Frage: Ist's Wunder oder Nichtwunder? einzutreten — sondern zu bitten, zu glauben und Erhörung zu erwarten in den Dingen, um welche wir nach dem Drange des Bedürfnisses und nach der Erlaubnis des Herrn bitten dürfen. Das ist mein Glaube von meiner Kindheit an bis auf diese Stunde. Wenn ein Wort von der Schrift wahr ist, so ist dies hundertfach bestätigte Wort von der positiven Gebetserhörung wahr. Hat Christus in diesem Punkte sich oder andere betrogen, so kann ich auf keine Wahrheit irgendeiner seiner Behauptungen mehr rechnen.

---

*) Dieser interessante „Nachtrag" zu Lavaters Brief ist bereits einmal veröffentlicht worden, und zwar in der Zeitschrift für Literaturgeschichte betitelt: „Eurhorion" vor ca. 10 Jahren, wir lassen ihn aber trotzdem hier folgen, weil er für Lavater und seinen brieflichen Verkehr mit Jung-Stilling charakteristisch ist.

3.

Christus wäre — laß mich's heraussagen, ein wahrer Satan — wenn er mich deswegen strafte, weil ich (mit oder ohne Erfahrung) seinem Wort glaube, und das lehre, was ich, mit völliger Überzeugung unter allen Verhöhnungen der Ungläubigen und allen Beseufzungen und Beschwörungen der (ungläubigen) Gläubigen — immer für gleich wahr halte.

4.

Ich sage: „Mit oder ohne Erfahrung!“ und bitte Bruder Jung auf dies Entweder-oder scharf seine möglichste, redlichste und ruhigste Aufmerksamkeit zu richten.

A. Glaub' ich ohne Erfahrung — nun, so glaub' ich auf sein Wort, mithin, ehe ich sehe und erfuhr. Die erste Erfahrung (wenn ich eine habe) könnte ja nur NB. NB. nach dem Gebete erfolgen — weil jede Erhörung ein Gebet voraussetzt, das der Erhörung vorgehen muß. Also ist's wohl der formellste Widerspruch, oder das Sinnloseste, was gesagt werden kann — „ich wollte erst glauben, wenn ich erfahren habe.“ Weil dies — das Glaubensbeten (das Beding, das ich zur Erhörung angebe) der Erhörung oder der Erfahrung vorgehen muß.

B. Glaub' ich aus oder nach der Erfahrung so — so hab' ich zwei Gründe meiner Behauptung — die Schriften, auf deren Zeugnis hin ich betete, und die Erfahrung, welche der Erfolg meines Glaubens an die Schrift war.

5.

Ein Gleichnis: „Ich höre von Barthelemi, daß er (obgleich NB. ohne Verheißung) jedem antwortet, der ihm in einer Angelegenheit schreibt.“ Diese Erzählung soll den Wert meiner evangelischen Urkunde haben — (die ausdrücklich was Ähnliches dem Bittenden verheißt). Ich schreibe an Barthelemi in Freundesangelegenheit — und er antwortet mir. Ich schreib ihm nach ein paar Monaten wieder, er antwortet mir abermals; noch einmal, und er antwortet mir wieder — macht mir nie keinen Vorwurf — behandelt mich wie ein Freund — ich denke an nichts Böses — ich weise andere Menschen in ihrer Verlegenheit an ihn — auch denen antwortet er ohne Vorwürfe, mit Liebe.

Nun kömmt mir einer und sagt mir: „Du bist in einem schrecklichen Irrtum, wenn du glaubest und glauben machst — Barthelemi antworte — was? Er wird sich jedem Unbekannten zum Sklaven machen" usw. usw., was hab' ich zu antworten? Als — „glaube was du willst — mir wirst du meine Erfahrungen nicht wegräsonnieren."

Was kann jeder, der Gebetserhörungen erfahren hat — auf der Stelle Antworten und Rettungen erhalten hat, dem, der ihn der Vermessenheit, Schwärmerei, der Wundersucht anklagt, antworten, als: „Glaube, was du willst, von Gebet und Gebetserhörung — mir wird kein Mensch meine Erfahrungen wegräsonnieren."

6.

Wörter und Namen schrecken Weiber und Kinder — Männer erschüttern sie nicht. Das Wort: Gottversuchen ist ein Wort ohn' allen Sinn für den kindlich evangelischen Not- und Drang-Beter, der sich an der Verheißung hält, vor und nach der Erfahrung und Gott die Mittel nicht vorschreibt. Wenn ein Kranker zum Herrn kam, sagte er je zu ihm, was er doch wohl zu den Pharisäern sagte: was versuchest du mich? — was sagte er? —: „Was willst du, daß ich dir tun soll? Dir geschehe nach deinem Glauben." Welche Einfalt! welche Entferntheit von dem harten Worte: Gottversuchen.

Herr, bist du es, so heiß mich zu dir auf das Wasser kommen — hat völlig den Akzent einer Versuchung. Dennoch sagt Jesus nicht: Was versuchest du mich? Sondern: Kleingläubiger! Warum hast du gezweifelt? Führe mir ein einziges Beispiel an, daß Jesus einem vertrauensvollen Bitter (NB. einem, der auch keine so ausdrückliche Verheißungen hatte, wie wir haben) den harten, inhumanen und abschreckenden Vorwurf gemacht — „was versuchest du mich — was? Ich soll mich nach deinem Willen richten? Die Welt würde zugrunde gehen, wenn ich eines jeden Gebet erhören sollte". O, mein Heiland, wie sind deine treuesten Jünger härter als du!

7.

Was war dem Herrn am liebsten?

Der kindlichste, der kühnste Glaube!

Das: Ja, Herr, ich glaube — wenn er fragte, was willst du? Glaubest du, daß ich solches tun könne?

8.

Was willst Du? Lieber Bruder, hier, wenn ich das Recht hätte, zu beschwören, möcht' ich wohl beschwören. — Ist dies die sinnlose inhumane Sprache der mystischen Künstelei? „Du darfst ja nichts wollen — was? Du willst dem Allmächtigen vorschreiben — habe keinen Willen! Wolle was Gott will — jeder eigene Wille ist Todsünde!" Nun, wenn das der Sinn der Frage ist: Was willst Du? So erbarme sich Gott meiner Verrücktheit.

9.

Lieber Jung! Du kommst mir von höheren Geisterinfluenzen und Geheimnissen, die Du verschweigen mußt, usf. zu sagen — auf das alles leg' ich in dieser Sache keinen Wert, halte mich am klaren Buchstaben meines Evangeliums — gebe dem, der mich bittet, und vergebe dem, der mich beleidigt, weil es Christus gesagt, und bekümmere mich nicht, ob ein starker Philosoph, oder ein schwacher Christ sagt: „So wirst du die Welt zugrund richten". Das hat der zu verantworten, der mich das tun heißt — und wenn der, der mich das tun heißt, verheißt: Bitte, so wird dir gegeben werden — so glaub' ich's und sage: „Gib mir, wie ich gebe!"

Und wenn er sagt: Vergib, so wird dir vergeben werden! so glaub' ich's und bitte:

„Vergib mir, wie ich vergebe!"

Und verstehe die Worte Bitten und Vergeben gleich, wenn sie von Gott und wenn sie von Menschen gebraucht werden — und bin nicht so schrecklich schief, dumm und inkonsequent, den Unsinn zu denken oder auszusprechen: „wenn der Herr sagt: Gebet, so meint er's eigentlich — aber uneigentlich, wenn er hinzutut: Euch wird gegeben werden. Die Pflicht ist buchstäblich, die Verheißung unbuchstäblich zu verstehen."

Lieber weiser Bruder! Kann Gott sagen: „Mit dem Geben, das ihr sollt, ist's ernst gemeint, mit meinem Geben, das ich verheiße — nicht ernst! Ich will, daß ihr vergeben sollt, das mein' ich recht, wie's alle Welt versteht — wenn ich aber verheiße, dem Vergeber zu vergeben — so will ich's so verstanden haben, wie's kein Mensch versteht. Ich erkläre es für eine Impertinenz, ein Gottesversuchen, ein Gottvorschreiben, einen Sinn, den man in die weite Welt hinausschicken müsse, wenn man, eigentliche Vergebung zu erwarten, dumm genug ist. „Vergebung, Aufhebung und Vergütung der Schuld ist ein Wunder — Vergebungerwartung also eine Wundersucht, ein Zeichenhunger, der meine Langmut reizt." Kann Gott so ungöttlich sprechen?

10.

Du siehst aus diesem allen, lieber Bruder, wie vergeblich bei mir alle Beschwörungen, Drohungen, Angstmachungen, Gesegnungen und Beseufzungen sind, wo Gründe, die dem reinen Evangelio entschöpft sind, fehlen. Ich hasse allen Despotismus und Intolerantismus gegen die menschliche Denkfreiheit — am meisten an Christen gegen Christen, denen nichts heiliger ist als die Bibel. Höre ein belehrendes Beispiel:

Es gab mir einmal ein Theologe, auf meine Frage: „Ist eine einzige Stelle im neuen Testament, welche sagt: Der Zorn Gottes sei durch Jesu Blut gestillt worden?" Die Antwort: „Ich bitte Sie um des jüngsten Gerichts willen seien Sie kein Sozinianer!" (Dies geschah vor vielen Studenten.) Ich antwortete: „Ich bitte Sie um des jüngsten Gerichts oder um der Wahrheit willen — zeigen Sie mir eine Stelle, die so vom Zorn Gottes spricht.“ „Wie können Sie“, sagt er, „dies fordern, das ganze Testament ist voll von solchen Stellen?“ Ich: „So wird es Ihnen leicht sein, mir eine einzige Stelle zu zeigen.“ Er: „Der jüngste Tag wird Sie schon eines andern belehren!“ „Wollen Sie's auf den jüngsten Tag ankommen lassen?“ Die Studenten lachten, und ich seufzte. Welch' ein elender Schuft wär' ich, wenn eine solche Drohung mich erschütterte, eine Nichtlehre der Schrift für eine Schriftlehre anzunehmen.

Fiat applicatio, lieber Jung! Laßt uns Männer sein mit Kindersinn!

11.

Noch ein Wort vom Gottversuchen.

Bitten um etwas, was wir schlechterdings bedürfen — und was der Herr uns erlaubt oder befohlen hat — Bitten mit Demut, Kindersinn und Glauben — kann doch unmöglich ein Gottversuchen heißen; sonst wäre ja jede noch so demütig fromme Bitte ein Gottversuchen — keine fromme Bitte wäre möglich. Die Mittel Gott vorschreiben — sagen: „Wenn Du mir nicht so hilfst, so entsag' ich dem Glauben an Dich“; Gott die Art und die Weise der Hilfe auf der Stelle diktieren — und auf den Gehorsam Gottes gegen unsere Vorschrift Gottesvertrauenswürdigkeit gründen — das heißt — Gottversuchen.

Das war doch, ob Gott will, kein Gottversuchen, daß Jesus erwartete, glaubte, und vielleicht auch betete, daß ihn Gott in der Wüste ohne Brot erhalte — aber wenn er gesagt hatte — „wenn du diesen Stein nicht in Brot verwandelst, so bist du Gott nicht!“ Das wäre was anders.

Wenn ihn der Teufel von der Zinne heruntergeworfen hätte — hätte er dann gesündigt, wenn er sich an dem Worte: Er wird seinen Engeln Befehl geben festgehalten, wenn er in Angst und Not im Herunterfallen den Vater angerufen hätte? — ich denke es nicht. Ich denke aber, wenn er ohne Zwang, Not (debut en blanc) bloß experimentweise, oder, um was zu wagen, sich heruntergestürzt hätte, dann hätte er Gott versucht.

12.

Du sagst: „Dem Nachfolger Christi ist die Verheißung gegeben.“ Christ Jung — wem sagst du das? Dem Heiden Lavater! Wenn ich in dem Namen Jesu, auf sein Wort hin, als sein Jünger bete; wenn ich als ein um Christi willen Gebender bete: Gib (was ich bedarf, versteht's sich), als ein um Christi willen Vergebender bitte: Vergib — bet' ich dann nicht als sein Nachfolger? Und wen geht dann seine Verheißung an, wenn sie mich nicht angeht?

13.

Es gibt, wenn wir aus dem Kreise unserer Individualität heraustreten, schlechterdings keinen so entscheidenden Beweis von dem Leben, von der Allwirksamkeit Jesu, von unserm innigen Verhältnis mit ihm, und seiner mit uns — als Gebetserhörung — oder eine vorweisliche Korrespondenz mit ihm. Gegen diesen Beweis streiten, heißt, gegen den einzigen stichhaltigen, unmystischen Beweis des Lebens Jesu, vis-a-vis von andern — streiten.

14.

Noch eins — das Du unbegreiflich Eingenommener, schwerlich begreifen wirst, das aber so wahr ist, als daß ich es schreibe — Ich verlange durchaus nicht, ein Wundertäter zu sein. Ich erschrecke vor einer Wundergabe — nur vor der stillkräftigen Gebetsgabe erschreck' ich nicht — nur diese wünsch' ich, um diese fleh' ich — nur mit mehr Weisheit reiner Liebe und größerer Kraft im Stillen Gutes zu wirken.

Wenn mir Gott die Wahl ließe, ein öffentlicher Totenerwecker zu werden — oder im Stillen, ohne daß ein Mensch den Beter erraten, oder ahnen könnte, mit Kraft und Erfolg für Leidende und Verirrte zu beten — welches meinst Du, daß ich weit, weit, weit vorzöge — gewiß das letztere — und Du nennst mich einen jüdischen Zeichenhungerer — o, wie wenig kennst Du mich! O, wie schnell sind wir zum Richten!

15.

O, wie wenig kennst Du mich! wenn Du denken kannst, mein Gebet, wenn es erhört würde, würde die Welt zugrunde richten — was ich erbetete — auf der Stelle oft erhielt — Beistand in der schwersten Not, auf der Kanzel frappante Glaubensstärkung, Unterstützung für Arme, die mir auf dem Halse lagen, Abwendung von schrecklichen Gefahren usw. — hat weder die Welt noch einen Menschen zugrunde gerichtet. Das Zugrunderichten ist wahrlich nicht meine Sache! Ach, Lieber! Prüfe doch vor Gott was ich sage! Prüf' es mit Bruderliebe und Wahrheitsliebe und bleibe doch nicht eigensinnig am offenbarsten Unrecht. Eigensinn, Unbelehrbarkeit ist die schrecklichste aller Todsünden Eigensinn gibt keine Gründe, und hört keine Gründe. Ich habe Gründe gegeben und will alle Deine Gründe hören.

Ich umarme Dich.

Lavater.

Lavater an Jung.

Samstag, den 1. Juli 1797.

Noch ein Wort der Liebe, lieber Bruder Jung, weil mir sehr viel dran liegt, daß wir womöglich einander über einen Hauptpunkt nicht nur nicht mißverstehen, sondern eines Sinnes und Herzens seien, dem Satan keine Freude machten und die bald verwaiste Christenschar einerlei lehren.

Ohne positives Gebet und positive Gebetserhörung möcht' ich keinen Augenblick mehr leben — müßt' ich verzweifeln über dem Elend und Verderben, das ich in mir und außer mir wahrnehme. Nichts als positives Gebet, das positiv erhört wird, kann dasselbe besiegen.

Nicht genug, mein lieber Bruder, kann ich wiederholen, daß mir nicht um Zeichen und Wunder, sondern um Hilfe zu tun ist, um Hilfe für mich und andere, um einen lebendigen Gott, der antwortet, wenn man ihn anruft.

Was ist Wunder? Was ist Nichtwunder? Alles für uns Wunder — nichts für Christus. Leichter, als wir unsere Hand umwenden, sendet er einen Engel, der hundertundachtzigtausend Assyrer erschlägt. Ist das ein Wunder, daß er einen Engel senden kann? Ein größeres, als wenn wir unserm Bedienten sagen: Gehe hin und komm her? Ist's ein Wunder, daß ein Engel 100 000 Mann wie einen schlagen kann? Ein größeres, als wenn wir 100 000 Fliegen totschlagen? Was war's aber für den Beter (den Gott seines Versuchung scheinenden Zeichenforderns ungeachtet, das ich mir nicht erlauben würde, erhörte)? Ein Wunder der positivsten Erhörung.

Lieber Bruder! Ich halte alles und nichts auf dem Innerlichen. Nichts insofern es allein ist, und keine äußeren Entsprechungen hat — insofern nicht immer das Äußere mit dem Innern in der genausten Korrespondenz ist — alles, wenn das Äußere dem Inneren entspricht und das Innere als göttlich beweist.

Wenn mir z. E. mein Innerliches sagt, oder eine positivscheinende Stimme: „Gehe dorthin" — und ich gehe und komme gerade in dem Momente, wo ich einen Menschen aus großer Gefahr retten kann — oder ich bete, und die bekannte Stimme sagt: „Tue das — schreibe dem, dies und jenes wird geschehen! Oder es wird gesegnet sein" — und der Erfolg entspricht und entspricht allemal — so ist ein Zweck erreicht, und ich enthalte mich aller Grübelei. „Ist's natürliche Divinationskraft? Inspiration? Wunder? Nichtwunder?" Genug, ich betete; warum ich betete, geschahe. Ich sehe Erhörung und bete an.

Nachschrift zu 1. Juli 1797.

Soeben sagt mir die liebe Kitt, daß Du mit dem braven Pfarrer Heß von Rafz in Briefwechsel gestanden. Ach, der gute

Mann ist vorgestern an einem Steckfluß gestorben. Wieder einer unserer christlichen Prediger weniger in unserm Vaterland, wo der Neologismus unter der jüngsten volée Riesenschritte macht.

L.

Jung an Lavater.

Marburg, den 12. Juli 1797.

Lieber teuerer Lavater!

Ist es denn wirklich Influenz eines bösen Wesens, die mich hindert, in meinen Briefen an Dich deutlich und mit Präzision zu schreiben — oder die Dich hindert, mich zu verstehen? Denn wahrlich! Der Dissensus zwischen Deiner und meiner Denkungsart ist nicht schuld daran, da wir in der Hauptsache gewiß in der Einigkeit des Geistes stehen, wie Du aus diesem Brief, der so ganz aus der Liebesfülle meines Herzens gegen Dich, und in der Gegenwart unseres gemeinschaftlichen Herrn geschrieben ist, sehen wirst.

Würdest Du bei ruhiger Stimmung Deines Gemütes, und ganz ohne Leidenschaft Deinen Brief an mich jetzt noch einmal überlegen, ich weiß, Du würdest selbst über Deine harten Urteile über mich erschrecken, und würdest gerne mit Tränen die Schmähungen, womit Du mich ganz überschüttet hast, wieder zurücknehmen. Und da ich dies alles weiß, so sehe ich alle diese Ausdrücke als Äußerungen unwillkürlicher Exklamationen der Natur über einen Schmerz an, den Dir der Mißverstand meines Briefes, vorzüglich weil auch Dein Nervensystem sehr reizbar ist, gerade wie das meinige, zugeführt hat Verzeihe mir diesen so ganz unwissentlichen Fehler, so wie Jesus Christus uns verzeiht, und wie ich Dir verzeihe.

Lieber Bruder! Du rügst Mangel an Präzision in meinen Schriften und Briefen; unter so viel Tausenden meiner Leser und Korrespondenten, auch solcher, die mich brüderlich erinnern, und gewiß kompetente Richter sind, hat mir das noch nicht einer gesagt

— im Gegenteil: man hält mich unter den staatswissenschaftlichen Gelehrten für denjenigen, der am mehrsten System und Präzision in seinem Vortrag habe. Ich sage dies bloß zu meiner Verteidigung und keineswegs aus Eitelkeit, indessen will ich mir doch Deine brüderliche Ermahnung sehr zunutze machen, denn Du kannst dem allen ungeachtet doch recht haben, und wenn Du auch nicht recht hättest, so kann mir Vervollkommnung in der Präzision des Ausdrucks nie schaden.

Nur noch ein paar Worte vom Luxus: Du sagst, daß ich Dich mißverstehen mußte . . . Herzensbruder! Bruder aller Brüder, lies doch meinen Brief noch einmal . . . und dann urteile, ob diese Definition des Luxus nicht allen logischen Regeln entspreche und allanwendbar sei? . . .

Aber jetzt zur Hauptsache! Alle Deine Äußerungen, Deine bitteren Ausfälle alle auf mich, Dein ganzer 13 Cahico großer Brief sagt seiner Quintessenz nach Folgendes:

1. Ich Lavater glaube und bin durch eine Menge Verheißungen überzeugt, daß Jesus Christus alle meine Gebete, in sofern sie zu meinem und meiner Brüder Besten gereichen, oder dem Willen des himmlischen Vaters nicht zuwider sind, gewiß erhören will; und ich bezeuge, daß ich nie skrupelieren oder untersuchen will, wie eine solche Gebetserhörung möglich sei, und ob nicht dadurch die Welt zugrunde gehen, oder ich Gott versuchen möchte, wenn ich um etwas betete, das nach meinem Urteil ein Wunder erheischt.

2. Du, Jung aber, willst nur um das beten, wobei Du überzeugt bist, daß es ohne Wunder, und ohne daß die Welt darüber zugrunde ginge, oder ohne Gott zu versuchen, erhört werden könne; und das ist dumm, darum bist Du unverbesserlich, schwer zu belehren, despotisch, unchristlich usw., und ich verzage an Deiner Redlichkeit und Demut, wenn Du, wofern Du dies einsiehst, nicht mit Freuden sagen kannst (Gott weiß, nicht um meinet-, sondern um Deinetwillen): „Ja, Bruder Lavater, mir fehlt, wie Du mir schon Wink gabst, die ruhig

prüfende Präzision. Ich vermischte zwei unvermischbare Sachen, ich tat Dir unrecht, ich danke Gott, daß ich's erkennen und verstehen kann."

Dies ist die Hauptsumme Deines Briefes, und nun, teuerster und ewig geliebter Bruder! nun höre mich, damit Dich Jesus Christus auch höre!!!

Alles was Nr. 1 steht, den ganzen Lavatersglauben, so wie er da ausgedrückt ist, unterschreibe ich von ganzem Herzen. Alle meine Schriften von „Heinrich Stillings Leben" an bis zum „Heimweh" und den „Szenen aus der Geisterwelt", ja meine ganze Geschichte, mein ganzer Wirkungskreis, alles, alles, was um und an mir ist ruft mit tausend Zungen: Ja, dieser Lavatersglaube ist ewiges Evangelium, ist mein Ein und Alles, Wachen und Beten sind meine zwei Füße, womit ich den Lebensweg wandere, und wer hat wohl frappantere, wer wunderbarere, wer so ganz die allerspeziellste Vorsehung beweisende, — demonstrierende Gebetserhörungen erlebt, als ich? — Wenn ich das leugnete, wenn ich das nun noch wäre, was Du Nr. 2 aus mir machst, so wären alle Deine schmähenden Epitheta viel zu gelind für mich, ich wäre ein wahrer Satan.

. . .

Mein Brief floß aus herzlicher Liebe, aus banger Sorge für Bruder Lavater! — erlaube mir, daß ich Dir offen und brüderlich mein ganzes Herz so zeige, wie es war, und was darinnen vorging, als ich an Dich schrieb.

Ich weiß, daß Du von jeher sehr aufmerksam auf außerordentliche Erscheinungen aus dem Geisterreich warst; ich weiß Deine Geschichte in Ansehung Gossners, Gablikone, Deine Gedanken über das Phaenomen in Dänemark aus Deinen eigenen Äußerungen gegen mich, Deine Wirksamkeit und Erwartungen in Ansehung des Magnetismus usw. Du wirst Dich erinnern, was das „Heimweh" für Wirkungen auf Dich machte, und wie Du unwillig über mich warst, und mir Vorwürfe machtest, als Du erfuhrst, daß die Erzählungen von den Felsenmännern und dem grauen Mann nicht fakta, sondern bloß allegorische Fiktionen seien.

Alles dieses und noch mehreres der Art, das ich von Dir gehört hatte, überzeugte mich: daß Lavater auf diesem Wege nähere Aufschlüsse suche, und daß er positivere Offenbarungen von Jesu Christo erbeten, erwarten und erringen wolle; noch positivere, als uns die Evangelien und Apostel hinterlassen haben.

Diese, in Deiner Seele herrschende Idee nannte ich Dein Steckenpferd (ein Ausdruck, den ich ohne Bedenken immer brauchen werde, so oft eins von uns Kindern eine Nebensache zur Hauptsache macht) und da dem Apostel Thomas die Zeugnisse anderer über die Auferstehung Jesu nicht hinlänglich waren, so wollte er selber sehen und fühlen — o, wahrlich! eine sehr verzeihliche und liebenswürdige Schwachheit, deren sich keiner von uns zu schämen braucht, noch weniger als Thomas, weil wir 1800 Jahre von der Quelle entfernt sind. O nein! nein, Bruder meines Herzens! auch diese Deine Idee kommt aus einer sehr ehrwürdigen Quelle, Du willst den handgreiflich erkennen, den Deine Seele liebt, allein da diese Idee bei Dir zum heißen Gebet geworden, und da alle sinnlichen Phänomene aus dem Geisterreich erstaunlich gefährlich und trüglich sind, so wollte ich Dich vor diesem Gebete warnen; nur dieses Gebet hielt ich für Versuchung Gottes, und seine Quelle für unerlaubten Wunderglauben. Wenn Gott diese Gebete erhören, jedem sich sinnlich je nach jeden Forderungen offenbaren sollte, so müßte die Welt zugrunde gehen usw. . . . Da ich denken konnte, daß Du aus meinen Schriften und aus meinem Umgang meine Denkungsart über Gebet und Gebetserhörung überhaupt wußtest, so richtete ich in diesem Briefe meinen Blick bloß auf Deine herrschende Idee über nähere sinnliche Offenbarung Christi, und besonders auch auf das, was Du als Zeichen derselben ansiehst . . .

Lieber Bruder! Du stehst als Schriftsteller und als Christ auf einem Standpunkt, auf welchem Dich Millionen beobachten; wenn Du getäuscht wirst, so hat das entsetzliche Folgen, davor war ich bange, und davor wollte ich Dich warnen. Um Jesus Christus willen, nimm mir das nicht übel!

Alles, was ich Dir sagen wollte, schränkte sich auf folgendes ein:

Ich glaube nicht, daß der Herr persönlich jemand erscheint, bis zu seiner Wiederkunft; er ist zusehends gen Himmel gefahren; dort sitzt er zur Rechten Gottes, bis er dereinst wiederkommt zum Gericht. Nun will ich keineswegs so vermessen sein, zu leugnen, er *könne* niemand erscheinen; aber wenn mir eine herrliche Person erschiene, die sich für Christus ausgäbe, so würde mir eben diese herrliche Person nicht übel nehmen, wenn ich ihr ein göttliches Konditiv abforderte, ehe ich glaubte; weil ich erfahren habe, wie sehr eine äußerst christliche Beterin, durch eine solche herrliche Person, die sich auch für Christum ausgab, und sich lange recht herzlich anbeten ließ, auch zukünftige und abwesende Dinge nach der Wahrheit offenbarte, doch die fromme Beterin am Ende schrecklich täuschte: denn an einem Abend erschien er ihr in der herrlichsten und verehrungswürdigsten Gestalt, sprach lange mit ihr über die Zukunft und kündigte ihr endlich deutlich und mit Gewißheit an, morgen um 6 Uhr wirst du sterben, und dann in mein Reich einkehren. Engel und Erzengel waren bei dieser Szene gegenwärtig, und siehe da, die fromme Beterin kämpfte die ganze Nacht den schrecklichsten Todeskampf, zagte bei dem Glockenklang sechs — und starb nicht allein nicht, sondern es zeigte sich von da ab allenthalben, daß das Phantom ein schrecklicher und gefährlicher Betrüger gewesen war.

Mein Bruder! ich meines Orts erbete, wünsche und verlange nichts von der Art; ich will *nicht sehen und doch glauben*, ich will mit Dir übrigens kindlich um alles beten, was ich auf meinem Wege und in meinem Beruf als Bedürfnis fühle, ich will fortfahren im innigsten Vertrauen mit meinem Heiland so umzugehen, als wenn er persönlich immer bei mir wäre, über alles Kleine und Große, Geheime und Offenbare mit ihm Rat pflegen wie bisher, er ist mein Alles und mein Eins, außer ihm hab' ich nichts; aber *sinnliche*, meinen *unteren* Seelenkräften *empfindbare* Zeichen seiner Gegenwart, oder seiner Existenz verlang' ich und erbete ich nicht, und wenn ich etwas entdeckte, das sich für so etwas ausgäbe, so machte ich's wie alle frommen Seher Alten und Neuen Testaments, ich ließ mir seine göttliche Sendung beweisen, so wie sie Christus und alle seine Apostel bewiesen haben; und ehe das geschähe, glaubte ich weder einem Engel, noch auch sogar einem Wesen, welches Christus zu sein vorgäbe.

Siehe, ewiger Bruder! Das ist mein Glaubensbekenntnis in dieser Sache. Urteile nun selbst über Dich und Deine gewiß nicht liebreiche Zuschrift an mich; und wenn Du auch Deine Lieblingsidee behältst, so verdamme doch nicht sogleich einen Bruder, der in solchen Nebensachen nicht so denkt wie Du. Ein jeder sei seiner Meinung und seines Glaubens gewiß! Ich aber will herzlich und brüderlich für Dich beten, daß unser Herr Jesus Christus Dein Herz bewahren, und Dich gegen alle mächtigen Versuchungen des Geisterreichs schützen möge. — Ich verdammte Dich ja auch nicht Bruder, sondern ich warnte Dich nur, Du aber putztest mich von oben herab ohne Schonung und Achtung aus, als wenn ich unter Deiner Kirchendisziplin stünde. — Nimm mir diesen Spaß nicht übel! Denn es soll Scherz nur sein. Hättest Du den Kampf gesehen, den ich kämpfen mußte, als ich Deinen Brief gelesen hatte, indem Du mir enorme Grundsätze, die nie in meine Seele gekommen sind, aufbürdetest, und woran nur der Mangel einer ruhigen Achtsamkeit an Deiner Seite und nicht meine Nicht-Präzision schuld war, so würdest Du mich bedauert haben; und nachdem ich diesen schweren Kampf gekämpft, und durch Gottes Gnade meine Reizbarkeit und Temperament überwunden hatte — da erst — schrieb ich diesen Brief. — Mach' es auch so, teuerster Bruder! Damit Du ein andermal nicht wieder Deinen armen Mitknecht so schlagen mögest, wie Du mich geschlagen hast. Jesus Christus sei unser eins und alles!

Mit unaussprechlicher ewiger Liebe Dein treuer Bruder

Jung.

Jung an Lavater.

Marburg, den 18. Januar 1800.

Du hast einen harten Kampf gekämpft*), lieber Kreuzbruder! Aber der Herr war Dir Helfer und Heiland. Jesus Christus hat Dich mit der Gemeinschaft seiner Leiden begnadigt und Dich unter die Zahl seiner Blutzeugen aufgenommen; er stärke Dich fernerhin, und lasse die himmlische Tröstung seiner Gegenwart, seiner seligsten Nähe, Dein ganzes Wesen mit Kraft erfüllen, bis Du Deinen Lauf vollendet hast.

Ich hab' in der Entfernung mit Dir gelitten, ich hab' um Dich geweint, und mich Deiner gefreut.

Jetzt ist die Zeit des Tennesegens; wohl dem, der als ein vollwichtiges Korn zu den Füßen des großen Hausvaters niedersinkt, und nicht vom Wind weit weg geweht wird!

Bruder! Der Abfall nimmt allenthalben erschrecklich zu — es ist von Christo gar die Rede nicht mehr; sie haben's nun ausgemacht, daß wir seiner nicht mehr bedürfen. O, da wird's einem weh ums Herz. — Mir ist er alles, und ihnen nichts. — Darum bin ich auch ein obscurant — Bruder! Ich bin in der Welt nicht mehr zu Haus, alles ist mir fremd.

Kant und Fichte haben ja nun unwidersprechlich bewiesen, daß die Vernunft im Übersinnlichen gar nichts weiß, und die Laodiceer sind doch so reich und sehen so hell.

Doch was geht uns das alles an, wir wollen wachen, beten und unsre Lampen bereit halten bis er kommt, und wer den Herrn Jesum nicht lieb hat, der sei Anathema Maranatha.**)

Bruder! Du warst nie ganz mit mir zufrieden. — Ach sei es, um des Herrn willen. — Er sei mein Zeuge, daß ich schlechterdings und durchaus nichts will als was er will, ich mag in allem Unrecht haben, wenn nur er recht behält.

*) Am 26. September 1799 war Lavater bekanntlich durch einen französischen Soldaten schwer verletzt worden und seitdem krank.

**) vgl. 1. Korinther 16, V. 22.

Es ist keine Zeit dazu, daß Brüder auf dem Wege mit einander zanken, wir müssen uns aneinander anschließen und für einen Mann stehn. Kindlein! liebet euch unter einander! Bruder, vergib mir um des Herrn willen, wo Dir etwas an mir nicht recht ist. Amen! Der Friede des Herrn sei Dein Element.

Jung.

Jung an Lavater.

Marburg, den 17. Februar 1800.

Gott segne und belohne Dich für Deine Briefe an mich! Lieber teurer Kämpfer Jesu Christi! jetzt da durch die Gemeinschaft seiner Leiden Dein ganzes Wesen auf dem Test*) steht, und das große Läuterungsfeuer der ewigen Liebe mit seinen Flammenspitzen über Dich hin und herfährt, jetzt da der große Schmelzer sich bei Dir niedergesetzt hat, Dich, Du auserwählter Sohn Levi! vollends bis zum Blick der Vollendung zu bringen (Blick nennt man bei dem Silberabtreiben den Zeitpunkt der vollendeten Reinigung, daher Blicksilber — rein 16lötig Silber) — jetzt ist's Zeit, daß wir zwei Tautropfen der Morgenröte des großen Tages ganz ineinander zusammenfließen. Bei mir muß das Reinigen und Läutern wohl äußerst schwer halten, ich sitze nun schon 50 Jahre auf dem Schmelzherd, und jetzt in meinem 60. Lebensjahre ahne ich wohl das Ziel, aber ich seh es noch nicht. Von Körperschmerzen kann ich, außer Magenweh und Nervenreizbarkeit, wenig aus Erfahrung sagen, dagegen hab ich alle Arten von Seelenleiden geprüft, und manchen Becher bis auf die Hefen austrinken müssen. Noch jetzt bin ich seit 8 Jahren mit einer unbeschreiblich schweren Freudenleerheit und Schwermut belastet, die mich zu Zeiten zu Boden drückt, dann aber zu Zeiten nachläßt; jetzt scheint es, als ob dieser Trauergeist allmählich Aschied nehmen wollte. Indessen hat mir dieser Zustand unge-

*) Test ist eine kleine eiserne Schale, in welcher das Blicksilber vor dem Gebläse fein gebrannt wird.

mein genützt: denn er hat mich gewöhnt in der Gegenwart Gottes zu bleiben und unablässig zu wachen und zu beten. Du schreibst am Schluß Deines Briefes: Gott lasse mich Deiner vor dem Einschlafen noch brüderlich kräftig vor ihm gedenken!*) — Dies muß wohl geschehen sein, denn das Lesen Deines Briefes flößte mir die selige Empfindung der Gegenwart Gottes ein, ich empfand das Wehen des Geistes Jesu Christi durch mein ganzes Wesen; so wie mir dann jedesmal geschieht, wenn ein Wort des Herrn gerade in den Brennpunkt meines Glaubensauges fällt.

Du legst mir 4 wichtige Bemerkungen über meinen schriftstellerischen Wirkungskreis ans Herz. Du forderst

1. höheren Grad des christlichen Geschmacks — höchste Stufe der Delikatesse des Ausdrucks.

Ewiger Bruder Lavater! — hier ist meine Hand — ich will alles tun, alle Kräfte anwenden, um diesen edlen Wunsch zu erfüllen — ich will wachen und die Fehler sehen und um Kraft beten, sie verlassen zu können.

2. Ich soll mich vor trivialen, lichtlosen Redensarten, gewählten Phrasen und dergleichen hüten. —

Gerne, Teuerster! aber ich hätte gewünscht, daß Du mir einige namhaft gemacht, und mich darüber genauer belehrt hättest — tue es noch; unsere liebe Kitt kann ja schreiben, wenn Du's nicht kannst. Ich meine, ich bediene mich biblischer Redensarten, die als Kunstsprache der Religion gelten, und vom gemeinen Mann am besten verstanden werden, — allein Du kannst und wirst recht haben, darum mache mich bestimmter aufmerksam.

3. Krudität, Härte, Verdammungssucht gegen Irrende soll ich — auch den bloßen Schein davon — meiden.

Bruder! Hier spricht mich mein Herz und Gewissen frei —

*) In Lavaters Brief an Jung-Stilling vom 30. 1. 1800 der letzte Satz. Der Brief ist bereits publiziert in dem (schon auf Seite 1, in der Vorbemerkung erwähnten) Buche „Sendschreiben geprüfter Christen an Jung-Stilling", daher nicht in unserer Sammlung aufgenommen.

wenn so etwas nur dem Scheine nach in meinen Schriften vorkommt, so hat der Feind, indem ich nicht wachte, dies Unkraut unter den Weizen gesäet. Rechthaberei und Disputiersucht, oder auch nur eine Nuance von Tadelsucht ist meine Schwäche nicht. Das wissen meine Kollegen und alle meine Zuhörer am besten, sobald ich etwas als Irrtum einsehe, sobald sag' ich's aller Welt, daß ich geirrt habe; nie behaupte ich einen Satz mit Bestand, wenn er nicht wesentliches Wort Gottes aus der Bibel, oder mathematische Vernunftwahrheit ist. Hier hätte ich auch gerne Beispiele aus meinen Schriften angewiesen: denn es muß entweder Unbestimmtheit des Ausdrucks von meiner Seite, oder Übereilung im nicht wachsamen Zustand, oder Mißverstand des Lesers, oder das alles zugleich sein. — Indessen so überzeugt ich mich auch von dem allem fühle, so kann es doch gar wohl sein, daß mich oft im Drang der Geschäftsmenge ein Unwille anwandelt, der dann als ein Tropfen Galle ohne mein Wissen und Willen in die Feder fließt.

Gott wird mich ja stärken, daß ich auch auf diesen Fehler wachen, und ihn durch sein Licht und Gnade verbessern kann! Endlich

4. Ich soll mehr logische Schärfe, Präzision usw. bei vielen von mir gebrauchten Wörtern mir zum heiligen Gesetz machen.

O, gerne! Von Herzen gerne! Wenn ich nur auch diese Wörter wüßte und kennte.

Jetzt ewiger Bruder! jetzt schone Dich, aber bete für mich, das kannst Du auch im Bett, mitten im Schmerzenstiegel der Leiden; denn wahre Bruderliebe vor und in dem Herrn ist schon Gebet; wahre Liebe betet, so wie der Geist mit unaussprechlichem Seufzen. Aber wenn Du nur Raum und Zeit findest, dann belehre mich durch Beispiele aus meinen Schriften, damit ich den richtigen Blick auf meine Fehler bekommen und dann auch abändern könne.

Es ist sehr begreiflich, wie ich jene Fehler haben kann, — aber auch ebenso begreiflich, daß es mir unbeschreiblich schwer fallen müsse, sie abzuändern. Ich mußte von Jugend auf mein Brot mit Arbeiten verdienen, dazu wurden alle Stunden verwendet, und die ich auskaufen konnte, mußte ich gleichsam auf Raub und Plünderung im Reich der Wahrheit verwenden. — Dann mußte ich auf Kenntnisse denken, sie auszuputzen und nett vorzutragen. Ich mußte gleichsam die gehaschten Brocken in meinen Seelenmagen hinabschlucken . . . So mußte ich Lateinisch, Griechisch, Hebräisch, Französisch usw. empirisch lernen. Die deutsche Sprache, daran ward gar nicht gedacht. So studierte ich die verschiedenen Systeme der Philosophen, alles verstohlenerweise. — Sag', Bruder, wo hatte ich Zeit, an Auswahl der Worte und Delikatesse des Ausdrucks zu denken? — So ging's bis ins 30. Jahr. Nun kam ich auf die Universität — Mangel an Geld und eine kranke Braut zu Haus hießen mich aufraffen und haschen, was ich konnte. Fünfviertel Jahr hab' ich studiert, das ist alles. Nun kam ich nach Elberfeld in den Feuerofen der Trübsal . . . Wenn einer auf einem Brett auf der wilden See herumkämpft, wird er dann in den Spiegel gucken, und zusehen, ob seine Haare hübsch frisiert sind?

Nun wurde ich Professor der Staatswissenschaft, da fand ich nun einen Wust von Materie ohne System, ich mußte mir also eins machen. Ich mußte über Hals und Kopf arbeiten, daß ich meine 10 bis 11 Lehrbücher zustande brachte, weil ich nicht eher ordentlich meine Wissenschaften lehren konnte.

Nun entwickelte sich endlich meine Hauptbestimmung im Religionsfach zu arbeiten, seit 8 Jahren werde ich in diesen Weinberg hineingeworfen ἐκβάλλωμαι — ich sage auch wohl in meiner Seele: Herr sende, wen du senden willst! . . .

Ich lese täglich 4 Stunden Kollegien, werde von Augenpatienten überlaufen und habe eine außerordentlich starke Korrespondenz — ich muß alle meine schriftstellerischen Arbeiten in Viertelstündchen und Stündchen unterbrochen tun, ich kann nichts abschreiben, nicht feilen. Darum habt Geduld mit mir und denkt: der Herr hat durch arme ungelehrte Fischer seine Religion gegründet, er kann am Ende der Tage auch wohl wieder so geringe Werkzeuge, wie mich, zum endlichen Sammeln der Zerstreuten brauchen, indessen will und muß ich denn doch tun, was ich kann, um mich zu vervollkommnen.

Mit diesem Jahr 1800 geht nun die erste Periode aus, die letzte 1836. Von nun an kann der Herr täglich kommen. Ach, wie wünsche ich Dir, daß Du ihn noch mit Deinen leiblichen Augen sehen könntest! — Doch das wirst Du, und wenn er auch erst anno 1836 kommt: denn Du wirst teilhaben an der ersten Auferstehung und gewiß im Reich des Herrn hinieden angestellt werden.

Vielleicht gehören diese Dinge mit unter diejenigen, in welchen Du nicht mit mir gleicher Meinung bist — allein ich nehme die Bibel so einfältig, wie sie da vor mir liegt, und glaube ihr alles Wort für Wort, — aber nach Maßgabe des gesunden Menschenverstandes, so wie jeder Spruch aufs Ganze und das Ganze wieder auf jeden Spruch paßt, und da finde ich denn ganz klar, daß Christus noch Alleinherrscher der ganzen Erde werden, und ihm alles noch untertan sein muß. Die Propheten des Alten Testamentes, Christus selbst Matth. 26, 29 und Mark. 14, 25 geben sichere Winke dazu, aber die Apokalypse läßt keinen Zweifel mehr übrig.

Mein Grundsatz im Bibelerklären ist der: die Bibel ist ein großes harmonisches Ganzes: Sein Ziel ist Christus, die Erlösung der Menschen durch sein Leiden und Sterben, und dann sein Reich. Zu diesem großen harmonischen Ganzen paßt jeder Spruch, wie jeder gehauene Stein im Tempel Salomos, und die Erklärung jeden Spruchs kann dem zufolge nichts anders sein, als eine Bestimmung alles dessen, was er als Stein im großen Bau leistet, wozu er dient — wofür er da ist, und worüber er mich belehrt und belehren kann.

Wer da von Herzen glaubt, daß Jesus Christus gleicher Natur mit dem Vater der Ewigkeit — von einer Seite, und auch gleicher Natur mit allen Kindern Adams von der andern Seite ist,

Wer da glaubt, daß in der menschlichen Natur die sittlichen Kräfte weit weniger entwickelt werden, als die sinnlichen — daß also das menschliche Geschlecht, sich selbst überlassen, ewig verloren gehen würde,

Wer von Herzen glaubt, daß Jesus Christus deswegen in die Welt gekommen sei, um die Menschheit durch Lehre, Leben und

Leiden zu erlösen — Wer dies alles von Herzen glaubt und seinen Wandel danach einrichtet, der ist mein Bruder. —

Er kann mehr, ich kann weniger glauben, aber das kümmert mich nicht. Er ist mein Bruder!

Ich kann weit mehr glauben; auch dies Glauben für mich nützlich halten, wenn er nur obige drei Haupt-Symbole glaubt, so bin ich sein Bruder!

Zum bloßen Freund — auch in einem hohen Grad der Freundschaft — verlange ich nur unerschütterliche Rechtschaffenheit, ein edles teilnehmendes Herz, oder Bürgertugend — und hauptsächlich Charakterähnlichkeit mit mir.

Blößen dürfen wir uns allerdings nicht geben; aber nennen die Widerchristen nicht alles Blöße — was nur nach Christentum schmeckt? — im Grund ist's ihnen einerlei ob wirklich oder ihnen so scheinende Blöße, aber es ist nicht einerlei für den am Scheidewege, nicht für den Schwachen, also: Du hast ganz recht.

Dir werden die Leiden Jesu jetzt mehr unters Auge gerückt — das war wohl ein Zweck mit, warum unser Herr Deine Verwundung zuließ — gehe nun weiter und wisse nicht allein, sondern fühle auch, daß er für Dich gestorben und Deinen ewigen Tod überwunden hat.

Sein Leiden von Gethsemane an bis zu dem Wort: Es ist vollbracht! werde uns Grund unserer größten Hoffnungen, unserer ganzen Seligkeit! Er, der in allem versucht worden ist wie wir — sei Dein eigentlicher wahrer Arzt! Er weiß am besten, wie und wann Wunden aller Art heilen müssen. Jesus Christus mache Dich gesund! Amen!

Meine Frau, meine beiden Schwägerinnen, alle meine Kinder, besonders aber auch mein Sohn, der nun Advokat ist, grüßen Dich aus allen Kräften ihres Wesens und wünschen Dir Genesung. Besonders drückt Dich meine liebe Frau an ihr Schwesterherz, sie liebt Dich sehr.

Ewig durch alle Äonen und Olamim

Dein Bruder

Jung.

Lavater an Jung.

Schinznach, den 5. Juni 1800.

Lieber Bruder Jung!

Soeben kommt von Bern nach Schinznach, wohin ich vor 8 Tagen meinen armen Körper hinschleppte, ein Briefchen von der guten Rosalie Lutz . . ., das veranlaßt mich, Dir auch wieder ein paar Zeilen zu schreiben.

Ich hatte hier schwere Tage; doch ist's gottlob merklich leichter. Einiger Anschein zur Erleichterung ist doch da. Doch rechne ich auf nichts, als auf Gottes Erbarmen, es mag kommen, wie es kommen mag.

So äußerst ungern ich mich mit einem Freund und Bruder, wie Du bist, dem ich zehnmal mehr Einsicht und Wissen zutraue als mir, in einen auch noch so freundlichen Streit einlasse, und so sehr meine Freunde an Deine Unbelehrbarkeit über gewisse Punkte glauben, so scheint es mir dennoch unsre männlich-christliche Freundschaft und die heilige Wahrheitsliebe zu fordern, Dir über einen einzigen Punkt Deiner „Siegsgeschichte", den der Berechnung der Tierzahl, meine Zweifel vorzulegen. Ich bescheide mich gern, von prophetischen Rechnungen nicht das mindeste zu verstehen, obgleich ich Gründe habe, an keine zu glauben, indem zehnmal klarere über Daniel, die den Klügsten unwidersprechlich schienen, viel unwidersprechlicher als Bengels äußerst künstliche und unpoetische, fehlschlugen, wo kein Fehlschlag möglich schien. Dessen ungeachtet bin ich neuen Belehrungen offen, wenn sie mich auch nur wieder die eitele Eitelkeit aller dieser Bemühungen aufs neue fühlen ließen. Aber mich dünkt, daß ich zu allem in der Welt eher beredbar sein könnte, als zur Annahme der Bengel-Jungischen Tierzahl-Berechnung.

A.

Mich dünkt, eine Jahrzahl, Zeitzahl, Dauerzahl ganz eigenmächtig und völlig willkürlich da unterschoben, wo keine Spur von Zeit und Dauer ist.

Ich kann nicht begreifen, wie Männer wie Bengel und Jung nicht klarer als klar sehen, daß in der ganzen Apokalypse, wo eine Zeit oder Dauer bezeichnet ist, Jahre, Monate, Tage ausdrücklich angegeben sind. Nur hier findet sich kein Zeichelchen von Zeit, und dennoch wagt man's, hier Zeit hineinzuphantasieren, und diese Zeit ebenso willkürlich auf Jahre und diese auf gemeine Jahre zu bestimmen. Hier finde ich wenig Weisheit noch Verstand. Ich finde einen bodenlosen Ort als Fundament eines Gebäudes angeraten, ich finde nichts als pure Imagination.

B.

Ferner, Lieber, ist mir völlig unerklärbar, wie solche Männer mit solchem Respekt für die Bibel, und Bengel besonders mit seinem geschmacklosesten und illiberalsten Pedantismus für jedes Wort der Bibel, das ausdrücklich beigefügte, alles bestimmende, jeden Mißverstand sogleich abschneidende Wort: „Es ist eines Menschen (also nicht eines Reiches, einer Kommune, einer Kirche, einer Gesellschaft), es ist eines Menschen Zahl" mit solcher Nichtachtung oder Kaumachtung übergehen konnte.

C.

Je mehr ich nachdenke, desto weniger kann ich Weisheit und Verstand darin finden, diese ausdrücklich als Menschennamenszahl angegebene Zahl in eine Dauerzahl verwandelt zu sehen, wenn ich nachher von einer Anbetung oder göttlichen Verehrung einer (zumal zum Ende gehenden) Dauerzahl lese. Wie man eine solche anbeten könne, ist mir undenkbar; aber gar nicht ungedenkbar, wie man ein Symbol, einen Namen, eine Chiffre göttlich verehren könne.

D.

Nichts von dem zu sagen, wie unnatürlich, lächerlich und toll es wäre, wenn eine hierarchische Macht die Jahrzahl ihrer Dauer, mithin ihres Untergangs, zu ihrer Anbetungs-Chiffre machen würde.

E.

Nichts zu sagen von dem so willkürlich wie möglich angenommenen Zeitpunkt der Hierarchie (die ihre Dauer auf 666 selbst bestimmen soll. Denn diese Chiffre ist ja das Werk, das Gebot, die Vorschrift derselben). Welcher Sterbliche will den Terminus a quo, den ersten Punkt, von dem notorisch ausgegangen wird, evident angeben? Schon Diotrephes zu Johannes Zeit war ein entschiedener gewaltiger Hierarch, und von Wölfen, die der Herde nicht schonen werden, spricht Paulus.

Kurz, Willkürlicheres, Gezwungeneres, Unjohanneischeres, dem Texte Widersprechenderes kann ich mir nichts denken, als diese Rechnung. So urteilen ich und zwanzig der weisesten und christlichsten Freunde, und ich kenne nicht einen, der anders urteilt.

Lieber Bruder — wie, wenn Du Stärke des Geistes genug hättest, diese ganz unnatürliche Gezwungenheit einzusehen, zuzugestehen und zurückzukehren?

Nimm mir doch meine Aufrichtigkeit nicht übel; ich ehre und liebe Dich doch wie wenige, wenige Menschen . . .

(Dem Briefe fehlt der Schluß und die Unterschrift.)

Lavater an Jung.

Nur ein dankbares Empfangszeilchen für Dein gestern eingegangenes, belehrendes, demütigendes, liebevolles, reichhaltiges Briefchen. Ganz unbeschadet Deines edlen großen Zweckes, kannst Du Dich in Deinem Stil doch zu besserem, lichtvollerem Geschmack erheben. Deine Erklärungen sind übrigens recht gut.

Über die apokalyptischen Rechnungen ist nun weiter nichts zu sagen. Wir wollen die Sache auf sich beruhen lassen.

Ich bin äußerst gebunden, doch hoff' ich, wirst Du Dich bald meines Gebetbuches — noch mehr der 25 Privatbriefe von Saulus und Paulus, die unter die Presse gehen —, am meisten einst meines Schwanengesangs, oder meiner Worte über Jesus Christus freuen.

Gott segne Dich und mich, und vereine unsre Herzen in ihm durch den Geist Jesu Christi.

Ich umarme Dich herzlich

Lavater.

Erlenbach, abends, den 9. Juli 1800.

Jung an Lavater.

Marburg, den 26. September 1800.

Endlich komme ich denn doch dazu, inniggeliebter und hochgeprüfter Kreuzritter! Dir einige Zeilen zu schreiben; ich mußte im verwichenen halben Jahre drei wichtige Reisen machen, um Blinden zu helfen; dies setzte mich in allen meinen Geschäften so zurück, daß ich meine Korrespondenz bis in diese Ferien verschieben mußte.

Was soll ich Dir aber nun schreiben? — Mein Geist ist so voll, daß ich nicht weiß, wo ich anfangen und wo ich endigen soll; Du kamst mir nie aus dem Sinn, ich trage Dich beständig mit mir herum und Du bist mir nur ein Gedanke. Deine ganze schmerzhafte und immer tätige Existenz, mit allen ihren wesentlichen und zufälligen Eigenschaften, ist vor meiner Seelen ans Kreuz genagelt. „Ich bin mit Christo gekreuzigt!" Das ruft mir Dein ganzes Wesen zu — ich brauch' Dir nicht zu sagen, welche Früchte Du davon einernten wirst. Die Gemeinschaft seiner Leiden führt auch zur Gemeinschaft seiner Herrlichkeit. Du zweifelst doch wohl nicht daran, daß wir in Laodicea wohnen? Wer aber nun da überwindet, dem will er geben mit ihm auf seinem Stuhl zu sitzen, sowie er überwunden hat und mit seinem Vater auf seinem Stuhl sitzt — dies soll, dies kann Dich trösten.

Aber Gott! Wenn man in der Glut sitzt! Da kann selten Trost haften — und die Gegenwart lechzt nach Linderung, und die ganze Zukunft ist da selten vermögend, den Durst zu stillen. Indessen ist nichts anders zu tun als dulden, sich leiden als ein guter Streiter Jesu Christi.

Ich sehe aus allem, was mir von Dir in die Hand kommt, daß Du Deinen Jammerblick beständig auf das Leiden des Erlösers gerichtet hast — und das freut — das beruhigt mich. Es ist wahr, die Herrnhuter haben von jeher zu kindisch mit der Passion getändelt, aber, teuerster und innigstgeliebter Bruder! Der Grund ist doch richtig, und das ganze Neue Testament dreht sich wie eine Sonne um diese Axe. Das Leiden Christi ist der einzige Grund unserer Seligkeit, die Apostel sagen das auf allen Blättern. Dies Geheimnis zu ergründen, dazu hat unsere Vernunft keine Prämissen, so wie sie vom Übersinnlichen wenig weiß. Ich glaube es kindlich, so wie ich glaube, daß ich durch das Sonnenlicht zum Sehen geschickt werde, ob ich's gleich nicht begreife.

Wenn man so ganz innig und tief überzeugt wird, daß alle Anstrengung zur Tugend nichts als armes Flickwerk zustande bringt, daß alle unsere eigene Gerechtigkeit ein besudeltes Kleid ist, daß sich immer Selbstsucht und Eitelkeit mit einmischt, und man also an der ganzen sittlichen Vervollkommnung verzweifeln möchte, und man wendet sich dann an den großen Überwinder auf Golgatha und fleht ihn um Beistand und Rettung, und man fühlt dann allmählich wachsende Kräfte, Zunahme in der Heiligung, fühlt, daß diese sittliche Stärke nichts eigenes, sondern etwas Mitgeteiltes ist, o dann strömt Ruhe der Demut in die Seele!!! — es ist einem dann gerade, wie dem Knaben, der gern schreiben möchte, aber nichts Lesbares zustande bringen kann, er weint — er soll, er will schreiben, aber seine Hand ist steif, zitternd; jeder Buchstabe ist ein Krüppel, den man kaum kennt; nun faßt der Meister von hinten her seine Hand und führt sie — jetzt geht's! Der Knabe freut sich — aber nicht seiner Geschicklichkeit, sondern seines Meisters.

Ich bin so geführt worden, und werde noch immer so geführt — meine besten Handlungen, meine glänzendsten Taten und Schriften sind so wenig mein, daß ich immer ganz andere Absichten dabei hatte, als sich hernach im Erfolg zeigte, und wo ich Pläne machte, und sie sehr weise und vernünftig ausführte, da gelang's nicht, und wo etwas gelang, da rührte sich gleich die Schlange: Sieh, das hast du ausgerichtet! Daher bin ich nun auch so schüchtern geworden, daß ich mich nicht rühren darf, bis die Vorsehung winkt. Ich stehe dann da wie der Spürhund am Leitseil des Jägers, halte die Nase auf die Erde, und den Blick hinauf zum Führer; wenn er dann winkt und losläßt, so geht's dann auch über Stock und Stein fort.

Mir ist's sonderbar zumute, ich fühle mich, empfinde mich als ein doppeltes Ich — in dem einen ist meine Existenz, und im andern mein Wirkungskreis. Das erste Ich ist eine elende Hülle des andern — eine Kedars-Hütte, in die es schneit und regnet, alles Flicken hilft nicht, und macht man Feuer an, so beißt der Rauch.

Habe Geduld mit mir, Mann der Schmerzen! — ich sage Dir das alles um belehrt zu werden, wo Du's besser weißt.

Der Ausgang Deiner Leiden ist mir zwar verborgen: denn mit uns geht der Herr eben nicht immer die natürlichen Wege, sondern er tut auch oft Wunder, wenigstens in unseren Augen — es ist gar wohl möglich, daß er die Hand auf Deine Schultern legt und sagt: Sei gesund! — und Du gehst hin und predigst. Aber es ist auch leicht möglich, daß Du schon auf Elias Feuerwagen sitzest, und es nur noch darauf ankommt, daß eine Stimme den Rossen zuruft: Fort! — Dann! — O, dann laß Deinem Elisa Deinen Mantel hier!!!

Deine Deportationsgeschichte, Dein Gebetbuch und Deinen Schwanen- — nein! Das kann ich nicht hören — deinen Triumphgesang — das alles muß ich haben, wenn's einmal fertig ist — solltest Du sterben, so muß ich mich mit Deinem Geiste unterhalten können, bis ich zu Dir komme — aber dann vergiß ja des Mantels nicht, mit dem ich den Jordan teile, wenn er flutet, und ich durch muß.

Sag' mir doch brüderlich und offen: Hast Du irdische Sorgen? — mir wurde letzthin von erlauchten Freunden gesagt, Du hättest Mangel! und zwar jetzt — sag nur ein Wort, damit ich wirken könne, geben kann ich nicht, aber machen, daß gegeben wird.

Dank für Deine sechs wohlgetroffenen Leidensphysiognomien! — eine hat unser gemeinschaftlicher Freund, der Herr Landgraf von Homburg bekommen, eine mein Freund und Dein Verehrer der Prinz Friedrich von Anhalt, eine die vortreffliche Gräfin Luise von

Berleburg; eine die liebe gute Gräfin von Waldeck, eine behalte ich, und eine hat mein guter Sohn.

Wie alle gute Seelen für Dich leiden und beten! Ach, wenn Du es wüßtest, es müßte Dich trösten. Ich kann nie anders für Dich beten, als: Herr! vollende Dein Werk an Deinem Knecht! Dein Wille geschehe an ihm! — Sag' Bruder! Wie kann ich anders? —

Alle die Meinigen, vorzüglich aber meine sehr liebe und gute Frau, denken an Dich mit innigster Liebe und Rührung. Sie grüßen Dich mit mir, mit blutenden Herzen.

Es ist Dämmerung auf der ganzen weiten Erde und zudem, ein Nebel, daß man keine Hand vor Augen sieht, tausend Irrwische winken auf allen Seiten — hier ist Christus! — da ist Wahrheit! ja, wenn die Leuchter nicht so hin und herschwappelten! — Herr! laß Dein Licht vor unsre Füße strahlen. Amen!

Der Herr mit Dir, Du streitbarer Held! und mit Deinem ewigen Bruder

Jung.

Lavater an Jung.

9. Dezember 1800.

Lieber Jung!

Ich will doch die Feder wieder ergreifen, Dir zu schreiben, wie wenig es auch sei, und wie kalt es auch scheine. Es muß alles bei mir wie erstohlen sein.

Herzlicher, inniger Dank Dir für Deine zwei so liebevollen, christlichen, sanftmütigen und demütigen Briefe, die mir, der Freundin Kramer und Kitt, besonders aber meiner Frau und den Meinigen so wohl taten.

O, Lieber — ich schwebe und schwimme im Schoße der göttlichen Erbarmung und Langmut. Wie werd' ich erst anbeten, wenn meine Leiden wenigstens für einmal vollendet sein werden. — Dies schreibe ich unter heißen, brustzerreißenden Schmerzen.

Mittwochs den 10. Dezember 1800.

Ich nahm mir vor, Dir und dem Landgrafen zu schreiben — Schmerzen aber machen es mir unmöglich.

Womöglich schreibe ich an den edlen fürstlichen Karl, mit dem ich sonst im vertrauten Briefwechsel stehe.

Könnte es nicht geschehen, so sag' ihm doch von meiner Rührung, Beschämung und Dankbarkeit. Ach, sie preßte mir Tränen aus, seine Fürsorge, aber die Gemüts- und Tränenbewegung verursachten solche Schmerzen in meiner armen Brust, daß ich Tränen und Rührung unterdrücken mußte. O, des elenden Zustandes.

Ich kann in Gottes Namen nicht mehr schreiben, so würgt mich der Husten und übernehmen mich die Schmerzen — meine Brust ist erbärmlich zermalmt.

Mit großer Mühe kann ich noch dies wenige diktieren.

J. K. L.

Briefwechsel zwischen Jung-Stilling und Antistes Heß in Zürich.

Wir schicken einen kurzen Überblick über den Lebensgang und die Werke von Antistes Heß voraus.

Johann Jacob Heß wurde am 21. Oktober 1741 zu Zürich geboren. 1760 ordiniert, war er zuerst Vikar in Neftenbach bei Winterthur, lebte dann als Privatgelehrter in Kloten und Zürich seinen schriftstellerischen Arbeiten, bis er 1777 Diakon am Frauenmünster in Zürich und 1795 Pfarrer am Großmünster und damit Antistes der Züricher Kirche wurde. Er war in bewegten Zeiten eine Stütze der Kirche und ein Vorbild der Gläubigen. Besonders segensreich wirkte er durch seine Schriften. Seine wichtigsten Werke sind die „Lebensgeschichte Jesu", eine erweiterte Umarbeitung der „Geschichte der drei letzten Lebensjahre Jesu" und „Kern der Lehre vom Reiche Gottes" (1819), eine präzise Zusammenfassung des größeren Werkes „Von dem Reiche Gottes" (1774). Ferner schrieb er: „Geschichte der Israeliten vor den Zeiten Jesu", „Bibliothek der heiligen Geschichte" usw. Bei der Säkularfeier der Reformation wurde Heß Dr. theol. zu Tübingen, Jena und Kopenhagen und starb 1828, nachdem er, nach einer Krankheit, in den 9 letzten Jahren seines Lebens nicht mehr als Prediger öffentlich aufgetreten war. Vgl. Realenzyklopädie für protestantische Theologie und Kirche, 3. Auflage.

Die Originale dieser Briefe befinden sich im Besitze des Herrn Pfarrer Paul Heß in Wytikon, eines Urgroßneffen des seligen Antistes Heß, und wurden uns freundlichst für diese Arbeit überlassen.

Jung an Heß.

Marburg, den 13. Juli 1799.

Lassen Sie uns doch alle Titulatur weglassen! Dergleichen Schnörkel genieren mich, wenn ich mit Landsleuten aus dem Reich Gottes in Konversation bin.

Gelobt sei der Herr, unser Gott! teuerster Freund und Bruder, — der Dorchen Kirchhofer, mich, Dr. Wiensolt in Bremen, Schlossern, und nun auch Nüschelern und Sie zu Werkzeugen des Trostes für die edlen Unterwaldner*) braucht. — Er segne diese fünf Brote und zwei Fische bis zum Übrigbleiben. Amen!

Das Schicksal der lieben Schweiz hat mich tief gebeugt. — Gott! — möchte diese Züchtigung nun auch Frucht bringen. Doch das wird sie: Die Bösen werden immerhin böser, und die Guten immerhin besser werden; es sind Zeiten des Worfelns und des Siebens. — Der Herr versiegele nun auch die bewährt Gefundenen auf den Tag seiner Zukunft — vermutlich wird's wohl jetzt einige Jahre Ruhe geben; da können dann viele zum Heimgehen, viele zu Kreuzrittern und Kämpfern, und viele auch zum Zug an den Ort der Bewegung nach Zoar oder Pella versiegelt werden.

Schwerlich! Schwerlich! liebster Bruder! werden die Unterwaldner in der Chronik der Nachwelt glänzen: Denn es wird kein Chronus**) mehr sein, das hat der Engel-Adjutant im Namen unseres Herrn geschworen (Apoc. 10, Vers 6), und wenn der Chronus**) aufhört, so kann es auch keine Chronik mehr geben; und was liegt denn auch dran. Die guten Leute achteten ihr Leben nicht so hoch als ihre Pflicht, laß sie denn auch in der Erkenntnis ihrer Pflicht nicht ganz richtig gedacht haben, ich möchte fast sagen: Wo sind viele, die so edel irren können?

Nun, der Herr hat Lavatern gerettet und erhalten;***) er sei dafür gepriesen! — Nun trage ich Ihnen, mein Lieber! eine

---

*) Nidwalden wollte nach der französischen Invasion (1798) die neue Ordnung der Dinge nicht anerkennen und wurde nach heldenmütigem Kampfe von der Übermacht der Franzosen erobert und furchtbar verwüstet (Sept. 1798). Obwalden hatte sich unterworfen. Durch die Mediationsakte von 1803 und den Bundesvertrag von 1815 wurde Unterwalden wieder ein selbständiger Kanton.

**) „Daß hinfort keine Zeit (*χρόνος*) mehr sein wird," Offenbarung 10, 6.

***) Lavater war im Mai 1799 bekanntlich verbannt worden und wurde einige Monate später wieder frei.

Botschaft auf: Wenn Sie Lavatern zum erstenmal wieder sehen, so geben Sie ihm in meinem Namen den Bruderkuß und sagen Sie ihm unter vier Augen und im engsten Vertrauen, ich hätte eine dunkle Ahnung, *daß wir beide, er und ich, vielleicht noch für den Herrn und seine Wahrheit würden sterben müssen.* Gesetzt auch, diese Ahnung wäre auch nur eine Täuschung, so wollten wir beide uns fernerhin doch so betragen, als wenn wir dieser unserer Bestimmung gewiß wären. Auch Sie stärke der Herr auf jeden Fall, fröhlich und mit Kraft seine Wahrheit so zu bekennen, wie Sie es bisher getan haben. Laß uns Kraft anziehen, wie ein Harnisch Gottes; jetzt ist die rechte Zeit dazu, da er nun bald kommen wird, und der letzte und heftigste Kampf gekämpft werden muß. Amen Maranatha! — Seine Gnade sei mit Ihnen und

Ihrem treuen Bruder

Jung.

Jung an Heß.

Marburg, den 18. Jänner 1800.

Teuerster liebster Freund! Wie gern wüßte ich jetzt, wie es um alle meine Lieben in der Schweiz steht. —

Er wird *sitzen und schmelzen* וְיָשַׁב מְצָרֵף Sedebit sive permanebit defaecando, und das Silber reinigen usw. (Maleachi 3, V. 3.) — Er setzte sich so recht ruhig und ausdauernd bei seiner Schmelzerei nieder und treibt das Silber ab, bis es vollkommen 16 lötig geworden.

Jetzt ist die Schweiz auf dem Treibherd, und was dann nach dem Blick*) übrigbleibt, das taugt ins Reich Gottes. Eben darum muß die Versuchungsstunde über den ganzen Erdkreis kommen.**)

*) Silberblick.

**) Offenbarung Joh. 3, 10.

Die ganze Menschheit muß auf den Test; denn der Herr kann keine anderen als vollkommen bewährt gefundene Bürger in seine Monarchie aufnehmen. Auch an uns wird die Reihe kommen.

Jetzt ist die Zeit des Wachens und Betens und des Aneinanderanschließens. Ach Gott! wie traurig ist's doch, daß wir noch immer andern den Splitter ausziehen wollen! Jede Partei will recht haben und keiner andern nachgeben. Und am Ende hat doch niemand recht, als der Herr und seine Bibel. Wer von Herzen an den Sohn Gottes glaubt und sein Bild an sich trägt, der ist mein Bruder, seine zufälligen Meinungen gehen mich nichts an; wir gehören zur Philadelphischen Gemeinde, und deren Charakter ist Philadelphia*) — möchte auch Bruder Lavater in dem Sinn gegen mich stehen, so wie ich gegen ihn.

Gern schrieb ich Ihnen manches, aber alles hat seine Zeit. Gern wüßte ich, ob —? nun, der Herr verläßt ja die Seinigen auch in der Glut der Leiden nicht. — Herr, erbarme dich — erbarme dich ihrer! —

Wann wird's denn Friede, Herr der Heerscharen?! — wenn das Silber rein ist. Ja, du lieber Gott! — am Blei fehlt's nicht, auch nicht am Feuer, auch nicht am Schmelzer. κύριε ἐλεῖσον.**)

Beiliegendes Blättchen geben Sie doch Lavater und den Brief unserer Lisette Koch.

Es ist mir weh ums Herz um euch Lieben alle in der Schweiz, und besonders auch um meine Lieben in Holland.

Die Gnade unseres Herrn Jesu Christi sei mit Ihnen, Teurer, Lieber.

Jung.

Den Brief an Sulzer bitte auch zu besorgen.

---

*) Bruderliebe, vgl. Offenbarung Joh. 3, 7 ff.

**) Herr, erbarme dich!

Jung an Heß.

Marburg, den 27. September 1800.

Herzlich geliebter würdiger Freund!

Sie erzeigen mir doch wohl die freundliche Liebe gern, die Beilage zu besorgen. Lavater leidet noch immer — Ach! das währt lang — das ist keine Kleinigkeit! ich beobachte ihn aus der Ferne und glaube zu bemerken, daß diese schwere Prüfung eine Gemeinschaft der Leiden Jesu ist — ich verstehe nämlich unter diesem Ausdruck solche Leiden, die den Zweck haben, die sinnliche Natur in die himmlische hinaufzuadeln, sowie bei Christo auch geschah, und dann auch in Beziehung auf andere Menschen, die hohe Würde, den hohen Wert der christlichen Religion zu zeigen und dadurch den Herrn zu verherrlichen. Nicht alle — lange nicht alle Leiden haben diesen Zweck, die mehresten sollen bloß zur Selbstverleugnung, zur Selbsterkenntnis und zur Tötung der sinnlichen Lüste dienen. Wie sehr gern möchte ich einmal ein Stündchen mit Ihnen reden, um zu erfahren, wie es mit der Kirche Gottes in der Schweiz stehe — schreiben läßt sich das nicht so ganz eigentlich. — Ich kann nichts anders mehr beten als: Herr, vollende dein Werk! Verkürze diese Tage um der Auserwählten willen! Kein Mensch, kein Engel kann die bevorstehenden Gerichte über die Christenheit mehr wegbeten — das ist unmöglich. — Die Abgewichenen bringen täglich immer mehr Heerlingssaft in den Zornbecher, er wird immer voller und muß doch am Ende ausgetrunken werden. Eins ist mir unbegreiflich: Die protestantische neologische Christlichkeit sieht das vor Augen, daß bei allem dem Moralpredigen die zügelloseste Unsittlichkeit immer zunimmt — und doch beharret sie auf ihrem System. Die Erkenntnis des eigenen sittlichen Verderbens muß den Willen zur Erlösung spannen und die sittliche Ohnmacht erfleht sich dann Hilfe aus der Heiligungsquelle. Der allgemeine Abfall nimmt erschrecklich zu, im 9. Heft des grauen Mannes werden Sie schauervolle Beweise finden. Einige mutwillige Knaben, Voltaire & Kompanie saßen in der Mitte des verflossenen Jahrhunderts oben am Gipfel und scharrten für Spaß ein paar Hände voll Schnee zusammen, um es drunten im Tal auf die Kirche rollen zu lassen; ich meine, daß die Lawine einherwalzt, so daß einem der Odem entgeht! Der Mensch der Sünden, ὁ υἱὸς τῆς ἀπωλείας, der Mensch gewordene Satan, oder Teufel-Mensch ist nun auch nicht weit mehr, mich soll nur verlangen, in welchem Hafen er aus dem Abgrund herkommen wird. Ach möchten nur unsere Kinder wachen und beten! sie werden schreckliche Zeiten erleben. Wie schrecklich ist das, was vor unsern Augen geschehen ist, und doch ist das nur der Not Anfang.

Der Geist unseres Herrn Jesu Christi sei Ihr Element, Ihr Lehrer, Ihr Führer und Ihr Tröster — bis zum Ziel denken Sie an mich in Freundschaft und Liebe, mit der auch ich bin Ihr

ewigtreuer

J.

Jung an Heß.

Marburg, den 14. Februar 1801.

Verehrungswürdiger sehr geliebter Freund!

Gelobt sei der Herr! Lavater hat seine Probe endlich bestanden.*) Im Vertrauen gesagt, mein Teuerster! mir war oft bange um ihn: Sie wissen seine Erwartungen, seine Ideen vom Wunderglauben, von Konnexionen mit der Geisterwelt und dergleichen. Das alles nahm ich ihm nun nie übel, jeder hat auch im Metaphysischen seine Idiosynkrasien,*) aber ich fürchtete, er möchte, wenn der Kampf aufs Höchste stieg, und er nun sähe, daß von allen Erwartungen nichts erfolgte — wo nicht ganz scheitern, doch Schwächen verraten — und Gottlob! Er hat dem allem ungeachtet mutig ausgehalten, gehofft, wo nichts zu hoffen war, und ein herr-

---

*) 2. Januar 1801 war Lavater entschlafen

**) Eigentümliche Empfindungen.

liches Beispiel, ein vortreffliches Muster hinterlassen, das der Religion Jesu Ehre macht. Er erwartete viel, es erfolgte nichts, und sein Glaube wankte nicht. Er wurde recht boshaft, recht absichtlich verwundet, und doch dankte er seinem Mörder für seine Leiden*) Er, — der von Natur feurige, emporstrebende, hitzige Lavater, war sanft, aus der Maßen geduldig, demütig, unaussprechlich lieb und edel; noch einmal Gottlob und Dank! — Da hat die Religion einmal wieder ein herrliches Meisterstück gemacht.

Sollte wohl der große Mann Hardmeyer**) auch so ein Lavater sein, wenn er in gleicher Lage wäre? Wird er mit seinen Moralpredigten auch so Männer bilden? — Solche Apostel des Antichrists sind schreckliche Menschen. Schorndorf in Basel schickte mir eine gedruckte Piece dieses elenden Menschen, welche er gegen Sie hat drucken lassen: Gott, welch ein Gewäsch! — So miserabel der Mensch ist, so seicht und sophistisch alles ist, was er sagt, so weiß ich doch gewiß, daß er großen Schaden anrichten wird: denn die Leichtsinnigen, nicht Nachdenkenden werden hingerissen.

Die Sache ist beweinenswürdig, aber was soll man tun? — hier ist kein anderer Rat, als daß man mit den Waffen der geistlichen Ritterschaft kämpft, Eph. 6. Die Zeit ist da, wo man mit Heeren solcher Ungeheuer zu kämpfen haben wird. Hie ist Geduld und Glaube der Heiligen — weltliche Gewalt hilft nichts und taugt nichts. Wachen, beten und die Wahrheit öffentlich und allenthalben bezeugen, das ist alles, was man tun kann.

Bisher hat die holländische Geistlichkeit noch immer ihre

*) „Ja, — ich will meinen Mörder in allen Himmeln und in allen Höllen aufsuchen und ihm für diese Leiden danken!" Lavater.

**) Vgl. „Der Züricher Vernunftprediger Caspar David Hardmeyer 1772 bis 1832" von Pfarrer Paul Heß in Wytikon. Separat-Abdruck aus dem „Züricher Taschenbuch" 1905. Interessant ist, daß Hardmeyer später durch Heß anderer Gesinnung wurde und mit seinem nunmehr ganz evangelischen Bekenntnis offen hervortrat. Er schreibt z. B. am 10. Dezember 1814 an Antistes Heß: „Das Verdienst unseres Herrn Jesu Christi ist fortdauernd die Quelle meines seligsten Lebens, und ich werde mirs bis an mein Lebensende zur Pflicht und Ehre rechnen, seinen Ruhm zu verkünden, soweit ein arbeitseliges, allen Aufschwung lähmendes Leben es nur immer ertragen kann."

Pfarrbesoldungen genossen, jetzt ist der Termin aber abgelaufen, wie es nun weiter gehen wird, das muß man erwarten, ich fürchte gerade so wie in der Schweiz. Das ist ein höllisches Stratagem des antichristlichen Geistes! Besser und stärker konnte er dem Reiche des Herrn nicht Abbruch tun, aber im ganzen hilft's ihm nicht! Denn der Herr bedient sich dessen wie aller feindlichen Anfälle zum Tennefegen: wer gut ist, der bleibe immerhin gut, und wer bös ist, der bleibe immerhin böse. Der Herr stärke euch, ihr teuern Schweizerhelden! Ihr liegt jetzt gegen einen mächtigen Feind zu Felde, haltet alle Kampagnen, alle Strapazen treu aus! — Einer hat schon herrlich überwunden, wie wohl wird ihm jetzt sein! Der Herr sei mit Ihnen! Amen. In ihm Ihr treuester Mitkämpfer

Jung.

Jung an Heß.

Marburg, den 21. Juni 1801.

Verehrungswürdiger Freund und Bruder!

Endlich, endlich komme ich denn doch auch einmal dazu, daß ich Ihnen schreiben kann. Es lautet so prahlhaft, so ministermäßig, wenn man von vielen Geschäften spricht, und doch muß ich mich damit entschuldigen. Ich fand 230 Briefe zu beantworten, als ich aus der Schweiz nach Hause kam, ich kassierte 100 davon, weil sie keiner Antwort bedurften — ob sie gleich erwartet wurde, und 130 blieben, die ich dann auch etwa zur Hälfte beantwortet habe, weil immer neue dazu kommen, deren Beantwortung zum Teil eilend ist. Zudem ist der Überlauf von Augen-Patienten auch hier groß, und endlich ist mein akademisches Amt ja noch die Hauptsache.

Bei allem wäre es mir herzlich leid, wenn ich einen einzigen Brief weniger bekäme, meine Korrespondenz ist meine größte Freude.

Zuvörderst danke ich Ihnen aufs innigste für alle Ihre Liebe und herzliche Freundschaftsproben, die Sie mir erwiesen haben.

Der Herr vergelte Ihnen alle Tröstungen, die Sie mir auf meiner leidensvollen Reise zufließen ließen; denn wirklich ich litt auf der ganzen Reise am Magenkrampf sehr.

Ihr Urteil über unsern verklärten Lavater kommt mir sehr gründlich und richtig vor; Sie kannten ihn lange und genau, ich nur aus Briefen. Es war von jeher etwas in seiner Seele, das Unzufriedenheit über mich verriet, und er behandelte mich oft sehr hart — Hoze und Passavant wissen es: denn denen schickte er seine Briefe offen, und ich dann meine Antworten auch. Er beschuldigte mich immer der Lichtlosigkeit, des Mangels an Geschmack, und der Unbelehrbarkeit in Beziehung auf seine Ideen vom Glauben, von der Versöhnung des Menschen mit Gott, und von den sinnlichen Gotteserfahrungen, und ich konnte dann doch nicht anders, als nach meinen Überzeugungen reden, schreiben und bekennen.

Indessen sein langwieriges schweres Leiden war das Mittel, diese köstliche Seele vollends von allem, was noch unlauter an ihr war, zu reinigen, zu verklären und zu polieren. Er schrieb mir oft und viel von seinem Krankenlager, und nun fand ich, daß das Geheimnis der Erlösung sein ganzes Wesen vollendete. Diese Briefe sind mir köstliche Dokumente dieses großen Mannes von seiner Begnadigung bei Gott.

Sie haben nun wieder eine Synode gehalten; ach Gott, stehe deiner helvetischen Kirche bei, die noch so viele köstliche Lehrer und Glieder am Leibe unseres Herrn hat! — Allein es geht im Großen wie im Kleinen: wen der Herr seiner Leidensgemeinschaft wert findet, er sei eine einzelne Seele, oder Gemeine, oder ganze Kirche, den setzt er auf den Treibherd, setzt sich dann ruhig dabei nieder, und läutert diese Kinder Levi mit ihrem eigenen Blei, mit ihrer eigenen Ungerechtigkeit bis zur Vollendung der Probe. Selig ist der, der da aushält.

Der Herr schenke Ihnen ein immer reicheres Maß seines Geistes auf Ihrem schweren und bedenklichen Posten; er sei Ihnen innig und tröstend nahe! Sie sind mir unaussprechlich lieb und teuer!

Ich bin durch Gnade Ihr ewiger Bruder

H. Jung.

Jung an Heß.

Karlsruhe, den 26. Februar 1803.

Mit überraschender Freude, mein innigst verehrter und geliebter Herr und Freund! empfing ich Ihre schätzbaren Zeilen vom 2. dieses. Ein nach Stil und Handschrift unleserlicher Brief aus der Schweiz hatte mir Ihren Übergang ins bessere Leben wahrscheinlich gemacht. Ich trauerte um Sie, und nun danke ich dem Herrn, daß Sie noch hienieden sind. Ich freue mich außerordentlich über die Beendigung Ihrer interessanten Forschungen der Apokalypse. Die zwei ersten Reiter sind schon in vollem Trab wie Cuchullins Pferd Dusronnal, es plätschert im Blut (S. Ossians „Fingal“).*) Der mit dem schwarzen Pferd hat auch gesattelt und schwingt sich hinauf, und der vierte füttert noch sein Pferd mit Menschenfleisch, auch er wird nicht lange ausbleiben. So geht's also nun vorwärts. Da gilt's Wachens und Betens. Ich bitte inständig, mir doch Ihre fernern Arbeiten über die Apokalypse mitzuteilen, sobald sich einmal Gelegenheit dazu darbietet.

Was Sie mir von einem innern Verein schreiben, das verstehe ich nicht recht. Ich schreibe jetzt am 26. Heft des grauen Mannes, und zwar an einer Klage, Warnung und Ermunterung in bezug auf die beklagenswürdige Spaltung zwischen den Parteien der Erweckten, die noch immer fortdauern, die Einigkeit des Geistes und also auch die Gemeinschaft der Heiligen hindern. Dieses rührt bloß von der elenden Rechthaberei und dem lieblosen Verurteilen anderer her.

Über diesen Punkt schreibe ich mit glühender Feder und ermuntere oder fordere auf zum Aneinanderanschließen. Können Sie mir über den inneren Verein näheren Aufschluß geben? — ist es vielleicht das, was unsere selige Oeynhausen wünschte, und das nun zustande kommt? — oder hat es Verbindung mit dem,

*) Ossian ein kelt. Sagenheld, bekannt durch die Publikationen des Schotten Macpherson; ins Deutsche übersetzt von Herder, Goethe, Jung, Stolberg u. a. Den „Fingal“ übersetzte später auch Ebrard.

was Herr von Herbort in Bern zu bewirken sucht? Die Gräfin Henriette zur Lippe, eine Schwester aus der Brüdergemeine zu Klein-Welke in der Lausitz, schreibt mir auch von so etwas, allein alles ist nur dunkler Wink; ich möchte darüber ins klare kommen. Die Brüdergemeine hat auch einen schweren Stoß bekommen. Der Brand in Moskau bringt ihr 180 000 Rubel Schaden, und im Sommer brannte ein Drittel von Sarepta in Astrachan ab. In Herrnhut reißt Luxus, Erkaltung und Sittenverderben mächtig ein. Dem Ort und der ganzen Gemeine steht eine strenge Sichtung bevor; aber deswegen wird doch der Herr dieses herrliche Werk nicht sinken lassen. Mit ewiger Liebe

der Ihrige

Jung Stilling.

Jung an Heß.

Karlsruhe, den 7. Februar 1809.

Verehrungswürdigster Herr Antistes!

In unserm Herrn innigst hochgeschätzter Freund!

Ein paar liebe Freunde haben mir einen Wink gegeben, daß Sie sich jetzt mit dem prophetischen Wort, besonders mit der Apokalypse, beschäftigen. O! daß ich doch mit Ihnen reden und mich aus Ihrem Munde belehren lassen könnte! Denn ich bekenne herzlich ohne Schmeichelei vor dem Allgegenwärtigen, daß ich Ihrer Bibelkunde gern die meinige aufopfere und meine Siegesgeschichte in einem Nachtrag gerne nach Ihren bessern Einsichten korrigieren würde, wenn Ihre Aufschlüsse und insofern sie publik werden dürften. Durch Briefe läßt sich in unsern Zeiten nichts kommunizieren, was nicht jedermann lesen darf: denn man ist unsicher, daß sie nicht unterwegs gelesen werden, und doch bin ich äußerst begierig, Ihre Ansichten zu wissen, ich würde sie wie ein Heiligtum behandeln, das nicht mein Eigentum ist. Man schreibt mir, daß auch Sie die Zukunft des Herrn nahe vermuten — darf ich fragen, worauf Sie diese Vermutung gründen? — Und bin ich nicht zu kühn, wenn ich Sie bitte, mir zu sagen, wo Sie glauben, daß ich in meiner Siegesgeschichte geirrt habe? — Eins muß ich aber noch erinnern: ich glaube eine mehrfache Erfüllung der Weissagungen, sowie ich mich auch im Nachtrag zu meiner Siegesgeschichte weitläufig darüber erklärt habe; so halte ich alle Erfüllungen, die ich in meiner Erklärung der Offenbarung Johannes bis auf unsere Zeiten angegeben habe, bloß für Akkomodationen der Geschichte an die Weissagung und dieser an jene. Ich glaube aber fest, daß noch eine ganz bestimmte, gleichsam buchstäbliche Erfüllung der ganzen Apokalypse zukünftig, und wirklich schon im Beginn ist. Die Bengelsche Zeitrechnung nahm ich an, weil sie mir als die wahrscheinlichste Hypothese vorkam, indessen hängt mein Herz nicht daran; bekomme ich bessere Einsichten, so sage ich laut: Kinder, ich habe geirrt — und wie sehr wünschte ich insofern geirrt zu haben, daß ich den Termin zu spät angesetzt hätte! Der große Theologe Köppen zu Zettnin in der alten Mark schrieb mir einmal, daß das wirklich der Fall sei, 1816 sei der wahre Zeitpunkt. Ist aber 1836 noch zu früh, so habe ich geirrt wie die Apostel, welche glaubten, daß sie den Tag des Herrn noch erleben würden.*) Können Sie mir, teuerster, verehrungswürdigster Freund! etwas von Ihren Ansichten anvertrauen, und dürfen Sie es schriftlich, ohne viel Mühe tun, so werden Sie mich unendlich verbinden.

Die Basler Theologen haben ihr Gutachten gegen mich und meine Theorie der Geisterkunde drucken lassen; darauf mußte ich antworten, und Sie werden in wenigen Wochen meine Apologie lesen. Mein Gott, welchen Lärm macht dieses Buch!**) — und

*) Vgl. 1. Thess. 4, 17.

**) Die Akten über diesen Streit mit der Basler Geistlichkeit betr. Jung-Stillings Buch „Theorie der Geisterkunde" befinden sich noch heute im Antistitial-Archiv zu Basel, u. a. ein eigenhändiger Brief Jung-Stillings in dieser Angelegenheit, datiert vom Oktober 1808. Herr Antistes von Salis hat darüber eine Arbeit publiziert im „Basler Jahrbuch" 1894, pag. 79 ff.: „Jung-Stilling in Basel verboten. Kirchengeschichtliche Mitteilung von A. von Salis Antistes", auf die wir Interessenten hinweisen.

welche Schmach, Spott und Schande muß ich darüber dulden. Ich mag das Buch von hinten und vornen, und Blatt für Blatt betrachten, so find' ich doch keine Stelle, die das Werk gefährlich macht; so daß es verdient verboten zu werden.

Genug! ich mußte dies Buch schreiben, und Gott wird mich herrlich legitimieren zur rechten Zeit. Ich empfehle mich Ihrer Fürbitte und Bruderliebe. Der Herr sei Ihnen innig nahe und auch Ihrem

ewig ergebenen

Jung Stilling.

Heß an Jung.*)

Zürich, den 25. Februar 1809.

Hochedler, hochgeschätztester Herr und Freund!

Jedes Andenken von Ihnen erfreut mich, ihr letztes vom 7. dieses um so mehr, weil es sich auf einen Ihnen und mir gleich wichtigen Gegenstand bezieht. Es ist wahr, schon seit ein paar Jahren hatte ich mich auch mit dem Buche des N. T. vertrauter gemacht, auf dessen Studium ich mich nicht eher mit Sicherheit einlassen zu können glaubte, als bis ich alles frühere im Lichte der Theokratie durchstudiert und dadurch einen festeren Standpunkt gewonnen hätte, aus welchem diese, in ihrer Art so ganz originelle, aber doch mit allem frühern in der genauesten Verbindung stehenden Schlußprophezeiung, betrachtet sein will. Das Resultat dieser Forschungen bestätigte jenen frühern Gedanken, den ich vor vielen Jahren schon mit unserm seligen Lavater gemein hatte, daß diese ganze Prophezeiung sich auf den Welt- und Kirchenzustand des letzten Zeitraums, auf das, was der Wiederkunft unsers Herrn nächst vorhergehen soll, auf diese Wiederkunft selbst und auf ihre

*) Dieser Brief ist in dem Buche „Sendschreiben geprüfter Christen an Jung-Stilling“ aus dem Jahre 1833 bereits abgedruckt, wir geben ihn aber hier der Vollständigkeit wegen doch wieder.

näheren und entferntern Folgen beziehe: — daß also nicht, wie die meisten Ausleger glaubten, die Kirchengeschichte (von der Apostel Zeiten an, durch alle Jahrhunderte hinab), sondern nur die große Endepoche es sei, über welche das vom Herrn entsiegelte Buch Aufschluß geben sollte. Die Einrichtung sowohl, als der Inhalt der Apokalypse setzen, meines Bedünkens, diesen Zweck derselben außer Zweifel. Den Beweis für diese Behauptung bleibe ich Ihnen freilich jetzt noch schuldig, doch hoffe ich denselben bald mitteilen zu können, wenn ich Muße finde, etwas nur erst flüchtig Niedergeschriebenes in einige Ordnung zu bringen. Was mich von der Richtigkeit dieser Ansicht, verehrtester Freund, immer noch mehr überzeugt, ist die gegenwärtige Lage der Welt- und Kirchenangelegenheiten, welche teils jetzt schon so ist, wie die Apokalypse unter treffenden Bildern sie darstellt, teils nur allzu kenntlich mit allem dem schwanger geht, was eben diese Prophezeiung von einem gewissen Zeitpunkt an Schritt vor Schritt erwarten heißt. Dieses läßt sich hier nicht entwickeln, aber befremden wird diese Äußerung Sie um so weniger, da Sie selbst auf das Beispiellos-wichtige der Zeit, in der wir leben, schon oft die Leser Ihrer Schriften aufmerksam machten.

Mir liegt die Annäherung zu den letzten entscheidenden Auftritten hauptsächlich in dem Zeichen, daß ich den gegenwärtigen Weltzustand und was sich aus demselben bereits entwickelte, gänzlich konform finde dem Gemälde, das in der Apokalypse von dem letzten Zeitalter, in welches die Wiederkunft des Herrn fällt, aufgestellt wird.

Nicht hab' ich im Sinn, irgend eine andere Erklärungsart zu bestreiten; ob ich gleich einzig an die mich halten muß, für die sich ein entscheidendes Übergewicht von Gründen findet. Und diese wird mit der Ihren, nicht zwar schon in den ersten Teilen Ihres mir sehr schätzbaren Buches, wohl aber von einem gewissen Punkt an, in allem wesentlichen koinzidieren. Nur daß ich kein Jahr bestimme. Gerade hierüber scheint mir die Bengelsche Theorie so unzuverlässig, wie jede frühere, die auf Jahr und Tag hinausrechnen wollte. Eigentlich zu reden läßt sich nicht wohl eine mehrfache Erfüllung der Weissagungen annehmen. Erfüllt können sie nur durch das werden, was ihren Sinn wirklich erschöpft. Es kann freilich geschehen, daß irgend etwas anderes dem, was die Weissagung erwarten läßt, mehr oder weniger ähnliches, auf welches also die Weissagung sich einigermaßen akkomodieren läßt, ein oder mehrere Male sich ereignet, aber Erfüllung möchte ich dieses nicht nennen, um nicht etwas gar zu Schwankendes in die Auslegung zu bringen. Diese muß doch immer so beschaffen sein, daß man sieht, es habe im ganzen nichts anderes dem erweislich wahren Sinne des Orakels so treffend zugesagt. Weicht man hiervon ab, so bekommen die Prophezeiungen eine mit ihrem göttlichen Ansehen unvereinbare Vieldeutigkeit. Sie verlieren das, was ihnen das echteste Wahrheitsgepräge gibt, die Simplizität: Simplex et perenne simul, sigillum veritatis.

Mit herzlicher Hochachtung Sie dem Schutze und der Liebe unseres gemeinschaftlichen Herrn — dessen, der war, der ist, und der kommt, empfehlend, bleibe ich Ihr ergebenster Freund

J. J. Heß, Antistes.

Jung an Heß.

Karlsruhe, den 22. März 1809.

Verehrungswürdiger Herr Antistes!

Innig hochgeschätzter Freund!

Mit wahrer Freude hab' ich Ihr liebevolles Schreiben vom 25. verwichenen Monats empfangen und gelesen. Ich bin vollkommen mit Ihnen einverstanden, daß die eigentliche Erfüllung der Apokalypse noch zukünftig, aber, allem Vermuten nach, sehr nahe ist oder schon angefangen hat. Was mich aber bewog, eine vorläufige Akkommodation anzunehmen, das bestand in den sonderbaren Interessen dessen, was Bengel schon vor 60—70 Jahren so bestimmt vorhergesagt und der Verfasser der Karlsruher näheren Erläuterung noch bestimmter prophezeit hatte. Hierzu kam nun noch etwas äußerst wichtiges, das aber unbegreiflicherweise von den Gelehrten ganz vernachlässigt wird, nämlich der Bengelsche Zyklus oder das große Weltjahr. Bengel fand nämlich, daß eine Zeit $222^{2}/_{9}$ gemeine irdische Jahre enthalte, nun fing er an, mit diesem Zeitmaß astronomische Berechnungen zu machen, und fand nun zu seinem höchsten Erstaunen, daß dieses Zeitmaß das einzige ist, womit der Schöpfer im Weltall alles ausgemessen hat. Daß dieses alles seine unbezweifelte Richtigkeit habe, das kann und wird kein Sternkundiger leugnen, und man würde gewiß diese herrliche Erfindung längst benutzt haben, wenn sie nicht aus der Offenbarung Johannes herstammte. Die Zeit $222^{2}/_{9}$ mit 5 multipliziert gibt den Chronus $1111^{1}/_{9}$ Jahr, und dieses ist nun das größere Maß, womit man die Sternenläufe mißt. Wendet man nun diese Maßstäbe auf die astronomischen Berechnungen an, so findet man folgende Bestimmungen der Planetenläufe um die Sonne:

Erde 365 Tage 5 Stunden 49 Minuten 12 Sekunden,
Merkur 87 Tage 23 Stunden 4 Minuten $1\frac{672363}{1162357}$ Sekunden,
Venus 224 Tage 17 Stunden 1 Minute $23\frac{338104}{485112}$ Sekunden,
Mars 686 Tage 22 Stunden 10 Minuten $50\frac{40509}{148878}$ Sekunden,
Jupiter 1330 Tage 10 Stunden 47 Minuten $33\frac{15542}{23616}$ Sekunden,
Saturnus 10746 Tage 22 Stunden 36 Minuten $28\frac{1392}{9516}$ Sekunden.

Da die astronomischen Instrumente auch bei der vollkommensten Genauigkeit, wegen der ungeheuren Entfernung der Sterne und den kleinen Paralaxen, nie ganz vollständige Resultate geben können, woher es dann auch kommt, daß kein Astronom mit dem andern in seinen Berechnungen genau übereinstimmt, — obgleich es ganz erstaunlich ist, daß sie alle miteinander nur um einige Sekunden oder ein paar Minuten, in Rechnungen, wo es auf mehrere Jahre ankommt, von einander differieren, — so ist es etwas Außerordentliches und zur Anbetung Hinweisendes, daß die Apokalypse in die Zahl 666 den Schlüssel gelegt hat, womit die sonst unerforschlichen Geheimnisse der Sternenläufe und ihre genauesten Verhältnisse gegen einander ganz klar und bestimmt, ohne einen tausendsten Teil einer Sekunde zu fehlen, aufgeschlossen werden können. Daß dieses gewisse Wahrheit ist, beweist folgender Umstand: daß die Bengelsche Berechnung, zwischen allen astronomischen genau das Mittel hält. Es würde mich hier zu weit führen, wenn ich all die erstaunlichen Resultate, die dieser Calcul angibt, anführen wollte; ich habe nur den Zweck, Ihnen zu zeigen, daß ich nicht ohne wichtige Gründe Bengels apokalyptische Zeitrechnung angenommen habe: denn folgende Sätze scheinen mir doch apodiktisch gewiß zu sein:

1. Kein endlicher erschaffener Geist und am wenigsten ein Mensch, hätte aus der Unendlichkeit der Zahlenmenge die einzige Zahl herausrechnen oder herausfinden können, die der Schöpfer bei der Erschaffung des Universums — denn auch die Fixsterne und die Kometen richten sich nach Bengels Zyklus — zum allgemeinen Zeitmaß bestimmt hat; dieses konnte nur Gott selbst wissen und allein offenbaren.

2. Daß diese Offenbarung aber in der Apokalypse und noch mit der Aufforderung: *Ὧδε ἡ σοφία ἐστίν. ὁ ἔχων νοῦν ψηφισάτω τὸν ἀριθμὸν τοῦ θηρίου**) geschehen ist, erhebt diese ganze Weissagung zur höchsten kanonischen Würde und gibt einen unwiderlegbaren Beweis a priori ab, daß sie eine wahrhafte göttliche Offenbarung sei und

3. Da alle Zeiten, die in der ganzen Apokalypse vorkommen, in der Zahl $666\,^6/_9$ gegründet sind, nämlich der halbe *καιρός* $111\,^1/_9$ Jahr, *καιρός* $222\,^2/_9$ Jahr und der *χρόνος* $1111\,^1/_9$ Jahr, so bewog diese lange Dauer von so vielen Jahren den seligen Bengel und mich, die Erfüllung der Apokalypse von der Zeit an, wo sie Johannes empfing, bis an den jüngsten Tag anzunehmen. Übrigens ist das ganz richtig, daß diese Weissagung nicht bloß auf die Kirchengeschichte, sondern auf die Schicksale der Christenheit bezogen werden muß. Ob mir gleich die Bengelsche Zeitrechnung, nämlich ihre Anwendung auf die ganze Geschichte von Johannes auf Patmos an bis an den jüngsten Tag noch immer sehr wahrscheinlich ist, so bin ich doch in vielen Stücken von Bengel

*) Offenbarung 13, 18: „Hier ist Weisheit. Wer Verstand hat, der überlege die Zahl des Tiers."

abgegangen, wie dieses in meiner „Siegesgeschichte“ und dem „Nachtrag“ leicht gefunden werden kann; und auch darin bin ich nicht seiner Meinung, daß seine Erklärung die vollendete Erfüllung enthalte, sondern daß diese noch zukünftig sei, wie ich solches auch im Nachtrag geäußert habe. Bei dieser speziellen Erfüllung könnte dann auch wohl die Zahl des Tiers 666 zugleich die Zahl jeden Namens und die 42 Monate gewöhnliche Monate, die 1260 Tage gewöhnliche Tage und die eine Zeit zwei Zeiten und eine halbe Zeit wiederum 1260 gewöhnliche Tage sein. Doch das alles wird die Zukunft enthüllen. Das einzige, was wir gewiß wissen, ist, daß wir große Ursache haben, unsre Lampen bereit zu halten und es ihnen nie an Öl fehlen zu lassen. Außerordentlich wird es mich freuen, wenn Sie, mein teuerster und innigst hochgeschätzter Freund, mir offen und frei schreiben wollen, was Sie etwa gegen meine in diesem Briefe angeführten Gründe möchten einzuwenden haben. — Denn in dieser so äußerst wichtigen Sache darf auch nicht der geringste Laut von Rechthaberei und dem falschen point d'honneur, nicht gefehlt zu haben, stattfinden. Ich habe ja auch schon im Nachtrag korrigiert, wo ich fand, daß ich in der Siegesgeschichte gefehlt hätte. Meine „Apologie der Theorie der Geisterkunde“ auf Veranlassung des Baseler Gutachtens ist nun schon im Umlauf und in den schweizerischen Buchhandlungen zu haben. Lesen Sie doch ja diese Piece, sie klärt den wahren Gesichtspunkt auf, aus dem „die Geisterkunde“ angesehen werden muß, und so wenig, auch von guten Menschen, angesehen wird. Es schmerzt mich nur, daß ein so ehrwürdiges reformiertes Ministerium, das so respektable Männer hat, ein so erbärmliches, elendes Ding abfassen und noch sogar drucken lassen konnte. Haben Sie doch ja die Güte, mir zu sagen, wo ich etwa fehle, denn mein Zutrauen zu Ihrer Erleuchtung und zu Ihrem Herzen ist unbegrenzt. Der Geist unseres Herrn Jesu Christi sei unser Lehrer, Führer, Tröster — in diesen bedenklichen Zeiten — Heiligmacher und Vollender. Er sei Ihnen innig nahe und auch Ihrem, Sie herzlich liebenden und verehrenden

Mitwaller nach dem Ziel Jung Stilling.

Heß an Jung.

Zürich, den 14. Juli 1809.

Sie haben mein Letztes so freundschaftlich aufgenommen, daß ich sogleich die nächsten Augenblicke meiner so sehr beschränkten Muße gern ergriffen hätte, um über bewußten Gegenstand das Weitere Ihrer Prüfung vorzulegen. Allein tausend (ich glaube mich nicht zu stark auszudrücken) Dinge und größere Zwischengeschäfte verhinderten mich.

Es ist allerdings merkwürdig, daß des seligen Bengels apokalyptische Zeitrechnung mit dem, was in unsern Tagen Großes und Weitaufsehendes geschieht, wenigstens in einigen Punkten so schicklich zutrifft. Dies ist aber auch mit der Jobelära der Fall. Ich vermute, der achtungswürdige Döppen habe nach dieser, nicht nach dem Bengelschen Kalkul, gerechnet, als er Ihnen schrieb, 1816 sei das entscheidende Jahr. Er kannte ohne Zweifel Frankens 1778 herausgekommenes Systema chronologiae universalis, welches Bengel noch nicht bekannt sein konnte. In diesem wird die alt-israelitische Jobelära in ein solches Licht gesetzt, daß mit derselben beide, die biblische Geschichte und die biblische Prophetie, auf das Schönste harmonieren. Wenn nun Döppen, mit Hinsicht auf diese Zeitrechnung, jener uralten Tradition (Traditio Domus Eliae) sich erinnerte, nach welcher die Weltdauer sechstausend, und mit Inbegriff des großen Ruhetages siebentausend Jahre in sich faßt, zugleich auch in Anschlag brachte, daß in die gewohnte christliche Ära (dionysiana)*) ein Irrtum von wenigstens drei Jahren sich eingeschlichen hatte, zumal die besten Chronologen einstimmig finden, daß die Geburt unsers Herrn wenigstens vier Jahre früher zu setzen sei, so brachte er das Jahr 1816 heraus auf folgende Weise:

Nach der Aera iobelea ward der Herr geboren A. M. 4181.

Von da an bis A. M. 6000 würden 1819 Jahre erfordert.

---

*) Dionysius Exiguus, Abt eines Klosters in Rom gest. 556, berechnete das Geburtsjahr Christi auf 754 nach Erbauung Roms (aera Dionysiana).

Rechnet man von diesen obige 3 Jahre weg, so kommt das Jahr 1816 heraus.

Allein auch auf die Berechnung, ob sie sich gleich durch ihre Simplizität empfiehlt, möchte ich nicht zu viel bauen. Auf jeden Fall aber kann die Bengelsche Berechnung der apokalyptischen Zahl 666, ihre anderweitige Richtigkeit vorausgesetzt, das nicht umstoßen, was die Apokalypse selbst zum Aufschluß der Bedeutung dieses Zahlzeichens bemerkt, daß es nämlich die eines Menschen (oder des Namens des Tiers) sei, d. h. daß aus diesen Buchstabenziffern, die für Zahlen galten, der eigentliche Name des Antichristes sich ergeben werde. So hatte es Irenäus,*) der so nah an Johannes Zeiten grenzte und dessen Schüler Polykarp**) von Person noch kannte, so hatten es die asiatischen Christen selbst, unter denen Johannes lebte, so hatten es die ältesten Ausleger alle verstanden. Daß die Zahl 666 auf eigentliche Chronologie Bezug habe, daran kam damals niemandem der Sinn.

Dessen ungeachtet ist und bleibt es sehr merkwürdig, daß, mit oder ohne Rücksichtnahme auf diese Bengelsche Berechnung, auch von den Auslegern der Offenbarung, die ganz von seinem System abgehen, aus andern Gründen in dem gegenwärtigen Weltzustand ein unverkennbares Annähern zu den letzten entscheidenden Auftritten bemerkt und angekündigt wird. Mir liegt dies Wahrzeichen hauptsächlich in dem, daß ich diesen Weltzustand und was sich aus demselben bereits zu entwickeln anfängt, gänzlich konform finde dem Gemälde, das in der Apokalypse von dem letzten Zeitalter, in welches die Wiederkunft des Herrn fällt, aufgestellt wird. Vor wenigen Tagen hab ich das hierüber meist in Skizzen Hingeworfene, oder in mein griechisches Notentestament Eingeschriebene, zusammenzuordnen angefangen. Ich hoffe, es diesen Sommer zu Ende zu bringen.

Verehrungswürdiger Freund! es freut mich sehr, daß jene Fehde, wie es scheint, ausgefochten ist, und von Baseler Seite keine Replik folgen wird. Sie haben aber auch nicht gereizt.

*) geb. um 140 n Chr., † 202. **) † um 167 n. Chr.

Sie haben den Ton der Mäßigung beibehalten, der in polemischen Schriften so schwer zu treffen ist. Mir scheint es überhaupt, der Gegenstand eigne sich nicht ganz, weder für abgesonderte Abhandlungen, noch für besondere Streitschriften; d. h. er lasse sich nicht wohl aus anderem, was die Bibel in die Geisterlehre Einschlagendes enthält, herausheben und isolieren. Nur im Zusammenhang mit dem übrigen Geist und dem der biblischen Religionslehre sollte die Sache betrachtet, aber nicht zu einem eigenen Lehrbegriff oder System gemacht werden; was nicht wohl ohne Zuziehung vieles Problematischen und außer unserem beschränkten menschlichen Gesichtskreis Liegenden geschehen kann. Selbst unser Herr und seine Schüler haben hierüber besonders nichts Zusammenhangendes gelehrt, sondern immer nur Winke gegeben, und auch diese nur gelegentlich und im Zusammenhang mit Wichtigerem. Der Geisterlehre sind für uns Schranken gesetzt, über welche hinaus Vermutungen, Wahrscheinlichkeiten, aber keine solche Gewißheiten, die über das hinausgingen, was die Schrift ausdrücklich als Faktum gibt, oder in die Lehre einverwebt, stattfinden . . .

Jung an Heß.

Baden bei Rastadt, 18. August 1809.

Verehrungswürdiger Herr Antistes!

Teuerster Freund!

Ich gestehe Ihnen aufrichtig, daß mich meine Korrespondenz mit Ihnen mehr freut, als irgendeine andere, und es ist mir genug, wenn ich nur zuzeiten einen Brief von Ihnen erhalte. Auch ich fand von jeher in Bengels künstlichem Kalkul etwas, das meiner Überzeugung widersprach, aber sein Zyklus und das Eintreffen seiner Voraussagung riß mich unwiderstehlich mit sich fort. Indessen war ich doch so behutsam, daß ich die Zukunft des Herrn in den Zeitraum von 1800 bis 1836 setzte und nichts genau bestimmte;

auf diese Weise kam ich mit den mehrsten Auslegern überein. Ungemein artig und meiner Überzeugung zusagend ist die Entwicklung des Jahres 1816. Immer hat die Tradition des Hauses Eliae etwas Anziehendes für mich gehabt. Da ich aber in der biblischen Zeitrechnung soviel gearbeitet habe, so glaube ich gewiß zu sein, daß die vom seligen Uster die wahre ist, und Christus im Jahr der Welt 4000 geboren worden. Könnte mir aber jemand die Jubelära als richtig beweisen, so bin ich gleich bereit, einen zweiten Nachtrag zu meiner Siegesgeschichte zu schreiben und meine vorherigen Ideen zu berichtigen. Können Sie mir nicht ein Buch angeben, aus welchem ich mich eines bessern belehren kann? — Indessen haben Sie ganz recht, auch darauf kann man sich nicht sonderlich verlassen. Bengel glaubte, es sei noch nicht ganz ausgemacht, daß die Zahl des Mannes und die Zahl des Tieres eine und die nämliche Zahl sei; indessen könnte auch die Zahl 666 sowohl die Regierungsjahre des Tieres aus dem Meer, als auch die Namenszahl des Tieres aus dem Abgrund, das ist: des Menschen der Sünde sein. Ich beharre auf nichts und suche nichts als Wahrheit, so kann ich am wenigsten irren. Ein Engländer war in der Peterskirche zu Rom und wohnte einem Hochamt des Papstes bei, endlich bemerkte er vorn auf der Krone des Papstes die Inschrift:

— vicarius Filii Dei —

Das fiel ihm auf, er zählte Zahlbuchstaben heraus und fand zu seinem Erstaunen die Zahl 666, der Name Ludovikus enthält diese Zahl auch. Wenn Usters Zeitrechnung richtig ist, so muß demnach die Zukunft des Herrn gegen das Ende des künftigen Jahrhunderts kommen, es wären also noch beinahe 200 Jahre dahin; allein das widerspricht meiner innigsten Überzeugung und den so laut sprechenden Zeichen unserer Zeit. Ich half mir aber immer damit, daß der Sabbat am Freitag abend anfängt, folglich ungefähr 200 Jahr vor dem Ablauf des sechsten großen Welttages und mir deucht, die Nacht zum großen Sabbat habe auch schon mit diesem Jahrhundert angefangen: denn der Herr wälzt den großen Stein über das Monarchienbild her und in der Mitternacht kommt er. Ich möchte so gern Ihre Vorstellung, vom herrlichen Reich Christi und von der Bekehrung Israels wissen, allein bei der Menge Ihrer Geschäfte wäre es grob, so etwas zu verlangen. Steht nichts davon in Ihren Schriften?

Ihre gütigen Erinnerungen wegen der Theorie der Geisterkunde taten mir wohl, wie Balsam auf meinem Haupte. Wenn ich Ihnen erzählen könnte, wie mich die Vorsehung seit vielen Jahren zum Schreiben dieses Buches vorbereitet hat und daß ich es endlich schreiben mußte, so würden Sie unfehlbar überzeugt werden, daß die Erscheinung dieses parador scheinenden Buches ganz gewiß in diesen Zeitpunkt gehört und unter der Klasse Menschen, für die es geschrieben ist, große Wirkung tun wird, wovon ich jetzt schon merkwürdige Spuren habe: ich selbst habe in meinem ganzen Leben auch nicht das geringste Übernatürliche gesehen noch gehört, außer daß ich ein paar merkwürdige Ahnungen gehabt habe wie z. B. die vom seligen Lavater; dagegen aber mischte sich das Sonderbare in meine Führung, daß man mir von allen Seiten her die merkwürdigsten Erscheinungen aus dem Geisterreich schrieb und mich um meine Meinung fragte. Ich erhielt zuzeiten ganze Stöße Akten über diesen Gegenstand, die ich durchgehen und beantworten mußte. Nachher hatte ich mehr Gelegenheit wie irgendeiner, das Wahre und Falsche des tierischen Magnetismus zu prüfen; dieser gab mir nun den Schlüssel in die Hand, wodurch ich in den Stand gesetzt wurde, die scheinbaren Widersprüche zwischen der Vernunft und Offenbarung zu heben. Endlich kam nun auch Kants Kritik der reinen Vernunft dazu, die ich aufmerksam durchstudierte, dadurch wurde nun mein System vollständig und vollendet. Hätte Kant weiter nichts geschrieben, so würde er den Sieg der Wahrheit davongetragen haben, aber durch seine folgenden Schriften verdarb er alles wieder. Da nur durch dieses mein philosophisches System alle Widersprüche zwischen der Philosophie und der Bibel ganz gehoben werden können, wie ich jedem zeigen kann, dem es ernstlich um Wahrheit zu tun ist, so glaubte ich nichts besseres tun zu können, als wenn ich a priori und a posteriori bewiese, daß die Lehren der heiligen Schrift von der

Unsterblichkeit der Seelen, von Belohnungen und Strafen nach diesem Leben usw. sich an die gesunde Vernunft anschlossen. Dazu kam noch, daß der Großherzog von Baden ernstlich wünschte, ich möchte meine Theorie durch den Druck bekannt machen; ich tat das bona fide, und es fiel mir nicht ein, daß auch gutgesinnte wahre Christen damit unzufrieden werden könnten, sondern ich glaubte fest, sie würden mir danken. Ich wollte beweisen: 1. daß die ersten Prinzipien der Aufklärungsphilosophie grundfalsch seien, daß es also auch die Folgerungen sein müssen, und daß allein die Bibel im Übersinnlichen die Quelle aller Wahrheiten sei; 2. daß alle Entzückungen, Weissagungen, Ahnungen und dergleichen auch bei den frömmsten Personen durchaus nichts Göttliches — Prophetisches enthielten und daß man schlechterdings keine Rücksicht darauf zu nehmen habe; 3. daß Jesus Christus sich in seiner Weltregierung der Engel und Geister bediene und 4. daß unter 100 Geistererscheinungen kaum eine einzige wahr sei, allein daß es denn doch ganz gewiß wahre gebe, die aber immer der Ordnung Gottes zuwider seien und daher von uns weder gesucht noch gefürchtet werden müssen; sie gingen uns gar nichts an, außer daß sie die Unsterblichkeit der Seelen und Belohnung und Strafen denen bewiesen, die an der Bibel zweifeln. Sagen Sie selbst, wie ist es möglich, daß Christen ein solches Buch tadeln können? — Leben Sie wohl, teurer Mann! Der Herr segne Sie! Amen!

Jung Stilling.

Jung an Heß.

Karlsruhe, den 6. Dezember 1809.

Verehrungswürdiger Herr Antistes!

Teurer und innigstgeliebter Freund!

Verzeihen Sie mir, ich bitte herzlich, daß ich Ihnen wieder schreibe; antworten Sie mir, sowie es Ihre Geschäfte erlauben, und schreiben Sie mir nur das, was Sie einem Briefe anvertrauen können. So sehr ich auch die Bengelsche apokalyptische Zeitrechnung schätze, weil sie mich bis dahin noch nicht getäuscht hat, so wünsche ich doch von Herzen eine zuverlässige weniger künstliche und ganz biblische — nicht gerade Zeitbestimmung — sondern Zeitvermutung zu kennen. Wir sollen freilich Tag und Stunden nicht wissen; denn der Herr will ganz unvermutet kommen, wie ein Dieb in der Nacht, gerade dann, wenn man ihn am wenigsten vermutet, indessen sind doch die prophetischen Zeitberührungen nicht ohne Ursache in der heiligen Schrift, sie sollen allgemeine, ungefähre Winke geben, an welche man die Zeichen der Zeit anpassen soll, und da möchte ich gern in Ansehung jener Winke sicher sein. Sie haben mich in Ihrem letzten Schreiben auf die Jobel-Ära aufmerksam gemacht, diese war mir bisher noch unbekannt, ich wünsche aber sehr sie zu kennen und das Buch zu besitzen, in welchem ich Grund davon bekommen kann, schreiben Sie mir doch, in welcher Buchhandlung es herausgekommen ist. Bisher habe ich Usters Zeitrechnung, nach welcher Christus im Jahr 4000 nach Erschaffung der Welt geboren worden, für die wahrscheinlichste gehalten. Die des Calvinä, Lutheri und anderer sind darum zuverlässig falsch, weil sie den Sem für den ältesten Sohn Noah, und den Abraham für den ältesten Sohn Tarah halten, welches aber grundfalsch ist, denn Sem war Noahs zweiter und Abraham Tarahs jüngster Sohn, wie sich leicht beweisen läßt; dadurch wird aber nun die Zeitrechnung zwischen der Sündflut und der Geburt Abrahams um 62 Jahre größer, und so fällt die Geburt Christi um das Jahr 4000 und der Bau des Salomonischen Tempels ungefähr auf 3000. Meiner Meinung nach hat also Bengel in seinem ordine temporum zuverlässig geirrt, wenn er die Geburt Christi ins 3942ste Jahr setzt. Wenn aber nach der Jobelära Christus im Jahr 4181 geboren worden, so sind wir vielleicht näher am Ziel als wir geglaubt haben. Soviel ist einmal gewiß, die Zeichen der Zeit bezeugen es, daß wir in den Zeiten der Entscheidung leben. Paulus schreibt den Thessalonichern ausdrücklich, die Zukunft des Herrn sei dann nahe, wenn der Abfall da sei. Daß wir in der Zeit, wenigstens dem Anfang nach, leben, ist gewiß. Ferner: ich bin überzeugt, daß die untere Hälfte von Daniels Monarchienbild mit seinen zwei Füßen das römische und in demselben das orientalische und okzidentalische Reich bedeuten, und daß das vierte Tier mit seinen Hörnern das nämliche sei. Die türkische Monarchie ist noch immer die römische orientalische, die Veränderung der Dynastie hebt die Sache selbst nicht auf, jetzt sehen wir vor unsern Augen, daß allem Anschein nach das ganze Monarchienbild zertrümmert wird. Der Stein, welcher ohne Hände losgeworden, der Fels, der den Grund zum Reich des Herrn legen soll, der nicht selbst Kriege führt, sondern nur mit dem Schwert seines Mundes kämpft, bedient sich des großen und mächtigen Werkzeugs, das wir anstaunen und bewundern; wenn ich also nicht sehr irre, so leben wir in der Zeit der großen Entscheidung; besonders da mir auch alle Weissagungen der heiligen Schrift und besonders der Apokalypse damit übereinstimmen, wenigstens übereinzustimmen scheinen. Für den Christen dünken mir doch solche Untersuchungen, wenn sie ohne Vorwitz und in der Furcht des Herrn geschehen, nützlich zu sein; denn daß man bei der Annäherung der Zukunft Christi ins Fleisch auch forschte, das wurde nicht getadelt, sondern gelobt, und Christus empfiehlt in Ansehung der Zerstörung Jerusalems den Propheten Daniel zu lesen, jetzt würde er ihn uns auch empfehlen.

Indessen ist denn doch der Ernst im Wachen und Beten und das Bereithalten der Lampen die Hauptsache, dieses zu befördern, müssen alle unsere Untersuchungen zum Zweck haben.

Ausnehmend würde es mich freuen, wenn Sie so gütig wären und mir Ihre Hauptansicht dieser Sache, soweit sie sich dem Papier anvertrauen läßt, bekannt machten, besonders möchte ich die Beweisgründe der Jobel- oder Jubelära wissen.

Der Geist des Herrn sei unser Lehrer, Führer, Tröster, Heiligmacher und Vollender

Ihr ewig treuer Diener, Freund und Bruder

Jung Stilling.

Heß an Jung.

den 10. Dezember 1809.

Sie haben meine Äußerungen über bewußten Gegenstand so freundschaftlich aufgenommen, daß ich Ihnen schon lange wieder geschrieben hätte, wenn nicht der Abhaltungen so viele wären. Es länger anstehen zu lassen, könnte ich mir selbst kaum verzeihen. Um doch auch vor Ende des Jahres noch ein Lebenszeichen zu geben, ergreife ich dies Stündchen der Muße, Ihnen zu sagen, wie sehr es mich freut, daß die Resultate unserer Ansichten und Forschungen, was die Hauptsache betrifft, dieselben sind, wenn wir gleich von verschiedenen Standpunkten ausgehen. Davon, verehrtester Freund, wird auch beiliegender Anfang meiner Aufsätze über die Apokalypse Sie überzeugen, oder vielmehr das Ganze, wenn ich es Ihnen nach und nach in getreuer Kopie mitgeteilt haben werde. Denn freilich läßt sich aus diesen fünf ersten Aufsätzchen das Ganze noch nicht überschauen, folglich auch noch nicht entscheidend beurteilen.

Zugleich muß ich aber auch zwei Bitten beifügen: die eine, daß Sie mir diese Kopie, von der ich noch einen anderweitigen Gebrauch machen sollte, gelegentlich zurücksenden; die andere, daß, wenn auch Sie eine Kopie zu machen für gut fänden, für einmal doch keine dritte davon gemacht und auch sonst in keiner öffentlichen Schrift jetzt noch dieser Aufsätze gedacht werde. Beides aus dem Ihnen gewiß einleuchtenden Grunde, weil etwas noch Unvollendetes über diese Materie, das also nur erst Bruchstück ist, noch bei niemandem diejenige Überzeugung bewirken könnte, welche erst aus der Übersicht des Ganzen und aus Vergleichung desselben mit dem äußerst merkwürdigen Gange, den es in unsern Tagen nimmt, hervorgehen kann. Es würde für einmal nur viel Redens veranlassen, aber noch zu keinem heilsamen Zwecke führen. Leicht könnte es diejenigen, die der Zukunft vorzugreifen geneigt sind, auf allzu gewagte Vermutungen führen. Dies muß aber, um der guten Sache selbst willen, so sorgfältig wie möglich vermieden werden. Einfalt und Klugheit wird uns von dem Herrn selbst gewiß auch für die ganze gegenwärtige und für jede kommende Lage dringend empfohlen. Gewisse Wahrheiten, wenn **wir** auch **für uns** jetzt schon übrzeugt davon sind, können und dürfen **jetzt** noch nicht ins Publikum hinausgeworfen werden; es wäre denn, daß der Herr selbst dazu aufforderte. — Ich glaube, Verehrtester, wir denken auch hierüber beide gleich. Über diese Aufsätze muß ich denn auch noch dies beifügen: Sie waren anfangs in Briefeform (an eine vertraute Wahrheitsfreundin) abgefaßt. Diese Form benahm ich ihnen hernach und ließ alles, was nur auf die Korrespondenz Bezug hatte, weg, um den Zusammenhang nicht durch Heterogenisches*) zu unterbrechen. An der **Popularität** des Vortrags änderte ich nichts. **Gelehrte** Ausführungen der Sache konnten also hier nicht wohl stattfinden. Sollte der Herr Leben und Gesundheit fristen, so gedächte ich Beweise und Bestätigungen absonderlich noch diesen Aufsätzen beizulegen — auf **künftigen** Gebrauch, wenn auch für einmal keine Publizierung weder des einen noch des andern stattfinden könnte.

Sie sehen, im Herrn geehrtester Freund, die Absicht dieser Mitteilungen geht einstweilen nur dahin, diese Ansicht und Erklärung der Apokalypse einzelnen Christen in die Hände zu legen, solchen nämlich, die selbst forschen und prüfen können, auch für die Lage der Zeitumstände bereits ein offeneres Auge, und Wahrheitssinn genug haben, um die von dem Herrn selbst in jenes Buch gelegten Winke Schritt vor Schritt weislich zu benutzen. Diesen Wahrheitssinn atmen auch Ihre Schriften. Ihre Prüfung wird mir also wichtig und jede Mitteilung Ihrer allfälligen Skrupel willkommen sein. Die Beantwortung derselben müßte ich freilich bis nach Vollendung all dieser Aufsätze verschieben. Vielleicht fielen aber auch von selbst dann einige dieser Skrupel weg, weil der Zusammenhang des Ganzen über alles Einzelne ein Licht verbreitet hätte, welches aus bloß allmähliger Vorlegung der einzelnen Teile, sich noch nicht ergibt.

Es fehlt Anrede und Unterschrift, da dem Herausgeber dieser Heßsche Brief nur im Brouillon zur Verfügung stand.

---

*) **Andersartiges.**

Jung an Heß.

Karlsruhe, den 28. Dezember 1809.

Mein teuerster und innigstgeliebter Freund!

Ich habe Ihr brüderliches Schreiben, nebst den merkwürdigen Heften über die ersten Kapitel der Apokalypse richtig erhalten. Ich las das alles auf der Stelle, aber auch nie etwas, das sich so an mein ganzes Wesen anschmiegte, und sich an meinem Kopf und Herzen legitimierte. Ja, diese Erklärung muß die Wahrheit sein, oder es gibt keine. Es ist mir ausnehmend lieb, daß ich in meiner Siegesgeschichte in ihrem Nachtrag, und hin und wieder in meinen Schriften, immer noch eine eigentliche buchstäbliche Erfüllung der hohen Offenbarung vorausgesetzt, und meine bisherigen Ansichten bloß für eine Akkommodation ausgegeben habe. Ich bin also nicht einmal in der Notwendigkeit, mir ein Dementi zu geben, sondern nur zu sagen, die versprochene eigentliche Erfüllung sei nur Anbruch, man möge sie, aber ja ohne ihr vorzulaufen, in der Furcht des Herrn mit Gebet und Wachen beobachten und nun von meiner Siegesgeschichte als Erfüllung der Weissagung, abstrahieren, obgleich das Erbauliche darinnen immer beherzigt werden könnte. Wenn es die Ehre des Herrn und seine Wahrheit erfordert, so scheue ich keinen wesentlichen Widerruf; indessen wenn es ohne Nachteil vermieden werden kann, so ist es doch besser, weil doch immer der Kondit des Schriftstellers dadurch geschwächt wird, so sehr man auch seine Aufrichtigkeit billigt. Auch in Ansehung meiner Zeitrechnung werde ich nicht zu kurz kommen, weil ich die Jahrzahl 1836 nicht wie Bengel und Fein, als die bestimmte Zeit, sondern als den äußersten Termin — mutmaßlich, angegeben habe. Gelobet sei der Herr, daß er meine eigenen Einfälle so geleitet hat, daß sie seiner Wahrheit keinen Eintrag getan haben! Gott, welche Zeiten stehen uns bevor! — da heißt es wohl recht: Tue Buße, das Himmelreich ist nahe herbeigekommen, die Axt ist schon dem Baume an die Wurzel gelegt. — Ja wahrlich! sie hat schon tüchtige Hiebe getan. Nun muß ich Ihnen doch auch etwas Merkwürdiges erzählen:

Als ich den Jahren 1793 und 94 das „Heimweh" schrieb, so fühlte ich mich sehr exaltiert — im Grunde war diese Zeit die angenehmste meines Lebens. Mein Zweck war kein anderer, als eine zweite Bunianische Christenreise nach der seligen Ewigkeit zu schreiben, und siehe da! ohne daß ich es wollte, führte meine glühende Phantasie, meinen Ideengang zugleich dahin, daß mein Held Eugenius, der eigentlich nur einen Christen und seine Reise, seinen Weg zur Vollkommenheit vorstellen sollte, auch zugleich Führer der Gemeinde des Herrn in einem Bevorzugsort, in ein Land des Friedens, das ich mir im mittleren Asien dachte, und es Solyma nannte, wurde. Ich dachte während dem Schreiben oft, wie ist's, du kommst ja von deinem Wege ab? — indessen ich ließ dem innern Trieb freien Lauf und dachte: es ist ein moralisch Gedicht, ein religiöser Roman, der Herr mache damit, was sein heiliger Wille ist; weiter bekümmerte ich mich nicht um die Sache. Selten hat ein Buch solchen Abgang gehabt und so allgemein gewirkt, wie dieses Buch. — Bald nachher schrieb ein großer Herr an mich, woher mir die Versammlung gewisser Männer im Tempelberg zu Jerusalem und in den Pyramiden in Ägypten bekannt wären? Ich antwortete ihm, daß ich davon nichts wisse, sondern es sei bloß Dichtung von mir. Darauf versicherte er mir in einem zweiten Brief, das müsse mir Gott geoffenbart haben, denn es sei wirklich so. Bald nachher besuchte mich ein vornehmer Herr, dessen Vater ein Emir aus Syrien gewesen. Dieser sagte mir, daß sein Vater ein Mitglied von der Gesellschaft gewesen, die sich zu Jerusalem im Tempelberg versammelte. Diese Gesellschaft ist eigentlich das alte Sanhedrin, das noch nie ganz aufgehört habe; es bestehe aus lauter Juden, die aber heimliche Christen wären und nur auf den Wink des Herrn warteten, um Israel aus allen vier Winden zu sammeln, und es zu Christo und in seine Heimat zu führen. Daß diese Gesellschaft wirklich jetzt noch besteht, tätig ist, und Mitglieder in Europa hin und wieder hat, davon habe ich noch kürzlich zuverlässige Nachricht erhalten. *Sie sehen hieraus, mein Teuerster!* — *wie im Orient, dem Engel mit dem großen Siegel, der Weg bereitet wird, um die 12 mal 12000*

Israeliten zu versiegeln. Aber nun noch eins: Vor etwa 5 Jahren schrieb ein Freund aus Petersburg an einen Freund in Herrnhut, der mir den Brief kommunizierte; darinnen stand folgendes: „Eine fromme Gesellschaft zu Edinburg in Schottland hat zwei junge Männer hierher (nach Petersburg) geschickt mit einer sehr schön abgefaßten Instruktion, das Evangelium unter den Tartaren und Heiden zu verkündigen. Ihr geheimer Auftrag aber ist zugleich die Veranstaltung zu einem Zufluchtsort und zu einer neuen Kirche zu treffen, die sich von dort aus über die ganze Erde verbreiten soll. Sie erhielten zugleich die Erlaubnis vom Kaiser, dem Zweck ihrer Sendung nachzukommen, erhielten Empfehlungsschreiben, reisten ab usw. Woher wußte der Hofrat Jung in Marburg die Gründung des Fürstentums Solyma vorher, ehe man noch in England, oder in irgend einem Teil daran dachte? — Welcher Geist hat ihn ohne sein eigenes Wissen so viel andere Dinge in seinem Heimweh voraussagen lassen? — die zum Teil schon eingetroffen sind, und noch eintreffen werden usw."

Sie können denken, wie mich dieses alles in den Staub demütigte und zur Anbetung hinriß. — Wie komme ich elender, sündiger Erdwurm dazu, daß der Herr ein soches Organ aus mir macht? — Freilich! ich habe durchaus kein Verdienst dabei, ebensowenig, wie der Postillon, der eine wichtige Estaffette an Ort und Stelle bringt, ohne zu wissen, was in dem versiegelten Pakete enthalten ist. — Noch mehr: Verwichenen Herbst erhielt ich zwei Briefe, einen deutschen und einen englischen, von den Missionären, die sich nun auf Befehl des Kaisers Alexander am Donfluß in Kaukasien, im mittleren Asien, niedergelassen haben. Sie schreiben mir, der große weite Distrikt sei ein höchst fruchtbares Paradies unter der nördlichen Breite vom nördlichen Italien, etwa unter dem 43. bis 46. Grad Polhöhe. Ihre Mission geht gut vonstatten, und sind auch schon verschiedene Familien dahingezogen, und sie wünschen, daß sich mehrere noch einfinden möchten. Ich antwortete ihnen (wie Sie denken können) aufmunternd; äußerte meine Gedanken und Vorschläge, gab ihnen auch zu bedenken, daß das Ziehen dorthin noch etwas zu früh sei. Liebster, verehrtester Freund! was sagen Sie zu dem allen? Sie sehen also, daß auch dem Sonnenweib in der Wüste ihr Ort zubereitet wird; der russische Adler wird ihr also die Flügel lähmen, mit denen sie dorthin fliegt. Ich sitze dort in Marburg, schreibe einen religiösen Roman, ohne von weitem daran zu denken, daß meine Phantasienbilder würden realisiert werden. Dort in Edinburg sitzen Männer, die in ihrem Leben von meinem Buch nie etwas gehört und gesehen haben, und diese entwerfen doch einen Plan, der so beschaffen ist, als wenn sie ihn aus meinem Heimweh gezogen hätten. Ich träume mir eine geheime Gesellschaft im Orient, und siehe da! es ist kein Traum, sondern gewisse Wahrheit. Und nun findet sich ein frommer Theologe in Zürich, der den Schlüssel zur Apokalypse entdeckt, er schließt auf, und — wunderbar! — da harmoniert alles zusammen. Gelobet sei der Herr! geheiligt und verherrlicht werde sein Name in Ewigkeit. Amen.

Sein heiliger Geist sei ferner Ihr Lehrer, Führer, Tröster, Heiligmacher und Vollender! — und Ihres Sie

treuliebenden Bruders

Jung Stilling.

Die Hefte werde ich durch sichere Gelegenheit wieder zurückschicken. Ich bitte herzlich um Mitteilung des Verfolgs.

Jung an Heß.

Karlsruhe, den 22. Januar 1810.

Verehrungswürdiger Herr!

Innigstgeliebter Freund!

Hierbei kommen Ihre merkwürdigen Cahiers wieder zurück; ich habe mir die Hauptmomente notiert; zum Abschreiben hatte ich keine Zeit, und ich mochte sie auch hier niemand anvertrauen. Sie haben ganz recht, daß wir vorsichtig in Mitteilung gewisser Wahrheiten und Vermutungen sein müssen; Christus und die Apostel waren es auch, sie haben nicht alles öffentlich bekannt gemacht, was sie weiter Geförderten ins Ohr sagten; aber der Ausspruch Christi, der Geist wird euch in alle Wahrheit leiten, euch das kund tun, was zu jeder Zeit Bedürfnis ist, — ist hernach von der abgewichenen Kirche sehr gemißbraucht worden, indem daher Traditionen entstanden sind, die noch schlimmere Wirkung tun, als jene der Alten bei den Juden. Wir müssen also äußerst vorsichtig sein und uns wohl prüfen, ob nicht etwas Unlauteres bei solchen Aufschlüssen, die nicht geradezu in der heiligen Schrift deutlich ausgedrückt sind, mit unterlaufen? — ich habe daher bei meinen Äußerungen über den Hades, den Zustand der Seelen nach dem Tod, die Apocatastasis,*) u. a. m. strenge Prüfungen angestellt und gefunden, daß ich hier und da hätte behutsamer sein sollen. Ich habe deshalben den Herrn um Verzeihung gebeten und Vorsicht versprochen, und ich hoffe, er hat es mir verziehen. Die Fortsetzung Ihrer apokalyptischen Erläuterungen ist herrlich; man meint, es müsse so und nicht anders sein. Eins kann ich noch nicht durchschauen, nämlich: daß die Posaunensignale — die sechs ersten nämlich — fast ganz in Beziehung auf die feindliche Macht stehen sollen, insofern sie das neue Israel bekämpft; sollten dann die Christen aus den Heiden soweit hinter dem neuen Israel zurückstehen, daß sie in der Apokalypse gleichsam eine Nebensache ausmachen? Unser angebeteter Erlöser kann doch deswegen nicht parteiisch sein, weil er nach dem Fleisch ein Israelit ist, und die treuen Kämpfer aus den Heiden können doch deswegen nicht zurückgesetzt werden, weil sie nicht nach dem Fleisch Abrahams Kinder sind. Doch ich verlange nicht, daß Sie mir darauf antworten sollen, bis ich das Ganze gelesen habe, wo noch vieles aufgeklärt werden wird. Auch das ist mir noch nicht klar, daß der majestätische Engel Kap. 10 zwischen der feindlichen Macht und dem neuen Israel steht. Vielleicht schließt mir das der Verfolg näher auf.

---

*) Wiederbringungslehre.

Was den Bergungsort in Asien betrifft, so mache ich es damit wie Sie mit Ihren Aufschlüssen über die Apokalypse; ich teile sie nur denen mit, die ich für bewährt halte.

Ob aber die Herrnhuter Freunde, die die ganze Sache wissen und durch welche ich von Herruhut aus die erste Nachricht bekam, auch vorsichtig genug sein werden, das muß ich dem Herrn überlassen. Ich bin schon aus dem Württembergischen wegen dieser Anstalt gefragt worden, folglich ist die Sache schon zu bekannt; doch ich tue das meinige, und lasse dann die Vorsehung walten, ihren hohen Gang kann kein Schwätzer hindern. Nun hab ich auch Frankens Jobel-Ära und auch die Prolusion*) dazu gelesen und geprüft; seine Rechnung kommt mit der meinigen bis auf zwei Punkte ganz genau überein; er setzt die Geburt Abrahams ins Jahr der Welt 2009, und ich 2008; hier hat er recht, denn ich habe das Jahr der Sündflut außer acht gelassen; dann setzte ich die Geburt Christi ins Jahr 4000, er aber ins Jahr 4181. Dieser Unterschied ist nun die Hauptsache, aber auch hier hat er unstreitig recht: Denn seine astronomischen und politischen Rechnungen sind völlig überzeugend und unwiderlegbar, und sie haben auch nur eine Stelle in der Bibel gegen sich, nämlich Exod.**) 6, V. 16 bis 20, wo Mose seine Genealogie anzeigt; aber wir wissen auch, daß in den Genealogien der Bibel oft Lücken gelassen werden, die mit der Chronologie nicht übereinstimmen, denn da hat man nicht die Zeitrechnung, sondern nur die Abstammung im Auge. Eben dieser Mose sagt ausdrücklich Kap. 12 V. 40, daß die Kinder Israel 430 Jahre in Ägypten gewohnt hätten, daher kann der Anfang der 400 Jahre nicht mit der Geburt Isaaks beginnen, denn der war kein Sohn Israels, auch kein Knecht in Ägypten, sondern die 430 Jahre fangen da an, wo Joseph in Ägypten verkauft wurde, also 30 Jahre vor dem Zug Jakobs mit seinen Brüdern nach Ägypten; mit diesem Zug fangen also die 400 Jahre an. Dieses stimmt auch mit dem überein, was der Herr zu Abraham sagt, sein Same würde 400 Jahr in einem

---

*) Vorspiel, Vorübung. **) 2. Mose.

fremden Land in der Knechtschaft sein und viel leiden. Ich schließe also folgendergestalt: Wo Mose die Zeitrechnung angeben will, und das ist hier Exod.*) 12 V. 40 und Genes.**) 15 V. 13, da müssen wir ihm glauben; wo er aber nur den Zweck hat, seine Abstammung von Levi zu zeigen, da hat er nicht die Absicht und den Blick auf die Chronologie gerichtet, und auch diese Stelle bringt Franken ohne Zwang mit dem übrigen in Übereinstimmung. Hiermit harmoniert auch das, was Ap.-Gesch. 7 V. 6 Stephanus, und Paulus Galat. 3 V. 17 sagt.

Es ist mir also gewiß, daß die 6000 Jahre mit 1819 oder 1816 abgelaufen sind. Der Geist unsers Herrn Jesu Christi sei ferner Ihr Führer und Lehrer, und wenn Sie mich's würdig achten, so teilen Sie mir künftig mit, was er Ihnen kund tut. Beiliegende Briefe bitte Freund Geßner zu schicken. Mit herzlichem Gruß aus der Fülle der Liebe Ihr

treuester Freund

Jung Stilling.

Jung an Heß.

Karlsruhe, den 10. April 1810.

Verehrungswürdiger Herr Antistes,

geliebter Freund und Bruder!

Ich habe mit vielem herzlichen Dank die wieder hier zurückkommenden Cahiers gelesen und mir die Hauptkontenta notiert. Aber mir deucht, zwischen den letztgesandten Cahiers und diesen wäre eine Lücke, denn von dem Sonnenweibe stand in den vorigen nichts und in diesen wird auf etwas Bezug genommen, das ich nicht gesehen habe, indessen merke ich soviel, daß Sie die Gemeine wahrer Christen für das Sonnenweib erklären, und ich sah in der Siegsgeschichte die Herrenhuter oder Mährische Brüderkirche dafür an. Ich habe diese Gemeine lange und unparteiisch an Ort und Stelle geprüft, und ich muß aufrichtig gestehen, daß sie bei allen Mängeln und Ge-

---

*) 2. Mose. **) 1. Mose.

brechen doch noch immer die Bewahrerin der reinen Lehre des Evangeliums ist und daß sie verhältnismäßig bei weitem mehr wahre Christen enthält, als irgendeine der andern christlichen Religionsparteien. Äußerst merkwürdig ist, daß sich jetzt kürzlich wiederum ein mit wichtigen Zeugnissen und Dokumenten versehener Emissär aus den Morgenländern bei der Brüdergemeine gemeldet hat, er war ein Jude, aber heimlich ein wahrer Christusverehrer, er erkundigte sich, wie es mit den Juden in den Abendländern stehe? Im Orient wie Okzident weht der Geist des Herrn durch das Knochenfeld. Die heimlichen Erweckungen sind bedeutend, es befinden sich auch Rabbiner darunter; die Sache wird losbrechen, wenn einmal die Anzahl der Erweckten so groß ist, daß sie es wagen darf, öffentlich loszubrechen. Geschieht dieses einmal, so wissen wir, woran wir sind. Die große Menge nicht bekehrter Juden werden dann einen Antimessias finden, der sie auch nach Palästina führen wird, und dieser Antichrist wird dann auch jemand finden, der ihn unterstützt; so sehe ich die Sache jetzt an, und den Aufschluß verdanke ich Ihnen. Ich weiß, daß die Brüderkirche (an welche sich alle wahren Christen, wo nicht der äußern Form nach, doch im Bekenntnis, Leben und Wandel anschließen werden) mit dem neuen Israel schwanger ist.*) O dieser Ihr Gedanke, mein Teuerster! ist herrlich und klar. In allen Brüdergemeinen wird alle Sonntag öffentlich in den Kirchen in der Litanei gebetet: „Erlöse das Volk Israel von seiner Blindheit! Bringe noch viele zu deiner Erkenntnis! Bis endlich die Fülle der Heiden eingegangen ist und also das ganze Israel selig werde! Ach, daß auch Ismael leben sollte vor dir! Erhör uns, lieber Herre Gott!" Die drei Epochen des Tiers: Es war, es ist nicht, und wird wieder sein, nachdem es aus dem Abgrund emporgestiegen ist,**) finden Sie erstlich im ehemaligen römischen Reich, zweitens das Nichtsein vom Kaiser Augustus an bis auf Karl den Großen und die dritte Epoche von da an bis jetzt. Aber erlauben Sie mir eine Einwendung: Die dritte Epoche fängt ja

---

*) Vgl. Offenbarung 12, 2. **) Offenb. 17, 8.

mit dem Aufsteigen des Tiers aus dem Abgrund an (Apoc. 17, 8), und der Seher steht im Geist in der Epoche, in welcher die Hure auf dem Tier sitzt und spricht im Präsens: es ist (jetzt) nicht. — Also deuchte mir, jetzt, da die beiden römischen Mächte die weltliche und die geistliche wirklich nicht existieren, jetzt wäre die Epoche des „non esse", und wirklich reitet auch die treulose abgewichene Ehebrecherin auf dem Tier. Doch ich widerspreche Ihnen hier nicht, sondern gebe alles Ihrem weiteren Ermessen anheim; so hab ich die Sache auch in meiner „Siegesgeschichte" angesehen. Mir dünkt auch, wir müssen das Tier in der römischen Hierarchie suchen; aber freilich dürfen wir den weltlichen Schirmvogt derselben nicht ausschließen. Daß ich in der Siegesgeschichte des römischen Kaisers nicht gedachte, daran war meine Vorsicht schuld, damals existierte er noch. — Die Jungfer Roth ist in einem vortrefflichen jüdischen Haus; Herr Seligmann, ein Millionär, ist einer der edelsten Männer, die ich kenne, da wird ihr wohl sein. Der Herr sei ferner mit Ihnen, teurer Mann Gottes, bei Ihrer verantwortlichen Arbeit. Ihr ewig treuer Freund und Bruder

Jung Stilling.

Jung an Heß.

Karlsruhe, den 15. Mai 1810.

In unserm Herrn hochgeschätzter und geliebter Freund!

Hier kommt der 10. Aufsatz mit herzlichem Dank wieder zurück; ich habe nun meine Lücke ausgefüllt. Ich kann Ihnen nicht sagen, wie sehr mich diese Arbeit freut; der Zusammenhang aller Teile des Ganzen in Ihren Ansichten, und daß, figürlich zu reden, jeder Stein ohne weiteres behauen an seinen Ort paßt, macht mir höchst wahrscheinlich, daß Sie, wirklich das große Rätsel, — seit 1700 Jahren der erste — entwickelt und erraten haben.

Die Karäer kenne ich nicht; wo findet man Nachricht von ihnen?

Mir ist sehr wahrscheinlich, daß das jüdische Volk, welches zur Versiegelung untauglich ist, sich zur antichristlichen Macht schlagen und der Haupt- oder bitterste Feind des männlichen Sohns sein werde, wie Sie auch die nämliche Idee äußern. Oft fällt mir ein altes Buch ein, welches in der römischen Kirche herausgekommen ist, worinnen gesagt wird, der Antichrist würde ein Jude aus dem Stamm Dan, und aus Babylon oder Bagdad gebürtig sein. Doch ich will nun meine ferneren Vermutungen suspendieren, bis ich Ihre Ansichten des Tiers aus der Erden, d. i. des falschen Propheten, weiß.

Der Geist unsers Herrn Jesu Christi sei fernerhin Ihr Führer und Lehrer, und wenn Sie wieder etwas fertig haben, so bitte mir es mitzuteilen. Ich kommuniziere diese Ansichten niemand, nicht einmal Ewalden, aber doch weiß man hier davon, denn letzthin fragte mich der Oberhofprediger Walz deswegen; sein Schwager, der Herr Dr. Stickelberger in Basel, hat ihm davon Nachricht gegeben. Ich kann nicht glauben, daß Ihnen das lieb ist, in ungewaschene Hände darf so etwas nicht kommen.

Die vortreffliche Glaubensheldin, die Freifrau von Oeynhausen, wird Sie diesen Sommer besuchen. Sie werden sich sehr über sie freuen.

Mit herzlicher Liebe und Hochachtung Ihr treuester

Freund und Bruder

Jung Stilling.

Jung an Heß.

Karlsruhe, den 3. März 1815.

Verehrungswürdigster Herr und Freund!

Unter allen Briefen spricht mich keiner brüderlicher an, als wenn einmal einer von Ihnen kommt. Es war mir also eine wahre Freude, als ich das Paket von Ihnen erhielt, besonders erquickte mich Ihr schönes Bibellied; dies wird gewiß Beifall finden, besonders bei denen, denen die Bibel heilig ist, und nicht durch die giftige Schminke der falschen Ästhetik verwöhnt sind. Ihr Talent, mein Teuerster! ist heilig, selten, und ich lese jetzt wieder Ihr unschätzbares Werk „Leben, Taten und Schicksale unseres Herrn" mit neuem Genuß und mit neuer Salbung; ich freue mich innig über Ihre ferneren Arbeiten. Um nun Ihnen auch Rechenschaft von meinem Innern, und daher entstehenden äußern Wirkungskreis zu geben, bitte folgendes zu bemerken: Mit dem Beginn des Schreckenssystems in Frankreich wurde ich innig überzeugt, daß wir nicht weit mehr von der Zukunft des Herrn zu seinem Reich entfernt sein könnten; es entwickelten sich biblische Ideen in meinem Gemüt, die mich bewogen zu untersuchen, wie weit wir noch von diesem Zeitpunkt ungefähr entfernt sein könnten? Es entstunden allenthalben mehrere Stimmen, die die nämliche Erwartung unter das christliche Publikum brachten, und so wurde der Zweck — der Herr ist nahe! — erreicht. Nun gingen die Gerichte des Herrn und die Enthüllung seiner erhabenen Ratschläge rasch vorwärts. Jetzt hört aller Vorwitz auf; was würde ein kluger Feldherr sagen, wenn man seine Pläne vor der Schlacht öffentlich nur vermuten, geschweige verraten wollte. Es ist Frevel, jetzt die Zeit der Zukunft des Herrn erraten oder bestimmen zu wollen. Genug, er ist nahe, und wird unerwartet kommen. Wir haben jetzt nichts weiter zu tun, als nur das eine, das Not ist, wohl zu wahren, unsre Lampen zu schmücken und wohl mit Öl zu versehen, und dann auf die Zeichen der Zeit wohl zu achten, übrigens nicht nach dem Detail zu forschen, wie der Herr die dunklen Einkleidungen enthüllen wird, womit der Geist der Weissagung nicht ohne Ursache die Teile seines Plans eingekleidet hat. Meine Sache ist also forthin nur, auf Buße und Bekehrung und *ὑπομονή* *) zu wirken; das Darunterbleiben und nicht Entlaufen ist auch eine Hauptsache: Eilet und rettet eure Seele, das ist mein Text, und dann Warnung vor allen Abwegen und vor den falschen Kräften, die allenthalben zu wirken beginnen. Licht, Kraft und Gnade sei unser Leben! Mit dem herzlichsten Gruß Ihr ewiger Freund im Herrn

Jung Stilling.

---

*) Geduld.

Ein Brief Jung-Stillings an seine Züricher Freunde.

Marburg, den 16. August 1801.

Meine innigst geliebten Brüder und Schwestern in Jesu Christo!

Könnte ich jetzt meine Feder in himmlisches Feuer tunken und mit Flammenschrift schreiben, was mir schwer auf dem Herzen lastet und was ich Euch zu sagen habe; möchte dieser Brief nicht nur in Zürich, sondern in der ganzen Schweiz von Haus zu Haus gehen, und jedem zeigen, wer ich bin — jedem mein reumütiges, zerknirschtes und zerschlagenes Herz so darlegen, wie es ist. Brüder! Schwestern! höret mich! — damit Euch Jesus Christus auch hören möge! — Ich war in der Schweiz nicht das, was ich hätte sein sollen, am wenigsten war ich's in Zürich; ich war hart und fuhr oft die Hilfsbedürftigen an, dadurch habe ich diejenigen, die Trost bei mir suchten, tief gekränkt; so machte es mein Vorbild, mein Muster, Jesus Christus nicht, der sagte: Kommet her zu mir alle, die ihr mühselig und beladen seid, ich will euch erquicken — ich aber wies die Mühseligen und Beladenen von mir weg.

Euch, geliebten Brüdern und Schwestern, die Ihr mich zum allererstenmal sahet, hätte ich zeigen müssen, wie ganz mein Leben und Wandel meinen Schriften entsprächen; ich hätte Euch das Bild des Herrn an mir selbst zeigen sollen, und an dessen Statt zeigte ich Euch den ungebrochenen, eigensinnigen Eigenwillen, der zwar andern schwere Bürden aufzubürden weiß, sie aber selbst mit keinem Finger anzurühren wagt; und endlich — ich — der ich mich als ein Zeuge, als ein Bote des Herrn berufen fühle, in dieser letzten Zeit ihn zu bekennen, seine nahe Zukunft zu verkündigen, und zur Vereinigung aller Christusverehrer zu einer Herde zu wirken; ich hätte durch meinen Wandel unter Euch ihn verherrlichen, und Euch dadurch erbauen, Euch zeigen sollen, daß ich nicht bloß mit Worten — welches ja gar leicht ist — sondern auch mit der Tat Christum verherrlichte, und seinen Namen unter den Menschen verklärte — statt dessen hab ich ihn und seine Lehre durch mein mürrisches Wesen prostituiert, und also verdient, wenn er nicht Gnade für Recht ergehen ließe — von seinem Angesicht verstoßen zu werden. Ich hab also so viele Hilfsbedürftige betrübt. Ich habe Euch allen ein Ärgernis gegeben, und ich habe die Ehre meines Herrn und Erlösers prostituiert, darum bitte ich Euch nun hier öffentlich vor aller Welt und in der Gegenwart Gottes, vor dem ganzen Himmel und allen himmlischen Heerscharen demütig und im Staube um Vergebung. — Vergebt mir, liebe Brüder und Schwestern, so gewiß, als Jesus Christus auch Euch vergeben soll — denn bei ihm finde ich keine Vergebung, bis Ihr mir vergeben habt und das Ärgernis getilgt ist, das ich in der Schweiz und besonders in Zürich angerichtet habe. Es ist schrecklich zu denken, Jesus Christus könne vergeben ehe und bevor der Sünder an seiner Seiten alles getan hat, was er zur Wiedergutmachung seiner Vergehungen nur immer tun kann!

Wieviel gäbe ich jetzt darum, wenn ich jeden Augenpatienten, dem ich harte Worte sagte, um Verzeihung bitten und nun meinen Ernst, ihm zu dienen, verdoppeln könnte! — Da das aber nun nicht möglich ist, so bitte ich Euch alle, mir die Bruderliebe zu erzeigen, und diese meine Erklärung, Abbitte und Bitte um Verzeihung überall anzukünden, und sollte mich die Vorsehung einmal wieder in die Schweiz führen, so wird mir dann der Herr die Gnade schenken, daß ich durch doppelten Eifer im Dienste der Liebe das wieder gut mache, was ich jetzt verdorben habe. Es ist mir jetzt selbst fast unbegreiflich, wie es möglich war, daß ich so unartig und undankbar gerade in der nämlichen Zeit sein konnte, wo der Herr mich mit Wohltaten überschüttete und mein dreißigjähriges Vertrauen auf ihn so überschwenglich krönte! — allein ich war's — ich war undankbar und unartig; es mag begreiflich oder unbegreiflich sein; indessen erlaubt mir doch, daß ich Euch meine damalige ganze Lage schildere! Vielleicht, daß ich dadurch eher Vergebung von Euch erlange.

Ich hatte den ganzen Winter unter vielen Lasten, unsäglicher Arbeit und harter häuslicher Leiden geseufzt; ich sehnte mich in den Osterferien nach Ruhe und Erholung, und nun kam die Aufforderung, in die Schweiz zu reisen. Ich unternahm diese Reise gern, und hoffte auf derselben Ruhe und Erholung zu finden, aber schon auf meiner ersten Tagereise von hier nach Frankfurt trat mir der Rheumatismus, den ich bisher im Arm gehabt hatte, in den Magen und verursachte mir die kaum erträglichen Krämpfe, mit denen ich zu kämpfen hatte, bis die ganze Reise vollendet war und ich wieder hierher kam. Diese Magenkrämpfe litten nun auch durchaus keine Erquickung durch Speise oder Trank, ich wurde also auch von Tag zu Tag matter, und ich war bei meiner Rückreise durch Karlsruhe kaum mehr fähig, mit jemand ordentlich zu reden; ich wies daher Freunde, die mich besuchen wollten, ab, und schrieb ihnen hernach von hier aus und bat sie um Verzeihung. Mit diesem Magenkrampf war nun eine solche Reizbarkeit der Nerven verpaart, daß mir der geringste Widerspruch und jedes Wort, das nicht mit meinem Herzen harmonierte, unleidlich war; ich mußte auf der ganzen Reise, wo ich erschien, und NB. *zum erstenmal* erschien, *erschrecklich kämpfen*, um der Ebbe und Flut von Freunden, die mich zu sehen und zu sprechen wünschten, nicht unleidlich und unchristlich vorzukommen; dadurch geriet ich nun allmählich in einen schlechterdings unbeschreiblichen Gemütszustand, der nun noch dadurch vollends fast unerträglich wurde, daß sich die Gnade des Herrn, sein innerer hoher Friede in meinem Innern, und Genuß seiner beseligenden Gegenwart in mir ganz zurückzog, so daß ich dürre und trocken wie in einer Wüste in der Nacht allein stand, und mir kein Sternlein des Trostes leuchtete. Da ich nun wegen dem immerwährenden Magenkrampf keine Speisen vertragen konnte, so wurde mein Körper immer matter und kraftloser, und doch mußte ich jedem, der kam, zur Rede stehen, und den ganzen Tag zu den Staarpatienten herumlaufen, deren Schicksal und Wohlgelingen dann auch noch meine Sorgen vermehrte. Wenn ich nun so ganz ermüdet nach Haus kam und mich nach Ruhe sehnte, und ich sah dann 20, 30 bis 40 Leute dastehen, die mit mir sprechen wollten, dann riß mir oft die Geduld aus, und besonders dann auch deswegen, weil jeder viel und ausführlich mit mir reden wollte, und es gar nicht half, wenn ich ihm kurz und bestimmt sagte, was ich ihm sagen konnte. Seht Brüder und Schwestern! da war's dann, wo ich mich so schwerlich versündigte, und wo ich Euch Anstoß und Ärgernis gab. Meine treue Gattin warnte mich oft sanft und ernstlich, aber ich war zu kraftlos ihr zu folgen, bis ich wieder hierher und zur Besinnung kam, jetzt fiel die ganze Last meines Vergehens auf meine Seele, und die erste Frucht meiner ernstlichen Reue ist die, daß ich nie auf keinen Fall und in keiner Lage jemals einem Menschen, der meine Hilfe sucht, ein unfreundliches Wort sagen werde.

Daß ich erst jetzt an Euch schreibe, und Euch herzlich und brüderlich um Verzeihung bitte, hat folgenden Grund: Ich für mich hatte schon mit dem Herrn die Sache, wie ich glaubte, abgemacht, indessen fühlte ich doch noch immer etwas in meinem Gemüt, das nicht richtig war, und ich konnte nicht finden, wo es fehlte, bis ich gestern aus der Schweiz einen Brief erhielt, in welchem mir liebreich und wahrhaft christlich und evangelisch angezeigt wurde, daß man sich in der Schweiz und namentlich in Zürich über mein Betragen gegen Hilfsbedürftige geärgert habe. Jetzt fand ich, wo es mir noch fehlte, ich setzte mich also nun hin, und schüttete in diesem Brief vor Gott mein Herz gegen Euch aus. Verzeiht mir meine geliebten Brüder und Schwestern! so gewiß als Ihr auch dereinst Vergebung zu erlangen wünscht, und tröstet meine Seele bald, mit einer beruhigenden und segnenden Antwort.

Jesus Christus sei Euch und mir Alles in Allem! in ihm Euer ewiger Bruder

Jung.

Briefe Jung-Stillings an Professor und Diakonus Altorffer in Schaffhausen und an dessen Sohn Johann Caspar.

Joh. Jacob Altorffer war Diakonus am Schaffhauser Münster und Professor der Theologie und der lateinischen Sprache am Kollegium daselbst. Sein Sohn Johann Caspar, von Geburt an blind, wurde von Jung glücklich operiert und war von da an seinem Wohltäter außerordentlich anhänglich, wie auch andrerseits Jung ihm seine warme Liebe zugewendet hatte und für seine Zukunft besorgt war. Siehe auch die Anmerkung zum Briefe Jungs an Professor A. vom 15. Mai 1813.

Jung an Joh. Caspar Altorffer.

Heidelberg, den 28. Mai 1805.

Mein unvergeßlicher Freund!

Wenn Ihnen ein großer Herr durch einen armen zerlumpten Boten ein Geschenk schickt, und Sie wollten dann nicht aufhören auch dem Boten zu danken, so müßte ja der Bote ein elender Mensch sein, wenn er den Dank auf sich beruhen ließe, seine Pflicht wäre mit Händen zu wehren und laut zu sagen: Lieber Herr Altorffer, hören Sie auf und bringen Sie dem gnädigen Geber Ihr Lobopfer, ich verdiene es nicht. Nicht wahr, Sie verstehen mich, und es bedarf keiner Nutzanwendung.

Ich hänge lediglich von der Leitung meines himmlischen Führers ab; will er, daß ich wieder in die Schweiz reisen soll, so wird er's veranstalten, und ich komme dann auch mit Freuden zu Ihnen und suche Ihnen Ihr Gesicht zu verbessern. Beten Sie fleißig zum lieben Gott, daß er's veranstalten und so machen möge, wie es für Sie und mich am besten ist.

Meine Frau grüßt Sie recht herzlich, desgleichen auch ich, und bin Ihr

ewiger Freund

Jung Stilling.

Jung an Professor Altorffer.

Karlsruhe, den 25. März 1807.

Verehrungswürdigster Herr und Freund!

Mein Schicksal hat nun eine bestimmte Wendung genommen, ich bleibe nun bei unserm frommen Großherzog; bis er stirbt, so lange darf ich auch ohne große Not nicht reisen, dafür hat er mir dann ein Gehalt bestimmt, wovon ich lebenslang sorgenfrei leben kann. Was hernach mein anbetungswürdiger himmlischer Führer mit mir anfängt, das will ich ruhig abwarten.

Was nun Ihren lieben Sohn betrifft, so will ich erster Tage an die Unitätsältestenkonferenz nach Herrnhut schreiben, und ihr die Sache ans Herz legen, die Antwort werde ich Ihnen hernach mitteilen. Seien Sie versichert, daß ich nichts versäumen werde, es ist eben jetzt nicht die rechte Zeit zu solchen Sachen, die Brüdergemeine hat viele und große Sorgen, indessen wir wollen sehen.

Verzeihen Sie die Kürze meines Briefes, ich habe ihrer schon seit Neujahr 238 erhalten und auch beinahe alle beantwortet. Unsere herzlichsten Grüße an Sie und alle Ihre Lieben, besonders auch an meinen jungen Freund, bei Gelegenheit auch an die lieben Kirchhofers alle.

Ich bin mit inniger Liebe Ihr

ewiger Freund

Jung Stilling.

Jung an Joh. Caspar Altorffer.

Karlsruhe, den 10. Februar 1808.

Mein teuerster und innigstgeliebter Freund!

Denken Sie, der treue Knecht Gottes, der Bruder Nagel ist heimgegangen, seine Hülle ist zu Schorndorf beerdingt worden; man wird nun sehen, wer seine Stelle versehen wird.

Für alle Ihre Liebe und treuen Wünsche danke ich Ihnen mit meiner Frau aufs herzlichste; Sie können auch gewiß versichert sein, daß wir Sie auch recht herzlich lieben, und ewig lieben werden, und unsere Wünsche für Sie und Ihre lieben Eltern und Geschwister steigen betend zum Vater empor.

Grüßen Sie von uns die dortige Brüdergesellschaft, und besonders die Schwester Schalchin recht herzlich.

Daß Sie Frohbergers Briefe über Herrnhut gelesen haben, das freut mich, alles was darinnen steht, ist wahr. Ich kenne auch den Pfarrer Frohberger persönlich, er ist ein recht lieber Mann.

Was aber nun Ihren künftigen Ruf und Beruf betrifft, so müssen Sie alles ruhig Ihrem himmlischen Führer und Heiland gänzlich überlassen, der wird Ihrer gewiß nicht vergessen, sondern für Sie sorgen, sobald er weiß, daß es Zeit ist.

Auf allerhand Prüfungen müssen Sie sich gefaßt machen, dies erfordert der Weg unserer Heiligung, er ist oft steil und schwer, aber wenn wir nur treu bleiben, so bleiben auch die erhabenen Tröstungen des Herrn nicht aus, die uns dann wieder zum Fortpilgern stärken.

Immer innerlich betend im Andenken an den Herrn bleiben, und alle Gedanken, Worte und Handlungen in diesem Licht prüfen, das ist die Hauptübung des Christen.

Ihre lieben Eltern, Sie, und Ihre lieben Geschwister grüßen wir aus der ganzen Fülle der Liebe, der Herr sei Ihnen nahe, und auch Ihrem

ewigen Freund

Jung Stilling.

Jung an Professor Altorffer.

Karlsruhe, den 19. Januar 1809.

Verehrungswürdiger Freund!

Herzlich danke ich Ihnen in meinem und meiner Familie Namen, für die frommen und liebevollen Wünsche, die Sie mir in Ihrem Schreiben vom 29. verwichenen Monats mitgeteilt haben; der Herr erfülle sie auch an Ihnen und allen Ihren Lieben. Meine Frau leidet noch immer sehr schwer, ich bin aber Gottlob! vollkommen gesund, außer daß ich leichte Anwandelungen von Podagra habe.

Die Richtung, die nun Sie und Ihr lieber Sohn in Ansehung seiner Bestimmung genommen haben, ist die wahre. Bleiben Sie dabei; ich bin gewiß, daß der Herr den lieben jungen Mann zum Werkzeug des Segens machen wird.

Jetzt hat auch der König von Württemberg die „Theorie der Geisterkunde" so streng verboten, daß er sich alle Exemplare im ganzen Lande hat einliefern lassen. Mir und meinem Buch schadet das nicht. Das sind lauter Anstalten und Maßregeln von denen, die wünschen, daß die Seele mit dem Tode aufhöre und die es nicht ertragen können, daß die Bibelwahrheiten auch aus Vernunftprämissen demonstriert werden können. Meine Geisterkunde ist daher auch nicht für solche geschrieben, denen die Bibel göttliche Offenbarung und Grund ihres Glaubens ist, sondern für die große Menge derer, die noch auf dem Scheidewege stehen, und denen die mechanische Aufklärungsphilosophie die Wahl des Weges zu Christo erschwert, und hier tut sie gewiß große Wirkung, und dann stärkt sie auch manche schwache, an diesem und jenem Punkte noch zweifelnde Seele, und stärkt ihren Glauben, hiervon habe ich schon Beispiele. Meine biblischen Erzählungen*) gefallen allgemein und außerordentlich. Die Idee von der doppelten Natur Adams hätte

---

*) cf. „Der christliche Menschenfreund in biblischen Erzählungen für Bürger und Bauern." 14 Hefte 1803—1816.

wohl wegbleiben können, ich kann aber doch auch nicht einsehen, was sie schadet, sie ist auch nicht neu, denn viele große und fromme Gelehrte haben sie behauptet. Ich werde mich in Zukunft besser in acht nehmen.

Haben Sie doch die Güte, die Einlage auf die Post zu schicken. Wir alle grüßen Sie alle aus der Fülle der Liebe.

Ihr ewiger Freund

Jung Stilling.

Jung an Professor Altorffer.

Karlsruhe, den 5. Januar 1810.

Verehrungswürdigster Herr und Freund!

Ich hatte die Erlernung der französischen und lateinischen Sprache nur auf den Fall für nötig angesehen, wenn mein lieber Freund Caspar Hauslehrer werden wollte. Denn Leute, welche so vermögend sind, einen solchen Erzieher für ihre Kinder zu halten, fordern schon mehr Kenntnisse, als gewöhnlich erfordert wird. Ich werde ihn nicht vergessen, sondern so mir die Vorsehung eine Tür für ihn öffnet, da werde ich für ihn sorgen. Meine erste Idee bleibt mir noch immer gegenwärtig, und da nun schon auf dem Härlinshof, nun Königsfeld, eine Gemeine dem Anfang nach eingerichtet und schon ein Prediger da ist, so glaube ich noch immer, es werde sich so machen, daß er dort ankommen kann. Als Hauslehrer wäre er doch nicht auf Lebenslang versorgt, aber bei der Brüdergemeine gewiß.

So dunkel und fürchterlich auch die gegenwärtige Zeit ist, so erfreulich ist dem wahren Christen der Blick in die nahe Zukunft. Das Land der Ruhe, wohin das Volk des Herrn, das Sonnenweib, fliehen wird, wenn einmal die große Versuchungsstunde anbricht, ist schon bestimmt und vorbereitet; im verwichenen Herbst erhielt ich froherhebende Briefe dorther, worinnen mir die teuren Gottesmänner verkündigen, daß nun schon Leute, aber nur fromme echte Christen kommen könnten.

Das Land liegt im mittleren Asien und ist ein Paradies. Könnte ich mit Ihnen reden, so würde ich Ihnen erstaunliche Dinge sagen. Sichtbar ist jetzt die pünktliche Erfüllung der Apokalypse. Der Herr segne Sie und alle Ihre Lieben in diesem angetretenen Jahr.

Ewig Ihr treuster Freund

Jung Stilling.

Jung an Joh. Caspar Altorffer.

Karlsruhe, den 5. Januar 1810.

Mein teuerster und innigstgeliebter Freund!

Sie haben ganz recht, wenn Sie an meiner Liebe nicht zweifeln, die ist auf den goldenen Grund Jesum Christum gegründet und wird so ewig sein wie er. Auch mir ist es festliche Wonne an meine Freunde zu schreiben, aber es sind ihrer und der Zwischengeschäfte so viel, daß ich mich immer sehr kurz fassen muß. Ihrem lieben Herrn Vater hab ich meine Gedanken in Ansehung Ihrer geäußert. Glauben Sie nur ganz gewiß, daß der Herr Ihr und unser Gebet zuverlässig erhören wird, wenn einmal Ihre Geduld und Ergebung in seinen Willen hinlänglich geprüft ist.

Schreiben Sie mir nur immer die Empfindung Ihres Herzens und Ihrer Wünsche, ich werde Ihnen immer antworten. Ihre Gesinnungen und Vorsätze ganz des Herrn zu sein, in Zeit und Ewigkeit, werden Ihnen Segen bringen. Suchen Sie nur immer im Andenken an den Herrn zu bleiben und in diesem Andenken jeden Gedanken, jedes Wort und jede Handlung zu prüfen, ob der Herr Jesus in Ihrer Lage so und wie er würde gedacht, geredet und gehandelt haben, so machen Sie's dann auch. Dieses wird durch das einzige Wort Christi ausgedrückt — Wachet! — mit diesem

Wachen muß dann das innere Gebet verbunden werden, dieses besteht in einem immerwährenden Sehnen zu Gott um Kraft, Licht und Gnade. Diese beiden Stücke, Wachen und Beten sind die Flügel, wodurch wir uns nach und nach zu unserm glänzenden Ziel schwingen können. Der Geist des Herrn sei auch in diesem Jahr das Element Ihres Lebens und Wirkens. Meinen Brudergruß an Sie und alle Brüder und Schwestern im Herrn.

Ewig Ihr treuster Freund

Jung Stilling.

Jung an Professor Altorffer.

Karlsruhe, den 13. April 1810.

Verehrungswürdiger, teuerster Herr und Freund!

Ein Bauer in Hessen sagte einstmals gar naiv: nun, das Wetter ist doch so schön, als wenn ich's selber gemacht hätte. So verhält es sich auch mit meinem Freund Caspar: wenn wir hätten wünschen sollen, so hätten wir ihm nichts Zweckmäßigeres, keinen edleren Beruf wünschen können. Mein Gott, wie herrlich! So etwas konnte ihm die Brüdergemeine nicht verschaffen. Der Herr wolle ihm nun Segen, Licht und Gnade dazu schenken. Es ist unmöglich, daß der Herr die Schweiz verlassen kann: denn sie enthält eine große Anzahl edler Menschen, wie man sie sonst nirgends findet. Wie glücklich wäre ich, wenn es dem Herrn gefiel, mein Leben unter ihnen endigen zu lassen. Ja freilich freue ich mich von Herzen, daß der Herr für meinen lieben Freund so außerordentlich schön gesorgt hat. Ja, das ist nicht Menschen- sondern sein Werk; er wird's gewiß nun auch herrlich ausführen.

Daß Ihnen, mein Teuerster, noch vieles nicht einleuchtet, was ich und andere von der nahen Zukunft ahnen, das schwächt Ihren allein seligmachenden Glauben an Jesum Christum nicht; der eine hat diese Gabe, der andere jene. In einem Briefe ist es unmöglich, alle Gründe anzuführen, und auch nicht ratsam. Nur die wichtigsten und entscheidenden.

Paulus sagt 2. Thessal. 2: der Herr kommt nicht, ehe der Mensch der Sünde offenbar ist, dann aber kommt er, und richtet ihn mit dem Schwert seines Mundes. Der Mensch der Sünde wird dann offenbar, wenn der Abfall da ist. Dieser aber ist sichtbar dem Anfang nach allgemein da. Ferner: Der Mensch der Sünden erscheint dann, wenn das vierte Tier war und nicht ist und dann bald aus dem Abgrund emporsteigt. Nun aber ist das vierte Tier die römische Monarchie, darinnen sind sich alle wahren christlichen Ausleger einig, und vorzüglich die geistliche Monarchie zu Rom; nun hat aber diese Monarchie in Deutschland und zu Rom wirklich aufgehört, sie war und ist jetzt nicht, wird sich aber bald in ihrer letzten Gestalt wieder zeigen. An diese beiden Hauptzeichen der Zeit schließen sich nun noch viele an, die sie bestärken.

Ich und meine liebe Frau grüßen Sie, Ihre teure Frau Gemahlin und lieben Kinder herzlich. In wahrer Liebe Ihr ergebenster Freund

Jung Stilling.

Jung an Joh. Caspar Altorffer.

Karlsruhe, den 14. April 1810.

Mein teuerster und innigstgeliebter Freund!

Gelobt sei der Herr, der Sie so herrlich, heilig und weise führt! Sie sahen vor 9 Jahren zum erstenmal die Herrlichkeit Gottes in der physischen Natur, jetzt sehen Sie sie auch in seiner gnädigen Führung. O wie groß, wie gut ist er, laßt es uns nie vergessen und ihm unser ganzes Leben widmen. Welchen herrlichen Wirkungskreis bekommen Sie da! und wieviel Gutes können Sie jetzt stiften. Werfen Sie sich täglich in Ihrem stillen einsamen Kämmerchen dankend auf die Knie und flehen Sie unsern großen Erbarmer, unsern liebevollen Lichtgeber an, daß er Sie auch mit seinem himmlischen Licht erleuchten und Ihnen nun die Weisheit verleihen möge, die Ihnen zu Ihrem edlen und wichtigen Beruf nötig und nützlich ist. Als ich meiner Frau und Kindern Ihren Brief vorlas, so entstand ein allgemeiner Jubel und inniger Dank gegen Gott, über dieses Meisterstück seiner Führung. Ja es ist wahr, ich weiß kein Land in der Welt, das so gute und edle Menschen enthält als die Schweiz, und ich, meine Frau und Kinder, wissen und kennen kein grösseres Glück als unsere Lebenstage in der Schweiz zu beschließen, allein ich darf es nicht einmal wünschen, sondern ich muß mich genau an die Führung des Herrn halten, die auch so wunderbar und gnädig über mir gewaltet hat. Nun der Herr sei fernerhin Ihr Führer auf Ihrem wichtigen Wege, Ihr Lehrer aller der Wahrheiten, die Ihr Beruf erfordert, Ihr Tröster, wenn Sie in Leiden geführt werden, Ihr Heiligmacher und dann auch dereinst Ihr Vollender. Ich und meine Frau grüßen Sie aufs herzlichste. Ewig Ihr treuester Freund

Jung Stilling.

Grüßen Sie herzlich von uns allen die lieben Freunde, die Sie mir in Ihrem Brief genannt haben.

Jung an Joh. Caspar Altorffer.

Karlsruhe, den 22. April 1811.

Mein teuerster und innigstgeliebter Freund!

Es hat auch uns sehr betrübt, daß die schöne Aussicht, die Sie in Zürich hatten, nicht ausgeführt werden konnte, aber so sind des Herrn Wege, sie sind nicht die unsrigen und von vornher unbegreiflich, aber hinten nach sieht man oft mit hoher Wonne, daß alles so gehen mußte und das alles zu unserm Besten dient. Unser himmlischer Vater weiß ja wohl, wie gern Sie ihm in irgendeinem Beruf dienen möchten. Auch hat er tausend Wege, wo wir nicht einen einzigen wissen, wodurch er uns zum Ziel führen kann und gewiß wählt er immer den besten. Er wird gewiß mit Ihnen nicht den Anfang machen und Sie stecken lassen. Ihm sei Lob, Preis und Dank gesagt, daß er Ihr Gesicht so weit wieder gestärkt hat! Mir ist es noch immer so, als müssen Sie in der Brüdergemeine Ihren Wirkungskreis finden. Der neue Gemeinort Königsfeld, der nun badisch geworden ist, kann Ihnen vielleicht in der Folge ein Plätzchen verschaffen; fahren Sie fort, sich zu vervollkommnen, opfern Sie Ihren Willen ganz dem Herrn auf und so bauen Sie felsenfest auf ihn, er wird Sie herrlich zum Ziel führen. Es tut mir leid, daß Ihre Frau Mutter krank ist, meine gute Elise leidet auch sehr an Brustbeschwerden, welches, mit dem Kopfziehen vereinigt, ihr Leben sehr beschwerlich macht. Grüßen Sie doch von uns beiden Ihre verehrungswürdigen Eltern, Ihre lieben Geschwister, die lieben Kirchhofers, die Jungfer Schalch und alle Freunde.

Das Lied, welches Ihnen Ihre Frau Mutter sagte, ist wahr und vortrefflich. Wir beide grüßen Sie herzlich. Ich bin Ihr

ewiger Freund

Jung Stilling.

Jung an Professor Altorffer.

Karlsruhe, den 10. Januar 1812.

Verehrungswürdiger Freund!

Herzlich danke ich Ihnen für Ihre frommen Wünsche und bitte Gott, daß er sie an Ihnen in vollem Maße erfüllen wolle, er setze Sie und die lieben Ihrigen zum Segen ewiglich. Meine Antwort auf Sulzers*) Brief gefällt allgemein, Gott sei Dank dafür! Der Satz, daß der Protestantismus in einer immer fortwährenden Reformation bestehe, ist darum höchst gefährlich, weil er so leicht miß-

*) Vgl. Stillings Schrift: „Antwort durch Wahrheit und Liebe auf die an mich gerichteten Briefe des Herrn Prof. Sulzer über Katholizismus und Protestantismus". Nürnberg 1811. Siehe auch den Brief an Berger v. 20. Febr. 1810.

verstanden und gemißbraucht wird: denn was soll immerfort reformiert werden? — doch die Bibel und die deutlich darinnen enthaltenen Glaubenslehren nicht, sondern vielmehr die immer treuere und reinere Anwendung derselben sowohl in kirchlicher als in spezieller Rücksicht, auf Leben und Wandel und Liturgie. Dagegen hat man jenen Satz auf philosophische Kritik, dahin passende Exegese, und ihr angemessene Glaubens- und Lebensregeln gedeutet, und eben dieses tadle ich mit Recht, und daher auch jene so unbestimmt und gefährlich ausgesprochene Definition des Protestantismus. Sehr recht haben Sie in Ansehung der Philosophaster, welche die Terminologie der rechtgläubigen Theologen annehmen, aber den Worten einen mystischen, im Grunde nichtssagenden, unverständlichen Sinn beilegen, dies ist wieder ein neuer Kunstgriff des Geistes unserer Zeit. O wie oft fällt mir der Ausspruch unsers Herrn bei, wenn es möglich wäre, so könnten auch die Auserwählten verführt werden. Alle Berechnungen, die ich über die Zukunft des Herrn gemacht habe, sollen nichts weiter sagen als der Herr ist nahe. Ich habe mich im 24. Heft*) bestimmt darüber erklärt. Er kommt, wenn wir am wenigsten daran denken oder es vermuten.

Ihr lieber Sohn ist mein unzertrennlicher Freund.

Wir alle grüßen Sie aufs herzlichste. Ewig Ihr

ergebenster

Jung Stilling.

Jung an Professor Altorffer.

Karlsruhe, den 15. Mai 1813.

Mein teuerster Herr und Freund!

Ich bin gerührt über die edle Gesinnung Ihres lieben Herrn Sohnes; nur fühle ich gar zu wohl, daß mir der Dank nicht gebührt,

*) Gemeint ist wohl Stillings Blatt: „Der graue Mann, eine Volksschrift“ 30 Hefte, Nürnberg 1795—1816, später fortgesetzt von Lachmann und von De Valenti.

der mir so zärtlich gebracht wird, daher gehe ich damit unverzüglich ins Heiligtum und lege ihn auf den Altar des Herrn.

Die wohltätige Gesellschaft,*) die mein lieber Freund gestiftet hat, ist von der Art, daß noch viel Vortreffliches an sie angeknüpft werden kann, nur muß man ja der Vorsehung nicht vorlaufen, sondern nur genau auf ihre Winke acht haben, und dann diesen genau folgen. Bei den vielen Freunden aus der Nähe und Ferne, die mich besuchen, erinnere ich mich der einzelnen nicht. Daher ist mir auch der Herr van Vloten nicht mehr im Andenken. Erwidern Sie ihm meinen herzlichen Gruß, nebst Anwünschung alles Guten. Es freut mich herzlich, daß auch er zum Wohl meines Freundes mitwirkt. Die gegenwärtige Krisis, deren Sie gedenken und die das Schicksal von Europa und der ganzen Christenheit entscheiden wird, hat bis dahin auch unsere Ruhe noch nicht gestört, was fernerhin geschehen wird, das wollen wir in Abhängigkeit der ewigen Liebe erwarten. Wir alle grüßen Sie, Ihre teure Frau Gemahlin und alle Ihre Lieben von Herzen. Mit innigster Liebe Ihr ewiger Freund

Jung Stilling.

Jung an Professor Altorffer.

Karlsruhe, den 9. Juni 1813.

Mein verehrungswürdiger Freund!

Überbringer dieses Herr Federhoff von Calbe, ein Wollenfabrikant, und echt christlicher Mann, macht eine Reise nach Basel, Bern, Zürich und Schaffhausen; haben Sie doch die Güte ihm zu sagen, er möchte doch in das Kirchhoferische Haus gehen, und alle von mir herzlich grüßen.

Meine gegenwärtige große Angelegenheit ist die Anstellung

*) Der junge Altorffer hat zum Dank für seine glückliche Operation die s. g. Blindengesellschaft gegründet, einen Verein zur Unterstützung von Blinden und Augenkranken, der noch besteht und ein ansehnliches Vermögen besitzt.

eines Unglücklichen: der Herr Baron de la Chevallerie, bisher Major, Gouverneur und Lehrer des königl. württembergischen Kadettenkorps, ein wahrer Christ voller Gottes- und Menschenliebe und in der Mathematik, Artillerie, Fortifikation, Taktik, überhaupt in allen militärischen Wissenschaften ein sehr erfahrener junger Mann, wurde vor wenigen Tagen vom König von Württemberg kassiert und mit dem Bedeuten des Landes verwiesen, daß er füsiliert werden sollte, wenn er wieder das Württembergische betreten würde; bloß darum, weil er gegen den König von Preußen, seinen ehemaligen Landesherrn nicht zu Felde ziehen konnte und wollte; besonders da ihm der König von Württemberg in seiner Vokation ausdrücklich versprochen hatte, daß dies nicht geschehen sollte. Herr Federhoff kennt den Baron und weiß seine Geschichte.

Dieser edle Unglückliche wünscht nun als Lehrer seiner oben angeführten Wissenschaften auf irgendeine Art angestellt zu werden. Ich bitte Sie daher zum Herrn Prof. Joh. Georg Müller zu gehen, ihn herzlich zu grüßen, und ihm die Sache vorzutragen, damit er, wenn es ihm möglich wäre, in dieser wahrhaft christlichen Sache mitwirken möge. Die herzlichsten Grüße an Sie alle

von Ihrem ewigen Freund

Jung Stilling.

Jung an Joh. Caspar Altorffer.

Karlsruhe, den 8. März 1814.

Mein teuerster und innigstgeliebter Freund!

Der Inhalt Ihres lieben Briefes vom 22. v. M. hat mir viel Freude gemacht. Von Ihrer Liebe zu mir und den Meinigen bin ich durch viele Proben überzeugt, auch dann noch, wenn Sie mir gar nicht mehr schreiben würden.

Das Schicksal der Schweiz kann glücklich werden, wenn nur gewisse eigensinnige Köpfe sich in die Zeit schickten; ich denke aber, die Nähe der verbündeten Mächte wird sie in den Schranken halten. — Es war eine wohltätige Schickung und Leitung der Vorsehung auch für Sie, geliebter Freund! daß der Kaiser Alexander mit seiner erlauchten Schwester nach Schaffhausen kam. Dieser vortreffliche Fürst, der überall, wohin er kommt, Wohltaten ausspendet und alle Herzen an sich reißt, verewigt sich jetzt durch seine Befreiung Deutschlands, die ihm allem Ansehen nach gelingen wird.

Eine innige Freude ist es mir, daß Ihr Blindeninstitut gelingt. Ich wünschte oft ein solches zu errichten, aber meiner Geschäfte waren zu viel, ich kam nie dazu, aber Sie sind gerade der Mann, den der Herr dazu ausersehen und ausgerüstet hat. Er wolle Sie nun überschwenglich segnen und das wird er gewiß. Wir alle grüßen Sie herzlich. Ich bin ewig Ihr

treuester Freund

Jung Stilling.

Viele herzliche Grüße von uns allen an das ganze Kirchhoferische Haus.

Jung an Joh. Caspar Altorffer.

Karlsruhe, den 7. Mai 1815.

Mein teurer, ewig und inniggeliebter Freund!

Wir hatten uns auch schon auf Ihren Besuch gefreut, wir konnten aber auch leicht denken, daß bei dem wieder ausgebrochenen Krieg nichts daraus werden würde. Wir wollen es also in ruhigerer Zeit erwarten.

Wahrscheinlich wird der jetzige Krieg nicht lange währen, und dann eine Ruhezeit von einigen Jahren darauf erfolgen, ehe der Mensch der Sünden auftritt und seine Rolle spielt. Die Macht der verbündeten Mächte ist so groß, daß ihr Napoleon mit seinen Franzosen nicht wird widerstehen können, auch scheint es im Rat der heiligen Wächter beschlossen zu sein, daß nun endlich einmal das längst verdiente Gericht über Frankreich ergehen soll.

Schön! recht schön ist die Art, wie Sie Ihr jähriges Dankfest durch Erquickung der Blinden feiern, fahren Sie so fort, so wird am Ende Ihr Gnadenlohn unaussprechlich groß sein. Erinnern Sie sich an die Frage der Jünger wegen dem Blindgeborenen, ob er oder seine Eltern gesündigt hätten, und wie der Herr antwortete: weder er noch seine Eltern hätten gesündigt, sondern er sei nur darum blind geboren, damit die Herrlichkeit Gottes durch ihn und an ihm offenbar werden möchte; das ist nun auch bei Ihnen der Fall: Sie sind wohl nicht durch ein Wunder der Herrlichkeit des Herrn sehend geworden, sondern auf dem natürlichen Wege durch seine Barmherzigkeit. Dadurch sind Sie nun ein Werkzeug seiner Gnade geworden, wodurch er seine Herrlichkeit offenbaren will, und wie ich hoffe, fernerhin immer mehr offenbaren wird.

Wir grüßen Sie und alle Ihre Lieben herzlich

Ihr ewiger Freund

Jung Stilling.

— — —

Zur Ergänzung der Briefe an die beiden Altorffer lassen wir noch zwei Dankschreiben an Jung-Stilling folgen. Das eine von Prof. Altorffer, in dem er im Namen der ganzen Familie für die glückliche Operation des Sohnes Caspar dankt. Das andere vom Schaffhauser Gemeinderat. Beide Schreiben lassen uns einen Blick in Stillings segensreiche Tätigkeit als Augenarzt tun.

Mein schriftlicher Dank, dem Herrn Hofrat Jung nach der glücklichen Operation in die Hand gedrückt.

6. April 1801.

Empfangen Sie, edler Mann, von dem, der durch Sie der Dunkelheit entrissen worden, in welcher er seit seiner Geburt lebte, von seinen erfreuten Eltern und den Schwestern die Versicherung des reinsten herzlichen Dankes für Ihre ihm erzeigte große Wohltat. Nicht Worte vermögen ihn auszudrücken, viel weniger kann es durch die Tat geschehen. Verzeihen Sie unser schwaches Streben es zu tun. Doch Sie sehen nach dem erhabenen Vorbild unseres großen Vorgängers, auf dessen Bahn Sie so herrlich einherwandeln, mehr auf das Herz, als auf die Tat und suchen Ihre Belohnung da, wo Sie dieselbe reichlich und sicher finden werden, in Ihrem Herzen und in dem Beifall Gottes. Möge Gott Sie noch lange zum Besten der Menschheit erhalten, damit Ihr Lohn desto größer sei im Himmel!

Schon lange, seitdem wir Sie aus Ihren Schriften kannten, schlug unser Herz hoch für Sie. Nun ist es durch Ihre Wohltat Ihnen ganz verpflichtet. Mit den herzlichsten Wünschen für Ihr und Ihrer vortrefflichen Gattin Wohlergehen empfehlen wir uns, edler Menschenfreund, Ihrem freundschaftlichen Andenken, und im Namen aller unterschreibe ich mich als

Ihr dankbarer Verehrer und ewig verpflichteter Freund

J. J. Altorffer, Diak.

Danksagungs-Schreiben, das die Municipalität (in Schaffhausen) Jung-Stilling nach Winterthur nachsandte.*)

Hochedler Herr Hofrat!

Verehrungswerter Herr!

Ihr außerordentliches Talent, das verlorene Gesicht wieder herzustellen, und was noch gewiß würdiger ist, Ihre uneigennützige Menschenliebe, mit welcher Sie dasselbe zum Besten der leidenden Menschheit anwenden, hat Sie schon zum Retter und Wohltäter vieler Hunderter gemacht, die ohne Sie, der edelsten der Sinne beraubt, ihr Leben in Dunkelheit hätten zubringen müssen, und ihre Kräfte zu ihrem und anderer Menschen Nutzen anzuwenden nicht imstande gewesen wären.

Auch unsere Stadt ist ein Zeuge Ihres menschenfreundlichen Eifers, Ihre Kunst zum Besten der leidenden Menschen anzuwenden, geworden. Ihrem nur kurzen Aufenthalt dahier verdanken drei Personen, die im Finstern schmachteten, das größte Erdenglück: durch Ihre menschenfreundlichen Bemühungen sehen sie sich jetzt in den Stand gesetzt, nicht nur das Vergnügen dieses Lebens zu genießen, sondern ihr eigenes und anderer Menschen Bestes zu befördern.

An dem Glück dieser, durch Ihre Bemühung geretteten und glücklich gemachten Gemeindeglieder, nehmen wir, der Präsident und sämtliche Glieder der hiesigen Munizipalität billigen Anteil, und halten es für unsere Pflicht und Schuldigkeit, deren wir uns hiermit mit dem größten Vergnügen entledigen, Ihnen, verehrungswerter Herr, den öffentlichen Dank für Ihre menschenfreundlichen und wohltätigen Bemühungen ehrerbietigst abzustatten, auch nehmen wir uns zugleich die Freiheit, Ihnen diejenigen Personen bestens

*) Dieses Schreiben befindet sich auf dem gleichen Bogen mit dem Dankschreiben Altorffers aus dem Jahre 1801, von der gleichen Hand niedergeschrieben. Die eigentlichen Originale, die natürlich Jung-Stilling eingehändigt wurden, sind nicht in meinem Besitz, wohl aber dieser alte Bogen, der offenbar die wortgetreue Abschrift beider Schreiben enthält.

zu empfehlen, welche Hilfe und Beistand bei Ihnen zu suchen Ihnen nachgereiset sind.

Der Allerhöchste, in dessen Hand Sie schon so oft ein wohltätiges Werkzeug gewesen sind, kröne ferner Ihre zur Erleichterung der menschlichen Leiden abzielende, sowie alle übrigen Unternehmungen mit seinem göttlichen Segen. Er erhalte Sie noch lange zum Segen der Welt, zum Trost und zur Freude Ihrer Frau Gemahlin und ganzen Ehrenfamilie in erwünschtem Wohlergehen, und lasse Sie das größte Vergnügen, Retter Ihrer Mitmenschen zu sein, noch oft in reichem Maß genießen, bis Sie dereinst die Belohnung für Ihre edlen Taten in der Ewigkeit aus seiner Hand empfangen werden.

Wir empfehlen uns auf das ehrerbietigste Ihrem geneigten Wohlwollen und verharren mit aller Hochachtung usw. usw.

Kirchenrat Schwarz an Joh. Caspar Altorffer.

Wir fügen noch einen Brief von Jung-Stillings Schwiegersohn, dem Kirchenrat Prof. theol. D. Dr. F. H. C. Schwarz in Heidelberg bei, den er bald nach Jung-Stillings Heimgang geschrieben hat.

Heidelberg, den 5. Mai 1817.

Hochgeschätzter Herr!

Die Gnade, welche Gott meinem nun verklärten Schwiegervater hier im Leben verliehen hatte, zeigt sich auch dadurch reich, daß er Herzen gewann, welche ihm für die Ewigkeit bleiben; und die Art, bester Herr Altorffer, wie Sie sich in dem Briefe äußern, womit Sie mich beehrt haben, ist mir eine Bestätigung von dem, was mir der Selige oft über Sie und Ihre verehrte Familie sagte, und mit welchem Recht er Ihre und der lieben Ihrigen Freundschaft so hochschätzte. Nehmen Sie meinen und meiner Frau Dank für Ihre edlen Äußerungen. Auch die übrigen Kinder des seligen Paars werden darüber gerührt sein, und ich werde eilen, denselben

Ihren interessanten Brief mitzuteilen. Freuen wird es Sie, lieber Herr Altorffer, sowie die lieben Ihrigen, daß für das Bestehen der hinterlassenen Kinder so ziemlich gesorgt ist; sie seien alle Ihrem Wohlwollen empfohlen. Auch wird es Ihnen angenehm sein zu hören, daß bald durch den Buchhandel das Fragment von Stillings 6. Band sein „Alter" erscheinen wird, nebst einem Anhange von seinen letzten Lebenstagen, die mein Sohn zu Karlsruhe aufgezeichnet hat. Der Tod des ausgezeichneten Christen war erbaulich wie sein ganzes Leben und seines Lebens würdig. Daß mein Schwiegervater das glückliche Werkzeug in der Hand Gottes gewesen, Ihnen dazu zu verhelfen, daß Sie mit den leiblichen Augen die Majestät Gottes auf Erden sahen, sowie es der Schöpfer den sehenden Menschen hienieden vergönnt hat, war etwas Großes, worüber wir uns schon damals freuten: Daß aber der Strahl des ewigen Lichts schon früher in Ihre Seele fiel und dann auch vom Innern Ihr Auge erleuchtete und Sie, nachdem Ihnen jene äußere Wohltat zuteil geworden, zu einem gesegneten Werkzeug machte, der den Blinden die geistigen Güter zuführt — dafür lohne Sie Gott, und darum priesen auch noch meine seligen Schwiegereltern jene glückliche Fügung. Mögen Sie sich immer der reinsten Christenfreuden in Ihrem Wirkungskreise, auch von äußerem Glück begleitet, ungestört erfreuen, und das mit den lieben Ihrigen, denen ich mich aufs herzlichste empfehle.

Ihr ergebenster Diener

Schwarz, Kirchenrat.

Briefe Jung-Stillings an W. Berger, Lehrer der französischen Sprache zu Mülheim am Rhein.

Spätere Adressen an ihn lauten auch: „Bei Ihro Erlaucht der Frau Gräfin von der Lippe zu Cleve", oder „Im Prinzenhof zu Cleve". Zuletzt nur: „An Herrn Berger zu Cleve". Die Originale dieser Briefe werden im Archiv der reformierten Gemeinde zu Barmen aufbewahrt.

Marburg, den 15. Dezember 1798.

Durch die Versöhnung unseres Herrn Jesu Christi
teurer und geliebter Bruder!

Könnte ich nur Ihren Brief nach Würden beantworten, wie gern täte ich es! — aber dazu fehlt es an Zeit; also nur das, was mir der Herr in den einigen Minuten, die ich Ihnen widmen kann, geben wird.

Ja, ich bin mit meiner lieben Lebensgefährtin Anfang November glücklich hier wieder auf meinem Posten angelangt, und meine Reise war, Gott sei Dank! auf viele Weise gesegnet. Ich fand in Bremen viele gottsuchende Seelen, an denen ich mich stärkte und erbaute. Dort weht noch der Geist des Herrn, mehr wie an andern Orten, dies kommt aber daher, weil erweckte Prediger da sind; ich traf bei Ewald in einer Abendgesellschaft sieben an, die recht innig leben und lehren, und das will heutzutage viel sagen.

Lieber teurer Bruder! — wenn wir unsere Lage, so wie sie heutzutage ist, genau beleuchten, so finden wir, daß wir wenig Glaubenskraft und doch viel zu leiden haben, aber laßt uns nur treu aushalten, denn darum eben sollen wir Letzten, wenn wir anders redlich kämpfen, auch die Ersten sein — und teilhaben an der ersten Auferstehung, die gottlob! nun nicht fern mehr ist.

Sie gedenken des seligen Tersteegen — ja er war ein Mann Gottes, und gewiß einer von den Vorläufern des Herrn, die ihm seinen Weg zum herrlichen Reich hienieden bereiten.

Alles was ich Ihnen auf Ihre Beschreibung Ihres Bekehrungs- und Heiligungsganges sagen kann ist: daß es die Geschichte aller wahren Christen sei — es ist die Geschichte des Widerstands unserer verdorbenen Natur gegen die Gnade, oder gegen den Geist des in uns neugeborenen ewigen Worts des Vaters.

Hier kenne ich nur ein einziges Mittel, nur einen einzigen Weg zum Ziel zu gelangen, und dies will ich Ihnen treulich, und nach meiner wenigen Erkenntnis und Erfahrung beschreiben; nicht als ob ich wähnte, Sie wüßten es nicht, sondern um Ihnen auch von mir Rechenschaft zu geben, oder vielmehr Ihnen treu zu gestehen, wie wenig auch ich vermag. Das immerfort dauernde Gedankenspiel unserer Imagination ist das Haupthindernis unseres Fortgangs in der Heiligung; die Seele lebt immer fort im tätigen Denken und Vorstellen, und dies hat immer sinnliche, irdische Gegenstände zum Grund, die aus der verdorbenen Selbstsucht entstehen. Sobald nun bei der Erweckung und Bekehrung der Wille ernstlich umgekehrt wird, um das ewige Heil in Christo zu suchen, so entsteht dann freilich ein ernster Vorsatz auch heilig zu leben, allein jenes natürliche Gedankenspiel erstickt und drückt den Keim der neuen Geburt immer nieder, und wenn da nicht Ernst angewendet und redlich gekämpft wird, so bleibt man stecken, der Halbgeborene kommt nicht heraus. Daher muß man unaufhörlich auf die Gedanken wachen, alles Denken und Vorstellen sonst sinken lassen, und sich vor den Herrn in wahrer Gelassenheit und vollkommener Übergabe hinstellen, und durch ein immerwährendes Sehnen nach der Gnade Gottes in Christo sich im innern Gebetszustand zu erhalten suchen, so kommt man endlich gewiß zum Ziel.

Dies ist der Weg der wahren Mystiker, und besonders des seligen Tersteegens, keinen andern gibt es. Ich habe mich viele Jahre darinnen geübt, und bin doch nicht weit darinnen gekommen, allein das weiß ich doch gewiß, ob ich's gleich noch nicht ergriffen habe, so verharre ich doch beständig im Nachjagen nach dem großen Ziel, und ich werde es auch durch seine Gnade endlich erringen. Die Geschichte des lieben Bruder Stahlschmidts*) ist vortrefflich, ich weiß nichts dabei zu erinnern, als daß sie abgeschrieben werden muß. Meine apokalyptische Arbeit ist unter der Presse, wer subskribieren will, der muß es diesen Winter tun, so bekommt er sie viel wohlfeiler.

Den lieben Bruder Tops bitte herzlich zu grüßen. Der Friede des Herrn, der nur allein unsere Seligkeit hienieden ist, durchströme Ihrer aller Herzen, und Jesus Christus sei Ihr ein und alles! In ihm Ihr treuer Bruder

Jung.

Marburg, den 3. Februar 1799.

Teuerster Bruder in Christo!

Ich danke Ihnen herzlich für Ihren merkwürdigen und erbaulichen Brief, solche Zeugnisse und Zuschriften sind mir viel wert, weil ich den persönlichen Umgang mit Kindern Gottes außer meinem Haus ganz entbehren muß. Könnte ich nur auch so lange Briefe schreiben! — allein dazu fehlt's an Zeit.

Die Geschichte Ihrer Führung ist, wie bei allen, unergründliche Liebe des Erlösers im Suchen dessen, was verloren ist. Ihr Weg, lieber Bruder, ist also der wahre — und was bedürfen wir mehr? Nur treu im Wachen und Beten ist die Hauptsache, hierinnen müssen wir uns beständig üben, damit unsere Lampe nur immer am Brennen bleibt. Von dem teuern Rodemich erinnere ich mich nicht etwas gehört zu haben, aber den Doktor Scheid, der jetzt in Ronsdorf ausübender Arzt, und ein Sohn des frommen Scheids in Kettwig ist, den kenne ich wohl, er ist redlich und treu.

---

*) Vgl. das Büchlein „Stahlschmidts Pilgerreise" in Briefen an seinen Freund Berger, mit einem Vorwort von Jung-Stilling. Vor etlichen Jahren neu herausgegeben. Siegen, Westdeutsche Verlagsanstalt.

Sonderbar ist es, und wir werden es erst in der Ewigkeit begreifen, daß der Herr oft große Werkzeuge mit vieler Mühe und Aufwand zubereitet, und sie dann doch hier nicht braucht, sondern schleunigst abruft, unter diese gehört auch Rodemich; sie müssen wohl zu einem künftigen Zweck im Reiche Gottes bestimmt sein; ihr Teil ist die erste Auferstehung.

Bruderliebe! mein Teurer! — ach wie nötig ist sie jetzt! — da man wieder daran ist, den Bruder Josef nach Ägypten zu verkaufen, Christum auszurotten, und laut zu ihm zu rufen: Wir wollen nicht, daß dieser über uns herrsche! — Ja! aber wir — ich und alle meine Brüder — ja wir wollen, daß er über uns herrschen soll, wir wollen aus herzlicher Bruderliebe zu ihm seine Schmach tragen, und diese Liebe soll uns dann Kraft geben, uns untereinander in Einigkeit des Geistes immermehr aneinander anzuschließen, und wenn's darauf ankommt, durch seine Kraft, für unsern erstgeborenen Bruder, und für uns untereinander Blut und Leben aufzuopfern, so wie er sich auch für uns aufgeopfert hat. Schrecklich ist's, daß man allgemein die Predigt vom Kreuz vernachlässigt, da diese ja allein die Kraft der Erweckung und Heiligung geben kann, wie das in unseren Zeiten die Missionsgeschichten der Brüdergemeine unwidersprechlich beweisen. Daß unser Freund Raw Stahlschmidts Lebensgeschichte*) verlegen und in Mülheim drucken lassen will, das werden Sie nun schon wissen, ich habe ihm gestern geschrieben und ihm das Werk empfohlen, ihm auch bemerkt, daß ich recht gerne eine Vorrede dazu schreiben will; geben Sie mir nur einen Wink, wenn Sie sie haben müssen. Ich werde auch im „grauen Mann" diese Geschichte anzeigen und meine Leser aufmerksam darauf machen.

Der selige Tersteegen war ein teurer Mann Gottes und ein großes Werkzeug für seine Zeit, jetzt aber, da seine Absonderungs- und Entfernungsgrundsätze nicht mehr so ans Herz gelegt werden dürfen, sondern wo es nun ans Aneinanderanschließen aller Kinder Gottes, aufs Vereinigen aller Parteien wahrer

*) vgl. die Anmerkung auf Seite 128.

Christen, auf das Aufmerken auf die Zeichen der Zeit und auf das Herannahen unsers Herrn zur Gründung seines Reiches ankommt, jetzt werden Tersteegens Schriften nicht mehr die Wirkung tun, wie vor 30 bis 50 Jahren; damals kam es aufs Aussondern und Ausbilden der Bürger von Philadelphia an, jetzt aber sind wir am Werben. Ich weiß nicht, ob Sie mich ganz verstehen, aber mit der Zeit werden Sie's! — mißverstehen Sie mich nur nicht! — Tersteegen und seine Schriften sind mir heilig und ehrwürdig, wir müssen sie auch empfehlen wo wir können; denn sie werden immer nützen und nie schaden; ich meine nur so, daß sie forthin das nicht mehr sein würden, was sie bisher waren; dies aber überläßt man der allesleitenden Vorsehung, wir müssen das Unsrige tun, und deswegen will ich im grauen Mann auch Tersteegens und seiner Schriften in Segen gedenken und sie empfehlen. Daß diese meine Äußerungen Tersteegens Freunde, besonders der ehrwürdige Everts, nicht wissen dürfen, versteht sich: denn man muß auch mit der Wahrheit niemand ohne Not ärgern.

Gegenwärtig ist nun die große Missionssache unser aller Augenmerk, die Verkündigung des Evangelii in der ganzen Welt ist das Hauptkennzeichen der nahen Zukunft des Herrn; auf der einen Seite wird dem Tier aus dem Abgrund der Weg gebahnt und auf der andern auch dem Sieger mit den vielen Kronen — wer kann daran zweifeln? — das ist ja alles handgreiflich; aber eben diese große Missionssache, welche lauterlich des Herrn Werk ist, und auch bleiben muß, dient wieder hier und da einem zum Fallstrick, — es ist schrecklich, wie sich doch Stolz und Eigenheit in alles einmischt, dadurch wird dann mehr gehindert als gefördert. Laßt uns ja vorsichtig sein, lieben Brüder! daß wir uns ja nicht zum Werk des Herrn zudrängen; wenn er uns brauchen kann und will, so wird er uns wohl winken, und dann Bahn machen; die Ehre mit dem englischen Missionsdirektorium in Briefwechsel zu kommen, oder gar mit der Zeit Mitdirektor zu werden, hat schon einen und andern, wie ich sicher weiß, in Versuchung geführt. Ach Gott! wie nötig ist's mit seiner Selbstprüfung immer bis in die geheimsten Schlupfwinkel des Herzens einzudringen, damit uns die

Schlange nicht berücke. Brüder! ich kenne einen namhaften, rechtschaffenen Mann, dem es schon weh tat, daß nicht er, sondern die Basler Freunde ohne ihn mit jenem Direktorio in Verbindung gekommen; dieses Geständnis des Freundes machte mich bestürzt, und im Augenblick stellte ich mich auf die Wache und nahm mir vor, jedermann zu warnen und zu bitten, mit mir Wache zu halten, damit der Feind nicht auch hier wieder Unkraut unter den Weizen streuen möge. Herr, wache du auch, sonst wachen wir alle vergebens!

Ich habe dies alles so aus meinem Herzen ohne Ordnung und Wahl, aber doch in der Gegenwart des Herrn, niedergeschrieben, ich habe nicht Zeit, lange auf Ordnung und Zierlichkeit im Vortrag in den Briefen zu merken. Nehmen Sie damit vorlieb.

Noch eins! Tschirndings Plan ist vortrefflich, unverbesserlich, der Herr segne ihn!

Meine herzlichsten Grüße an den lieben Bruder Tops, und an alle lieben Mitgenossen an der Trübsal! Die Gnade unsers Herrn Jesu Christi lebe und wirke in Ihnen und Ihrem

treuen Bruder

Jung.

Marburg, den 19. Mai 1799.

Teuerster Bruder im Herrn!

. . . Ich bin jetzt besonders auf Bonapartes Expedition in Palästina aufmerksam — das hat so etwas Ähnliches mit dem Auftritt des Tiers aus dem Abgrund oder des Menschen der Sünde, des eigentlichen Antichrists; aber selbst ist er's doch wohl schwerlich: denn es scheint mir noch um einige Jahre zu frühe zu sein, auch hat er — wenigstens jetzt — den wahren Charakter jenes Kinds des Verderbens noch nicht. Bruder! — ich will Ihnen etwas entdecken, was aber nur bewährte Freunde wissen dürfen! ich glaube, ich kenne die Familie jenes schrecklichen Menschen, des Menschen der Sünde, ich betrüge mich schwerlich: Ich kenne Kinder von einer großen morgenländischen Fürstin mit einem vornehmen Juden im Ehebruch gezeugt; unter diesen Kindern ist ein Sohn, der mich oft besucht hat, der große, weit aussehende Pläne hat — der durch geheime Mächte unterstützt wird — der nichts weniger als dumm, sondern ein großer geniereicher Kopf, nach dem Weltsinn ein sehr edler majestätischer Mann ist — der in seiner Familie Christum in seiner zweiten Zukunft sucht, — wo fast alles zusammentrifft, was auf das Tier aus dem Abgrund Bezug hat, nur daß alles noch unentwickelt daliegt. Er wollte mich, nachdem er das „Heimweh" gelesen und mißverstanden hatte, in seine Dienste ziehen, allein ich wies ihn, nachdem ich eine Zeitlang durch Korrespondenz ihn geprüft hatte, männlich und auf ewig ab. Ich werde diese Familie genau beobachten, denn ich glaube der Sache gewiß zu sein, und was ich ferner entdecke, das werde ich Ihnen und andern bewährten Freunden mitteilen; sobald aber die Sache ganz klar ist, so trete ich vor aller Welt auf und zeuge für meinen Herrn, damit dieser scheinheilige Satanssohn entlarvt werden und keine Schwachen verführen möge.

Frankreich bahnt die Wege des Verderbens auch zum gelobten Land, und bald gießt der sechste Engel seine Schale auf den Euphrat aus,*) wenn nicht Bonaparte selbst schon mit seiner Armee die Zornsaat in dieser Schale ist — er ist schon nahe genug am Euphrat, um die morgenländischen Fürsten herbeizulocken. Hallelujah! Maranatha! Amen, ja er komme dann bald! in ihm

Ihr treuer Bruder

Jung.

Marburg, den 14. Juni 1799.

Mein im Herrn herzlich geliebter Bruder!

Ich danke Ihnen herzlich für Ihren liebevollen brüderlichen Brief, besonders wegen der Warnung, die Sie mir darinnen geben, mich vor der Einmischung meiner eigenen Imagination in der

*) Vgl. Offenbarung 16, 12.

Sache des Herrn zu hüten. Sie haben die Sache salbungs- und erfahrungsvoll auseinandergesetzt — gerade so verhält sich's. Indessen finde ich doch bei der strengsten Prüfung, daß es wenigstens mein Wille nicht ist, etwas Unlauteres oder eigenes Gedachtes in meine Schriften mit einzumischen, oder mir ein Erfüllungssystem der Weissagungen zu bilden. Ich fühle immer tief in meinem Seelengrunde die alles überwiegende Neigung, daß der Wille des Herrn geschehen möge. Ich habe in der „Siegesgeschichte" überall nur das Resultat meines Forschens hingelegt, und in Ansehung der Zukunft bin ich sehr vorsichtig gewesen, wie Sie finden werden; gesetzt auch, das eine und andere träfe nicht so ein, wie ich vermute, so glaube ich doch die Ehre des Herrn und seiner Offenbarung gewahrt zu haben.

Finden Sie lieber Bruder! hin und wieder etwas, worüber Sie mir etwas sagen möchten, so tun Sie es ungescheut, ich werde es benutzen. Der Herr, der Herzenskündiger weiß, daß ich durchaus keinen Willen habe, sondern lauterlich in allem nichts suche und nichts will, als die Erfüllung seines allein guten Willens. — Denken Sie ja nicht, daß ich hier mir zu viel zutraue, was ich da sage, ist im tiefsten Verstand wahr — ich habe auch ganz und gar keine Kraft, ich bin nicht fähig einen einzigen guten Gedanken aus mir selbst zu denken, sondern ich bin so ganz hingegeben, und gehe meinen Gang ohne zu räsonieren in beständigem Ringen vor dem Herrn in seiner Gegenwart ohne eigenes Wirken und Wollen zu bleiben, er wird's dann alles versehen. Es gibt kein ohnmächtigeres Wesen wie ich — daher glaube ich auch mit Ihnen, der Herr werde mich nicht zuschanden werden lassen, da er ja weiß, daß ich nichts als seine Ehre suche. Suchte ich meine Ehre, so schrieb ich gewiß keinen „grauen Mann" und keine Erklärung der Apokalypse, denn solche Sachen sind heutzutage gerade die Mittel, der Gegenstand des Spottes und der Verachtung zu werden.

Was aber nun den Menschen der Sünden, oder das Tier aus dem Abgrund betrifft, so habe ich meine Idee von ihm lediglich aus dem Wort des Herrn gebildet, ohne das Geringste dazu, noch davon zu tun, mir ist's auch gleichgültig, ob die Erfüllung nach meiner

Vorstellung oder auf eine andere Art geschieht, wie es der Herr macht, so ist es mir recht, darum habe ich auch darüber in der „Siegesgeschichte" meine Idee in Abhängigkeit vom Herrn mitgeteilt, er tue nun was ihm wohlgefällt.

In Ansehung der bewußten Familie aber sind Sie der erste, dem ich mich entdeckte, Sie werden mir aber auch verzeihen, daß ich nun auch keinen Laut mehr äußere, bis sich die Sache mehr entwickelt: denn wenn ich irrte, so wäre ja ein solcher Verdacht erschrecklich, irre ich aber nicht, so ist's hernach noch früh genug aufzupassen und zu warnen, und das werde ich dann auch redlich tun. Übrigens ist nicht allein alles wahr, was ich Ihnen geschrieben habe, sondern noch weit mehreres, wunderbareres und wichtigeres, aber darüber muß ich ein tiefes Stillschweigen beobachten bis zu seiner Zeit.

Die Vorrede zu Bruder Stahlschmidts Leben ist beinahe fertig, und künftige Woche geht sie mit dem 2. Teil des Manuskriptes nach Nürnberg.

Grüßen Sie mir die Brüder Tops und Stahlschmidt herzlich. Die Gnade unseres Herrn Jesu Christi sei mit Ihnen allen. Ich bin durch sie Ihr

treuer Bruder

Jung.

Marburg, den 23. Juni 1799.

In unserm Herrn teurer und geliebter Bruder!

Es ist allerdings erquickend, aber auch gefährlich, christliche Freunde zu besuchen, weil man so leicht dadurch in Selbstgefälligkeit gerät, indessen wenn man's nur ernstlich meint, so weiß einen die ewige Liebe wohl zu bewahren, wie Sie das auch erfahren haben, mir sind solche Besuche noch immer durch einen Pfahl ins Fleisch verbittert worden, und das ist ja auch recht gut.

Mit meinem Urteil über Barruels abrege ist's mir übel gegangen; indessen ich meinte es redlich, und das übrige verschmerze ich in Geduld; reine und herzliche Bruderliebe war's, die mich bewog diese Übersetzung abzuraten: denn da König Friedrich II. in diesem Werk in einer abscheulichen Gestalt erscheint, so fürchtete ich mit Grund, der jetzige König von Preußen möchte es scharf ahnden und dann, mein Lieber! hätte der Verleger mit dem Übersetzer schwer Rechenschaft ablegen müssen. Zudem werden sehr ehrwürdige, und zum Teil jetzt zum Besten des Reiches Christi kräftig mitwirkende Personen, deren ich einen und andern sehr genau kenne, und die ehemals vor Entdeckung der abgrundsmäßigen Greuel in Bayern, im Illuminatenorden*) waren, hernach aber ausgetreten sind, auch in ein sehr verdächtiges Licht gestellt, welches doch in jedem Betracht sehr ungerecht ist. Und endlich sieht man doch auch, daß Barruel gar zu sehr durch den Geist der Rachsucht, des Menschenhasses und des Katholizismus regiert wird, und dessen soll sich doch ein Christ, den nur der Geist der Liebe, der Schonung, und des lammesartigen Sinnes Jesu regieren muß, nicht teilhaftig machen, obgleich übrigens Barruels Werk in Ansehung der Tatsachen selbst und der darüber geführten Beweise sehr wichtig ist. Darum wäre es gut, wenn sich ein sachkundiger Mann daran machte und durch Wegräumung der allenthalben herrschenden Galle, und mit sanftmütiger schonender Erzählung der Wahrheit, die Sache so darstellte, wie sie ein wahrer Christ darstellen muß, aber dazu gehört Selbstkunde der ganzen Illuminatensache. Ich habe keine Zeit, und auch keinen Beruf dazu. Sehen Sie Bruder! das ist meine Gesinnung in dieser Sache, hat nun ein anderer christlicher Bruder eine andere Überzeugung, so folge er ihr nur redlich, aber ohne Einmischung der Eigenheit, so tut das meiner Liebe zu ihm im mindesten keinen Eintrag; denn ich habe ja nicht einmal einen Willen für mich, geschweige für andere.

Was aber nun den zweiten Punkt, nämlich Ihre ökonomische Lage betrifft, so tut es mir zwar leid, daß ich durch meine obige

---

*) Illuminat-Lichtbruder, Name der Mitglieder eines geheimen Bundes oder Ordens im 18. Jahrh.

Meinung einen Verdienst, den Sie hätten machen können, gehindert habe, aber ich bin doch auch in meiner Seele überzeugt, daß Sie mit keinem zweideutigen, zweifelhaften Gewerbe etwas verdienen möchten. Wenn Sie jetzt mit einem uneingeschränkten Vertrauen auf Gott, christliche Sparsamkeit, kluge Aufmerksamkeit auf alle ehrlichen Mittel und Wege etwas zu erwerben, und Treue in allen Ihren Berufswegen verbinden, so versichere ich Sie, Sie werden nicht zuschanden werden, und nie! nie! wird Ihnen das Nötige mangeln. Es gibt wenig Menschen, die das so lebhaft und so oft erfahren haben wie ich, und es gibt vielleicht auch wenige, die so viele ökonomische Fehler gemacht haben wie ich, und doch krönt der Herr mein Vertrauen zu ihm mit Segen, wie sehr es oft mit Leichtsinn und Schwärmerei verunreinigt war. Von 5000 Gulden Schulden, die ich vor 20 Jahren hatte, ohne das geringste Vermögen zu haben, sind jetzt noch zirka 1200 zu bezahlen, die aber auch längst abgetragen wären, wenn mir der Herr nicht so viele Hilfsbedürftige angewiesen hätte, die ich versorgen muß, und wenn die schweren, teuren Kriegszeiten nicht gewesen wären, indessen weiß ich gewiß, daß er mich nun nicht stecken läßt. Also fassen Sie Mut, lieber Bruder, freuen Sie sich, daß Sie unser guter Herr solcher hoher und schwerer Prüfungen wert achtet, und lassen Sie sich das nicht anfechten, daß Sie durch Unachtsamkeit, eitle Zuversicht auf Menschen u. d. a. Anlaß dazu gegeben haben — desto besser und gründlicher wirken die Läuterungen, wenn unser eigener Schmutz die Seife und Beize dazu werden muß; denn da wird unsere Eigenheit an der Wurzel angegriffen.

Gehen Sie nur getrost den tiefen und schweren Verleugnungsweg, ich habe ihn schon lange einsam durchgepilgert, er ist der geradeste, sicherste und unfehlbare Weg zum großen Ziel; unser Wille ist der Isaak, den der Glaube opfern muß, und wenn er das redlich tut, so wird eine reiche Quelle des Segens daraus entstehen, die bis ins ewige Leben quillt. Meiner innigsten und ewigen Bruderliebe können Sie versichert sein; sein Geist sei das Element Ihres Lebens.

Jung.

Marburg, den 18. Mai 1800.

Teuerster, innigst und ewig geliebter Bruder!

Denk nur nie, daß ich kälter gegen Dich werden könnte. Du und Stahlschmidt seid mir am nächsten. Ein Geschäft und Briefe, die ich bei meiner Rückkunft hier fand, und dann Schnupfen und Husten haben meine Antwort an Dich bisher verzögert.

Du urteilst sehr recht, daß bei solchen Zusammenkünften, wie Du sie von uns in Frankfurt vermutetest, selten die gehörige Sammlung und das Bleiben in ihm stattfindet — nun denke Dich noch sogar in meine Lage! — ich armer Tropf bin durch des Herrn Gnade berühmt und bekannt geworden, man will mich kennen, sehen, besehen, reden hören usw. Das ist nun weit gefährlicher, als wenn ein Schieferdecker oben auf der Spitze des Kirchturms seine Kunststücke macht. Da mag man tief eingekehrt bleiben, wachen und ängstlich am Herrn hangen, sonst ist man verloren.

Ich kann und weiß nur eins, nämlich: immer beständig in Jesu zu bleiben, damit er und sein Geist auch in mir bleiben möge, nur allein in dieser Gemütslage bin ich sicher, sonst in keiner.

Aber sage mir doch, wie kann mein letzter Brief an den Euphronimus noch beinahe die übelste Sensation gemacht haben, da ich ja so ganz mich hinlegte, wie ich bin und so ganz willenlos sagte, es sei mir ja einerlei, wer das Sonnenweib sei, wenn ich nur nicht dahinten bleiben möchte! — Der Herr, mein Gott, weiß, daß ich nichts als Wahrheit suche. — Der gute Euphronimus mag sich ernst und genau im Licht des Herrn prüfen, ob sich keine Parteilichkeit, kein verborgener Eigendünkel mit eingemischt habe? — ich bin nicht gesetzt, über meine Brüder zu urteilen, das ist des Geistes des Herrn Sache; nur das darf ich laut sagen, daß mich bei dem Bekenntnis, die Brüderkirche sei das Sonnenweib, lautere und reine Wahrheitsliebe geleitet habe.

Nun auch noch ein paar Worte über Deinen zweiten Brief vom 11. dfs. Mts. In Ansehung meiner innern Ruhe und meines wahren Wohlbefindens kommt's nur immer auf meine Treue im Wandel vor ihm an, eins verhält sich wie das andere.

Glaube nur, meine Liebe zu Dir ist erhaben und ewig.

. . . Vorzügliche Männer in der Brüderkirche sind der Bischof Reichel, der Gemeindehelfer Loskiel und Prediger Blühr in Herrnhut; warte aber noch ein wenig, denn ich bekomme nächstens aus Herrnhut selbst eine genaue Liste von der ganzen Dienerschaft der Gemeine.

Durch zu hohl geschliffene Gläser verdirbst Du Dir die Augen, suche solche, die flacher sind, und gewöhne Dich allmählich daran, so wird's besser werden.

Die staarblinde Freundin soll nur hierherkommen, so soll ihr, so Gott will, geholfen werden; der Herr wird meine Hand segnen, so daß sie ihr Gesicht wiederbekommt.

Ich bin durch die Gnade Dein treuer Bruder

Jung.

Der nachfolgende Brief befindet sich bei den Briefen an Berger. Er scheint an ihn und etliche andere Freunde der dortigen Gegend gerichtet zu sein.

Marburg, den 23. August 1800.

Allen lieben Brüdern, die meinen Briefwechsel mit dem lieben Bruder Euphronimus und seinem Sohn, dem ebenfalls geliebten Bruder Roßhof, gelesen haben, wünsche ich Gnade und Frieden.

Es ist Ihnen bekannt, meine teuersten Freunde und Brüder! daß die Erklärung in meiner „Siegesgeschichte", wodurch ich die Mährische, nunmehr Herrnhuter Brüderkirche, für das Sonnenweib — das ist: für den Pflanzgarten des künftigen herrlichen Reichs Christi auf Erden halte, dem Bruder Euphronimus mißfällig ist, und daß er mir seinen Zweifel dagegen schriftlich zugesandt, und was ich darüber geantwortet habe. Da man nun glaubt, daß unsere Verschiedenheit der Meinungen in dieser Sache der Bruderliebe nachteilig sein könne, so wünschen mehrere redlich gesinnte Brüder, daß ich meine Bruderhand dem Bruder Euphronimus hinreiche und wir uns brüderlich vereinigen möchten.

Ja, lieben Brüder! alle Rechthaberei stammt von der alten Schlange im Paradies her; ich will in keinem Stück recht haben, und wo sich Bruder Euphronimus und sein Sohn in der ganzen Sache von mir beleidigt zu sein glauben, da bitte ich sie mit wahrer Aufrichtigkeit um Vergebung. Mein ganzes verdorbenes Ich — meine ganze Eigenheit sei dem Herrn und seinen wahren Verehrern zum Brandopfer hingeopfert, alle meine Schriften, meine Ehre und mein Leben mögen zuschanden werden, wenn es die Ehre des Herrn und der Nutzen seines Reichs erfordert. Er, der in den Schwachen mächtig ist, wird mir in jedem Fall die Kraft geben, die ich bedarf, weil ich durchaus keine habe. Ich will durchaus nichts, als was der Herr will, und alles was er will, sei es auch was es wolle, das will ich auch ganz und unbedingt.

Du innigst und unaussprechlich Naher! weißt, daß das, was ich da geschrieben habe, Wahrheit ist. Du weißt aber auch, daß ich zum leichtesten, was Du von mir forderst, nicht die geringste Kraft habe und daß ich bloß in dem Vertrauen, Du werdest sie mir jedesmal schenken, so oft ich sie bedarf, so schreiben kann und darf!!!

Also: meine ganze Seele, mein Herz und mein Wesen ist von allem ausgeleert, was die innigste Vereinigung durch die wahre Bruderliebe zwischen den Brüdern Roßhof, Vater und Sohn und mir, nur im geringsten hindern könnte, und wo sich meine Eigenheit etwa durch unsern Briefwechsel beleidigt glaubt, da mag sie des Todes sterben, damit nur Christus in mir leben möge; ich verlange keine Abbitte, kein Bekenntnis, ich verbitte mir sie vielmehr, damit nur meine Eigenheit und Selbstgefälligkeit nicht genährt werden möge! Ich bezeuge ferner nach der Wahrheit, die in Jesu Christo ist, daß die Stelle im achten Heft des grauen Mannes, von dem Seelenführer, einen Mann in Oberdeutschland und nicht den Bruder Euphronimus bezielt: ich bekam von einem sehr würdigen und sehr begnadigten Prediger aus besagter Gegend einen Brief von sehr wichtigem und traurigem Inhalt, und ich fühlte unwiderstehlich in mir, daß es meine Pflicht sei, wesentlich gegen solche Anmaßungen zu warnen. Dieser sogenannte Seelenführer verweist den erweckten Seelen mit Bitterkeit, wenn sie dem frommen Prediger in die Kirche gehen, wo doch gewiß die Wahrheit von Jesu Christo rein und lauter gepredigt wird; dieses mußte ich rügen, es war Pflicht. Vom Herrn Pastor Pithan habe ich mehrere Briefe, aber er gedenkt nirgends mit einer Silbe des Bruders Euphronimus oder auch der dortigen Erweckten; überhaupt beziehen sich diese Briefe nirgends auf solche Gegenstände, sondern sie betreffen bloß ihn selbst und sonstige Geschäfte.

Ich erkläre ferner hierdurch feierlich und öffentlich, daß ich zur innigsten brüderlichen Vereinigung zwischen den Brüdern Roßhof, Vater und Sohn und allen erweckten Freunden und mir durchaus nicht fordere, daß sie meine Vorstellung vom Sonnenweibe und von der Herrnhuter Brüderkirche für wahr halten sollen —: denn zur wahren Einigkeit des Geistes gehört nichts weiter, als gänzliche Übereinstimmung in der großen Erlösungswahrheit von Jesu Christo für uns und in uns — nun weiß ich gewiß, daß ich in dieser Hauptsache mit allen wahren Christen aller Parteien und wahrlich auch mit den Brüdern Roßhof und ihren Freunden völlig und gänzlich übereinstimme, folglich steht ja unserer vollkommenen brüderlichen Vereinigung nichts mehr im Wege: denn wenn Nebenideen und Verschiedenheiten der Meinungen in Dingen, die nicht zum Grund der Seligkeit gehören, die Bruderliebe und Einigkeit des Geistes hindern sollten, so könnte gar keine stattfinden, weil man keine zwei Menschen finden wird, die in allem übereinstimmend denken.

Damit Ihr nun auch überzeugt werden mögt, liebe Brüder! daß meine Erklärung vom Sonnenweib und der Herrnhuter Brüderkirche kein Glaubensartikel, sondern nur eine erläuterte Vorstellung des Geistes der Weissagung sei, die ich aber für so lange für wahr halte, bis mich der Herr durch untrügliche Anweisung eines andern belehrt, so will ich mich hier nochmals deutlich darüber erklären.

Ich glaube, und ich habe durch den Geist der Weissagung Grund zu glauben, daß der Herr dem Fürsten der Finsternis auch die äußerliche Herrschaft auf dieser Erde nicht lassen, sondern daß er bald, nach Überwindung seiner Feinde hienieden, ein irdisches Reich aufrichten werde, in welchem Frieden, Gerechtigkeit und wahres Christentum herrschend sein werden.

Zur Bürgerschaft dieses Reiches gehören alle zu der Zeit lebenden wahren Christen aller Parteien und alle selig Entschlafenen, die zur ersten Auferstehung erreift sind: denn die werden bei der Ankunft des Herrn zur Gründung dieses Reichs auferweckt werden.

Die Rangordnung in diesem Reich wird sich verhalten wie der Grad der Heiligung, den jeder erreicht hat; folglich wird hier die Herrnhuter Brüderkirche als solche keinen Vorzug vor andern haben, sondern nur insofern ihre Mitglieder in der Heiligung vorgerückt sind. Die einzige Ursache, warum ich also diese Brüderkirche für das Sonnenweib und für die Repräsentantin der allgemeinen christlichen Kirche halte, besteht darin, weil sie von Anfang, vom 7. bis 8. Jahrhundert an, bis daher immer die innere Polizei und Regierungsform ihrer bürgerlichen und kirchlichen Gesellschaft im Kleinen rein erhalten und beobachtet hat, welche notwendig dereinst im Reich Christi auf Erden im Großen auch eingeführt werden muß. Man braucht nur eine kurze Zeit in Herrnhut zu sein, um laut auszurufen, hier ist ein Himmel auf Erden, alle ihre bürgerlichen Einrichtungen sind himmlisch, sind vortrefflich, wer es nicht glauben will, der gehe hin und prüfe, und diese Einrichtungen werden immer vollkommener; ihr männlicher Sohn wächst und nimmt zu an Alter und Gnade bei Gott und den Menschen.

Daß bei dem Sonnenweib ein rein christlicher Glaubensgrund erfordert werde, das versteht sich; aber den können andere noch reiner und vollkommener haben. — Die Eigenschaft als Sonnenweib, als repräsentierende Kirche braucht auch ihrer kirchlich bürgerlichen Polizei.

Dieses alles schreibe ich nicht, lieber Bruder! um Euch zu meiner Meinung zu bereden, glaubt Ihr davon, was Ihr wollt und was Euch gut dünkt, ich habe hier nur den Zweck, Euch meine eigentliche Meinung zu bezeichnen und Euch zu überzeugen, daß ich der Herrnhuter Gemeine in Ansehung des innern wahren Christentums vor anderen Erweckten keinen Vorzug einräume, ob ich gleich auch weiß, daß ihr Glaubensgrund sowohl auf Christo in uns als für uns beruht, und also vollkommen richtig ist.

Seht, hier stehe ich nun vor Eurer Tür und bitte um Euer aller Bruderliebe! Brüder Roßhof Vater und Sohn würdigt mich Eurer Bruderliebe. Die meinige habt Ihr! aber ich flehe auch um des Herrn willen, fordert nicht von mir, daß ich eine Sache, die ich für wahr halte, Euch zuliebe, eher widerrufen soll, ehe mir der Geist des Herrn ein anderes besseres Licht angezündet hat, und das können Menschen nicht, sondern nur er allein. Er führe uns alle in alle Wahrheit! Amen!

In Ihm Euer aller

ewiger Bruder

Jung.

Marburg, den 7. Januar 1801.

*) Den lieben und innig hochgeschätzten Brüdern Berger, Tops, Roßhof Vater und Sohn, und Evertsen wünsche ich Gnade und Frieden!

Ich danke zuvörderst Gott in Jesu Christo, und dann auch Ihnen allen, meine teuersten Brüder! Daß nun das Hindernis, welches unserer völligen Herzens- und Geistesvereinigung im Wege stand, durch Eure liebevolle Verzeihung meiner Fehler, gänzlich gehoben ist. Tragt mich Schwachen, weil Ihr stark seid, und ich gar viel zu tragen habe!

Ich werde Euch allen, jedem besonders hinführo gerne auf jeden Brief antworten, für diesmal aber muß ich Euch allen in einem Brief einerlei schreiben, weil Ihr alle es wissen müßt, und ich keine Zeit habe einerlei Sachen fünfmal zu schreiben.

Es liegt mir nämlich noch etwas auf dem Herzen, das ich aus dem Wege räumen und berichtigen muß, weil es noch immer, entweder Euch allen oder doch dem einen oder dem andern einen Anstoß geben könnte —!— warum bin ich Hofrat und Professor, warum ein vornehmer und angesehener

---

*) Dieser Brief findet sich schon in der Zeitschrift für Literaturgeschichte „Euphorion" 1897.

und berühmter, gelehrter Mann geworden, und nicht Schneider und Schulmeister, also nach dem Muster und Beispiel unseres Herrn, nicht in der Niedrigkeit geblieben? — Habe ich wohl auch die Regel befolgt: Trachtet nicht nach hohen Dingen, sondern haltet euch herunter zu den Niedrigen?

Jedem Christen, dem es ums Seligsein ein wahrer Ernst ist, und der da weiß, daß es unmöglich ist, ohne wahre Herzensdemut und Herzensreinheit, mit Gott in innige Gemeinschaft durch Christum zu kommen, dem muß das an mir aufgefallen sein. Ich habe zwar in meiner, das ist in Stillings Lebensgeschichte, das Nötige darüber gesagt, allein die Sache ist doch so noch nicht ins Licht gestellt worden, nicht in den Gesichtspunkt gesetzt, daß sich Seelen, wie Ihr, meine lieben Brüder! — völlig darüber beruhigen könnten. Höret daher meine Erklärung über diesen Punkt. — Daß ich durchaus ganz und gar nichts bin, nichts sein will und von mir selbst durchaus auch kein Sandkörnchen schwer Gutes an mir finde, das versteht sich von selbst; aber ebenso wahr und gewiß ist es auch, daß ich nicht das Allergeringste weder direkt noch indirekt dafür kann, oder dazu beigetragen habe, daß ich Kurpfälzisch-Bayrischer Hofrat und Professor der Staatswirtschaft in Marburg und ein berühmter Gelehrter geworden bin; Ihr werdet alle davon überzeugt werden, wenn ich folgende Aufschlüsse über meine Führung gebe, die ich vor dem Angesicht des Herrn niederschreibe und heilig versichere, daß sie Wahrheit sind.

Schulmeister konnte ich in meinem Vaterlande nicht bleiben: denn ich war durch Verfolgung und Schicksale mancher Art so in Mißkredit geraten, daß mich so leicht niemand mehr zum Schuldienst verlangte; wie viel und wie wenig ich daran schuld war, das weiß Gott allein.

Als Schneiderbursch bei meinem Vater zu arbeiten, das ging nicht an: denn ich hatte eine Stiefmutter, welche es für Müßiggang ansahe, wenn ich in der Stube auf dem Handwerk arbeitete, ich sollte Feld- und Bauernarbeit verrichten, und das war mir unmöglich, ich hatte zu schwache Nerven dazu, und hatte es nicht gelernt.

Es blieb mir also nichts übrig, als auf mein Handwerk zu wandern; ich ging also nach Solingen — vor 38 Jahren — wo ich bei einem Meister Stöder, der am Kirchhof wohnte, auf dem Schneider-Handwerk arbeitete; hier wurde ich stolz — das Handwerk war mir zu gering, ich schämte mich dessen, und suchte also eine Kondition — es ist merkwürdig, daß ich auch in eben der Zeit eine bleibende Rührung und Erweckung bekam: denn die vorherigen Rührungen, die ich von Jugend auf hatte, hatten nur kurze Zeit gedauert.

Von der Zeit an, 1762 im Frühjahr, blieb der Trieb für den Herrn zu leben und zu sterben beständig in mir. Mein Stolz wurde erhört, ich kam zu Herrn Peter Hartcop auf der Vetter in der Nähe von Hückeswagen; von den innern und äußern Leiden, die ich da als Hauslehrer seiner Kinder ausgestanden habe, sag ich kein Wort, aber ich wurde näher zum Herrn gebracht, und hier las ich zuerst Tersteegens Schriften, die mir sehr gesegnet waren. Im Frühjahr 1763 ging ich aus meinem Dienst von der Vetter weg, und kam nach Radevormwald, wo ich bei einem frommen Schneidermeister Joh. Jak. Becker*) wieder auf dem Handwerk arbeitete; jetzt war ich fest entschlossen, als Handwerksmann zu leben und zu sterben, es möchte auch kosten was es wolle, und dabei dem Herrn treu zu dienen.

Hier wurde ich mit Herrn Flender**) an der Krähwinkler Brücke bekannt, der mir es aber so nahe legte, daß ich mich endlich wieder überreden ließ, und als Hauslehrer seiner Kinder zu ihm zog; dies geschah aber mit Furcht und Zittern, und ich entschloß mich nicht eher dazu, bis meine christlichen Freunde mich überzeugt hatten, es sei Gottes Wille. Bei Herrn Flender war ich 7 Jahre bis 1770, ich unterrichtete seine Kinder und half ihm in seiner Fabrikhandlung. Während dieser Zeit ging also mein Handwerk verloren, und ich wurde untüchtig dazu. Was sollte also nun aus mir werden? — es fand sich eine Gelegenheit, die Tochter eines blühenden Handelshauses zu heiraten. Das Mädchen war eine der

---

*) In Stillings Lebensgeschichte „Meister Isaak".

**) In Stillings Lebensgeschichte „Spanier" genannt.

größten Schönheiten und sehr begabt, aber ich fand in meinem ganzen Wesen einen Widerwillen gegen die Handlung; ich fand zu viel Sünden darinnen, und ich hatte nicht Geldliebe genug, um in diesem Geschäfte nicht früher oder später Fallit, und sehr unglücklich zu werden; ich schlug also diese Winke aus.

Dagegen zeigten sich ganz andere Aussichten, mir wurden von einem berühmten Augenarzt Arkana*) angeboten, wenn ich Medizin studieren wollte, um sie recht gebrauchen zu können; ich hatte auch schon von innen und außen Winke zum Studio medico gehabt, und mich schon lange in Philosophie und Sprachen geübt. So entschloß ich mich denn in Gottes Namen Medizin zu studieren, ungeachtet ich keinen Heller dazu wußte und hatte.

Zu eben der Zeit versprach ich mich zu Ronsdorf mit meiner ersten Frau, Peter Heiders,**) eines Florettfabrikanten und frommen Mannes frommer Tochter.***) Diese ganze Heirat war weiter nichts als die Folge einer frommen Schwärmerei, worüber ich hier nichts weiter sagen will, als: ich heiratete das gute fromme, aber irrende Mädchen auf ihrem Krankenbette bloß aus Pflicht; Liebe hatte ich nicht zu ihr, sondern ich glaubte, Gott fordere dies Opfer von mir, ich gewann sie aber doch herzlich lieb, und hab sie während ihrer langen Kränklichkeit bis in ihren Tod treulich verpflegt.

Ich studierte, und mein Vertrauen auf Gott ließ mich nicht stecken: denn mir wurde geschickt, was ich brauchte, ohne daß ich vorher wußte, woher ich einen Heller nehmen sollte.

Dies, meine teuersten Brüder, muß Euch fest überzeugen, daß mein Studieren Gottes Wille war, denn er lenkte fremden Leuten das Herz mich mit dem Nötigsten zu versorgen: denn mein Schwiegervater konnte es nicht, und es läßt sich doch von Gott nicht denken, daß er die eitlen stolzen Wünsche der Menschen so merkwürdig befördere.

Ich studierte in Straßburg, hatte aber das Unglück, daß mir der Geist dieser Zeit Pfeile der Versuchung und des Unglaubens

*) Geheimmittel.

**) In Stillings Lebensgeschichte „Friedenberg" genannt.

***) Christine.

in mein Herz schoß, welche Wunden hinterließen, die mich noch immer schmerzen und mir sehr viele Kämpfe verursachen. O lieben Brüder! ich kämpfe oft schrecklich, ich muß meinen Weg fortpilgern ohne eine Hand vor den Augen zu sehen, und wenn mich der Herr auch töten wollte, so will ich doch auf ihn hoffen. Ach der Weg des dunkeln Glaubens ist schwer! — Die Empfindung der Gegenwart Gottes hilft mir über alle Schwierigkeiten weg, dies ist das einzige, was mich aufrecht hält.

Ich zog 1772 im Frühjahr nach Elberfeld als Arzt. Hier gingen nun erst meine Prüfungsjahre an: fast alle dortigen Erweckten waren mir einigermaßen zuwider — keiner war ganz zufrieden mit mir — Du wirst Dich dessen erinnern, liebster Bruder Evertsen! in Eurem Haus fand ich oft Trost und Erquickung, obgleich Du und Dein seliger Bruder auch nicht recht klug aus mir werden konntet. — Viele der dortigen Erweckten waren mir sogar im eigentlichen Sinn von Herzen feind. Ich glaube wohl, daß ich durch meinen lebhaften, leichtsinnigen und unüberlegten Charakter an allem schuld war, aber im innern Grund meiner Seele war doch die Übergabe an die ewige Liebe völlig und beständig — dies konnte aber niemand wissen, man sah aufs Äußere und urteilte danach. Ach es geht lange Zeit dazu, bis die natürlichen Unarten durch das göttliche Reinigungsfeuer weggefegt sind; das hätte man doch auch bedenken sollen; indessen auch das gehörte zu meiner Feuerprobe. Ich und meine Frau hatten kein Vermögen, meine Praxis brachte wenig ein, und doch mußte ich leben, das Geld, womit ich studiert hatte, mußte auch bezahlt sein, von Jahr zu Jahr wurden die Schulden größer und damit wuchsen meine Leiden, so daß ich's kaum mehr ertragen konnte; zudem nahm meine Praxis ab, nur meine Augenkuren waren gesegnet. Zwar half der Herr öfters wunderbar dem augenblicklichen Mangel ab, aber im ganzen war in Elberfeld keine Aussicht für mich ferner zu leben, viel weniger Schulden zu bezahlen; bei dem allen aber rührte ich keinen Finger, um aus meiner schrecklichen Lage zu kommen, sondern ich ließ lediglich den Herrn walten.

Auf einmal, ganz ohne mein Denken und Suchen, bekam ich den

Ruf als Professor der Kameralwissenschaften nach Lautern mit 600 Gulden Gehalt. Jetzt fühlte ich tief in meiner Seele die Pflicht diesem Ruf zu folgen: denn in dem Fach hatte ich mehr Kenntnis als in der Medizin, zum öffentlichen Vortrag war ich besonders geschickt, und das Gehalt setzte mich in den Stand, meine Familie zu ernähren, und auch nach und nach Schulden zu bezahlen; ich nahm also den Ruf aus Pflicht und Gehorsam an, ich zog 1778 nach Lautern, und der Herr segnete mein Lehramt außerordentlich, so daß ich nun nach 22 Jahren viele hundert Männer in Ämtern weiß, die zum Besten der Menschen nach meinen Grundsätzen wirken, und die ich unter Gottes Beistand gebildet habe.

Nach dreien Jahren starb meine erste Frau in Lautern, ich heiratete in Abhängigkeit von der Leitung des Herrn zum zweitenmal und bekam nun eine vortreffliche Haushälterin,*) meine Schulden wurden nach und nach abgetragen, doch blieben noch immer viele übrig. 1784 versetzte uns alle der Kurfürst an die Universität nach Heidelberg, meine Familie wurde stärker, der Aufwand auch, und das Gehalt wurde nicht vermehrt, folglich konnte ich keine Schulden mehr bezahlen; als mich daher im Jahre 1787 der Herr Landgraf von Hessen hierher nach Marburg gegen ein jährlich Gehalt von 1440 Taler berief, so mußte ich diesen Ruf notwendig annehmen, um meine Schulden bezahlen zu können. Ich ging also hierher, und bin nun beinahe 14 Jahre hier, und zwar mit außerordentlichem Segen in meinem Amt, auch sind nun meine Schulden getilgt, der Herr sei gepriesen! Vor 10 Jahren starb denn auch meine zweite Frau, ich hatte kleine Kinder, und mußte also abermals heiraten; ich bekam daher meine jetzige dritte Frau, welche die älteste Tochter des sehr frommen und rechtschaffenen Prof. der Theologie Coing ist; dieser mein Schwiegervater starb aber bald nachher, sowie auch seine fromme, gottesfürchtige Frau, und nun zeigte sich wieder die treue Führung des Herrn auch darinnen, das ich nun auch der Versorger dieser frommen Familie werden sollte; ich nahm also die Kinder des seligen Coing zu mir, und

*) Selma von St. Georg (St. Florentin).

sie sind nun zum Teil bei mir. Dann mußte ich auch meinen alten nunmehr 85 jährigen Vater aus dem Siegerland abholen und bei mir verpflegen, welches auch meine liebe vortreffliche Frau mit unaussprechlicher Treue und Geduld tut. Der gute Mann ist ganz wie ein kleines Kind. Ich bin im äußern so belastet, daß es mir doch bei allem dem, besonders in diesen teuren Zeiten, schwer wird, durchzukommen, und es bleibt mir nichts übrig — der Herr wird's versehen!

Seht, geliebte Brüder! das ist meine äußere zwar schwere, aber doch auch sehr gnädige Führung; ich weiß gewiß, daß mein gegenwärtiger Stand nach dem Willen des Herrn ist. Er will in Gnaden, daß ich das sein soll, was ich bin, denn meine Eigenheit, wie groß sie auch sein mag, hat doch im geringsten daran keinen Teil, daß ich Professor in Marburg bin. Den Hofratstitel gab mir der Kurfürst von der Pfalz ganz aus eigener Bewegung, und ganz umsonst, ich hatte so etwas nie verlangt und nie erwartet. Der Kurfürst liebte mich sehr und wollte mir dadurch eine Gnade erzeigen, die ich also auch in dieser Beziehung annehmen mußte.

Was nun meinen inneren Zustand und meinen Ruf als christlich-religiöser Schriftsteller betrifft, so will ich Euch, lieben Brüder! auch darüber Rechenschaft ablegen:

In meinem Lehramt mußte ich sehr viele Lehrbücher schreiben und drucken lassen, weil es daran ganz fehlte; dadurch wurde ich in der gelehrten Welt sehr berühmt und mit allen, auch den vornehmsten Ständen, bekannt; ich bekam Fürsten, Grafen und Adlige in Unterricht, und auch dies war Plan der Vorsehung: denn dadurch bin ich nun mit vielen Herrschaften bekannt worden; ich korrespondiere mit ihnen, und kann also nun zum Besten des Reiches Gottes sehr nützlich auf sie wirken. So wurde alles vorbereitet. Im Jahre 1794 kam der hiesige Buchhändler Krieger zu mir und bat mich, ich möchte doch einmal etwas Hübsches schreiben, er wolle es verlegen und drucken; ich bedachte mich und fand mich willig dazu und nahm mir vor, des Bunians Christenreise nachzuahmen — so entstand also „das Heimweh" nebst seinem Schlüssel in fünf Bänden. Während dem Schreiben dieses Buches fühlte ich höhere Kraft;

in meinem innern Seelengrund entwickelte sich die Überzeugung, der Herr wolle mich in diesen schweren und wichtigen Zeiten als Werkzeug in seinem Dienst brauchen, dahin ziele seine ganze Führung mit mir von Jugend auf. Zugleich fühlte ich auch den Zug der ewigen Liebe zur Einkehr und in die Gegenwart Gottes weit stärker, und ich ward von der Zeit an ein ganz anderer Mensch. Dies Buch nun, „das Heimweh", hat unbeschreiblich gewirkt und wirkt noch immerfort im Segen, daher entstand nun auch „der graue Mann", „die Siegesgeschichte" usw.

Meine innere Seelengestalt ist folgende: Ich fühle mein gänzliches Nichts äußerst lebhaft, ich bin seit vielen Jahren fast beständig im Gefühl der Gegenwart Gottes, und wenn ich einmal zerstreut bin und sie verliere, so habe ich keine Ruhe, bin äußerst elend, ja es ist mir, als könnte ich nicht leben, bis ich wieder in diesem meinem Element bin. Ich habe schlechterdings keinen Willen mehr, auch gibt es unter allen sinnlichen Vergnügen kein einziges, das mir Freude machte. Ich lebe in einem immerwährenden Zustand der Abgeschiedenheit von allem Irdischen. Zu nichts habe ich Lust, als zum einen, das not ist; ganz für den Herrn zu leben und zu sterben, ist mein einziger Wunsch. Stand und Ehre der Welt sind mir ganz und gar nichts, und ich sehne mich nur immer nach Ruhe und Einsamkeit, tue aber alle meine Geschäfte, deren erstaunlich viel von allerlei Art sind, munter und willig, aber nicht mit Lust, sondern bloß aus Pflicht. Das alles aber ist bloß Gottes Werk in mir; ich fühle sehr lebhaft, daß ich zu allem Guten, das in mir ist, auch nicht ein Jota beigetragen habe, im Gegenteil, wenn ich mein eigenes Wesen prüfe, so finde ich, daß keine Sünde, kein Laster, kein Verderben zu denken ist, wozu nicht ein sehr lebhafter Keim in mir läge; aber, der Herr sei gelobt, diese ganze Welt voll Sünde in meiner Natur ist ganz unter der Herrschaft des Geistes Gottes, der seine Wohnung in meiner Seele aufgeschlagen hat, ohne das ich das Geringste dazu beigetragen hätte. Mein schweres Leiden ist der Stand des dunklen und nackten Glaubens — diese Bürde trage ich schon sehr lange. Aber der Herr wird mir helfen tragen, solange er es für gut findet.

Jetzt, liebe Brüder! kennt Ihr mich ganz. Von mir selbst könnt Ihr Euch keine zu niedrige Vorstellung machen, aber das Gute, das der Herr in mich gelegt hat, und wozu ich nichts beigetragen habe, das erwirbt mir doch Eure Liebe, um die ich nochmal demütig bitte. Forthin werde ich nun jedem von Euch einzeln schreiben; ach stärkt mich doch oft durch Eure Briefe!

Der Herr sei Euch allen nahe und

Eurem ewigen Bruder

Jung.

Jetzt bitte ich nun von Herzen, mich zu beobachten und mir zu sagen, wo ich fehle; meine Schriften könnten Euch dazu Anlaß geben.

Marburg, den 7. Januar 1801.

*) Liebster Bruder Berger!

Da hast Du nun die Frucht meines schwersten Kampfes, den ich in vielen Jahren gekämpft habe. Alles sei nun dem Herrn überlassen und anheimgestellt. Er, der größte Dulder, der je lebte, war mein Muster; er hat in mir gesiegt. Ewig sei er dafür gelobt. Ihm sei es nun überlassen, was es für Wirkung tun wird. Ach Gott! wie oft kam mir der glühende Gedanke, was ich mich doch um etliche Bergische Privatleute, die mir ja im geringsten nicht schaden könnten, zu bekümmern hätte? — Allein so wahr er auch für mich als Hofrat und Professor war, so eine große Lüge war er für mich als Christ und religiöser Schriftsteller. Gelobt sei der Herr für diesen Sieg! — Er hat ihn in mir erkämpft, — ich nicht.

Der Tod, und zwar der schnelle Tod der Frau Gütten hat mich erschreckt — sie hat mich in ihrem letzten Brief sehr mißhandelt, darauf hatte ich ihr ernstlich ihr Unrecht vorgestellt, und ich er-

*) Dieser Brief gehört als Beibrief zu dem vorhergehenden großen Brief an die Brüder.

wartete nun schon wieder einen derben Hieb, wollte aber die Sache nun ruhen lassen und nicht mehr antworten. Herr Jesus Christus! erbarme dich dieser armen Seele um deiner Leiden und um deines blutigen Schweißes in Gethsemane willen! — und tilge durch deinen Geist aus meiner Seele was noch von Bitterkeit übrig ist. Amen!

Letzthin bekam ich aus Straßburg einen Brief von einem Erweckten, der seine Feder schien in den höllischen Schwefelpfuhl getunkt zu haben; der ganze Brief atmete Rache und Wut und zwar bloß aus Eifer für die Ehre Gottes, und warum? — weil meine „Siegesgeschichte" mit der Meinung der Frau Petersen nicht übereinstimmt. So habe ich bald mit falschen Brüdern schwer zu kämpfen, bald fallen mich die Lobpreisungen und Erhebungen so vieler frommer Seelen an und wollen Stolz in mir erregen, bald bin ich der Vertraute der Fürsten und Standespersonen, da lockt dann die Ehre der Welt usw. usw. usw.

O Bruder! Bruder! so viel kämpfend und nun gar keine Kraft. Der Herr hilft freilich, aber ich leide schrecklich; das sollten doch nun auch wahre Brüder — wie die Brüder Roßhof und Evertsen, beherzigen und Geduld mit meinen Fehlern haben. — Doch ich wollte ja meinen Mund nicht darüber auftun — da regte sich die Eigenheit wieder. — Fahre aus und verstumme! Herr, erbarme dich mein! —

Behalte mir Deine Liebe, Bruder Berger! so wie Dich liebt

Dein ewiger Bruder

Jung.

Marburg, den 3. Juni 1801.

Mein in unserm Herrn herzlich geliebter Bruder!

Denke nur ja nicht, daß ich im geringsten mißmutig über Deinen Brief geworden wäre! Wie könnte ich auf den Namen eines Anfängers im Christentum Anspruch machen, wenn ich noch in einem so hohen Grad eigenliebig wäre.

Deinen Brief mit Deinem Gedicht auf den sel. Rauschenbusch erhielt ich in der Schweiz; das Gedicht ist sehr schön, und ich werde es im 11. Heft des grauen Mannes empfehlen. Vieths schönes Gebetbuch ist schon im 10. empfohlen. Dies Heft wird nun bald ausgeteilt werden. — Meine Reise in die Schweiz ist in mehr als einer Hinsicht die merkwürdigste meines Lebens. Der Herr hat durch mich, den unwürdigsten unter allen seinen Knechten, großen Segen in der Schweiz verbreitet, und ich habe großen Segen genossen.

Bruder! Der große Knoten meiner merkwürdigen Lebensgeschichte ist nun gelöst, und mein 30jähriges Vertrauen auf ihn herrlich gekrönt worden. Ich werde nun bald den fünften Teil meiner Biographie schreiben, und dann wirst Du erstaunen, was der Herr an mir getan hat. Er hat meinen ganzen Wirkungskreis legitimiert, jetzt weiß ich mit Gewißheit, daß alles, was ich bis daher im religiösen Fach geschrieben habe, ihm wohlgefällig ist: denn er hat überschwänglichen Segen darauf gelegt, und mich so gewiß seines Beifalls versichert, als wenn er sinnlich mit mir gesprochen hätte. Nur muß ich noch immer wachsamer und demütiger, und von ihm abhängiger werden: damit immer weniger Eigenheit in meine Schriften mit einfließen möge. Jetzt schreibe ich nun am ersten Nachtrag zur „Siegesgeschichte" und am zweiten Bändchen der „Szenen aus dem Geisterreich".

Ich wurde wie in höhere Sphären emporgehoben, als ich in Schaffhausen, Winterthur, Zürich und Basel, die große Menge wahrer Christen kennen lernte; meine Augen waren fast immer voller Tränen des Danks und der Liebe. Es war mir, als ob ich in die Gesellschaften der ersten Christen träte, und je mehr man mich ehrte, und wie einen Engel Gottes aufnahm, desto kleiner und vernichtigter wurde ich. Ach, wie ganz anders ist der Geist der lieben Schweizer, als der gewöhnliche der deutschen Erweckten!

Zwischen allen verschieden denkenden, doch nur ein Geist der Liebe.

Mit blutendem Herzen erinnerte ich mich der lieben Tersteegianer! — guter Gott! wenn diese lieben Seelen doch endlich einmal einsähen, daß ihr Weg zwar gerade, erhaben, und dem Herrn wohlgefällig, aber wahrlich! nicht der einzige sei, der zum Leben und der Seligkeit führt. Der Herr braucht vielerlei Werkzeuge in seinem Reich, und jedes bereitet er zu seinem Zweck. Glaube mir, Bruder, das Herz tut mir weh, daß ich bei den guten Seelen keinen Eingang finde. Allein was soll ich weiter tun? Wüßte ich noch eine Aufopferung, ich wagte sie für sie.

Der Herr sei Dir nahe und Deinem ewigen Bruder

Jung.

Marburg, den 6. Juli 1803.

Mein teuerster, innigst geliebter Bruder!

Du hast also viel gelitten, gute Bruderseele! der Herr wolle Dir in allen Lagen beistehen! das Leben des Christen ist ein beständiges Sterben, aber auch ein beständiges Wachstum im neuen göttlichen Leben. Der Herr schenke uns Mut und Kraft zum Fortringen bis zum Ziel. Er wird in uns Schwachen mächtig sein. Eine beträchtliche Anzahl Augenpatienten forderte mich im Frühjahr nach der Oberlausitz. Ich reiste also in Begleitung meiner Frau über Leipzig und Dresden nach Herrnhut, wo wir die Karwoche und die Ostern mit der Brüdergemeine feierten.

Wir wurden eingeladen, den grünen Donnerstagabend mit zu kommunizieren; diese Kommunion, die Feier der Todesstunde am Karfreitagnachmittag und die Auferstehungsfeier am ersten Ostertagmorgen werden wir nie vergessen. Die Nähe des Herrn war beinahe sinnlich spürbar, Du glaubst nicht zu welch einem hohen Grad der christlichen Vollkommenheit die Brüdergemeine in Herrnhut gestiegen ist.

In ganz Kursachsen ist das auch die allgemeine Stimme der Bekehrten und Unbekehrten, sogar der Neologen.

Allein, teurer Bruder! ich darf ja die Herrnhuter nicht loben — neulich ließ mir wieder einer aus dem Bergischen sagen, es sei doch schade, daß ich so sehr auf die Herrnhuter Seite lenkte, und der mir das sagen ließ, war ein alter Bruder aus Tersteegens Schule.

Ach mein Gott, wie weh tut das meinem Herzen! ich bin nicht willens ein Mitglied der Brüdergemeine zu werden. Wahrlich! Alle wahren Christusverehrer sind mir gleich lieb, aber das versichere ich feierlich und im Namen des Herrn meines Gottes, daß endlich ein schweres Gericht alle die unbefugten Richter treffen wird, die, durch ihre eigene Gerechtigkeit stolz gemacht, ihre Mitknechte richten. Herr erbarme dich! Was Du mir in Ansehung des Herrn Evertsen schreibst, ist vollkommen wahr und ich danke Dir recht herzlich für die Erinnerung! es ist wahr, die Leute haben so hohe Begriffe von den mystischen Ständen, daß man sich nicht unterstehen darf, sich nur auch den geringsten zuzueignen, folglich erfordert auch die christliche Klugheit sich gegen solche Leute behutsam zu äußern. Ich hingegen möchte mich so gern in aller meiner Nacktheit und meinem ganzen Nichts, allen meinen Brüdern zeigen — ich bin so rein ausgezogen, daß ich mir als eine doppelte Person vorkomme. Das eine Ich ist ein todesstinkendes Aas, das mich nur täglich quält, so daß ich immer rufen möchte: Ach Herr! erlöse mich von diesem Leibe des Todes! — dahingegen ist das andere Ich so, als wenn's mich nicht anginge, und doch ist es mein Ich. Allein das alles soll ich nicht sagen, man legt es mir für Stolz aus.. Ich habe mich den Tersteegens Freunden nun genug genähert, auch genug vor ihnen gedemütigt, jetzt breche ich alle Konversation mit ihnen ab; ich bleibe in der Liebe gegen sie, meine Bruderliebe soll immer unverändert bleiben, da ich aber durchaus nicht auf sie wirken, sie nicht zur guten Gesinnung gegen die Brüdergemeine bewegen kann, so empfehle ich nun dem Herrn die Sache. Er tue, was ihm wohlgefällt.

Die Vorsteher der ganzen Brüdergemeine, die Unitätsältesten und Bischöfe sagten mir sehr ernstlich: ich möchte die Brüdergemeine ja nicht mehr loben, ihrer in meinen Schriften nicht mehr rühmlich gedenken: denn sie gediehe immer besser im unbekannten Zustand der Schmach und Verachtung, als unter dem Beifall, und leicht könnte der eine oder andere aus der Gemeine dadurch zum Stolz verleitet werden, dieses habe ich ihnen versprechen müssen. Liebster Herzensbruder! auf welcher Seite ist nun der sanfte, demütige, duldende Geist Jesu Christi? — Du wünschest meine bevorstehende Veränderung zu wissen, soviel kann ich Dir davon entdecken: ein gewisser großer Fürst will mich von allen irdischen Geschäften losmachen und mir ein ansehnliches Gehalt geben, so daß ich mich bloß den Augenkuren und dem Dienst des Herrn und seines Reiches widmen soll. Die Sache ist beinahe gewiß, und ich erwarte ersten Tages den festen Entschluß. Dieses hieße dann meiner erhabenen großen Führung vollends die Krone aufsetzen. — Der Herr sei mit Dir, Du teurer Bruder. Grüße auch den Bruder Tops und alle die lieben Brüder und Schwestern von Deinem

ewigen Bruder

Jung.

Baden bei Rastatt, den 7. August 1804.

Mein teuerster und herzlich geliebter Bruder im Herrn!

Ich mußte, um einigen hundert Augenkranken zu dienen, dieses Frühjahr eine Reise nach der Oberlausitz machen, ich war 13 Wochen abwesend. Es traf sich just, daß in dieser Zeit die berühmte Predigerkonferenz in Herrnhut war, ich wurde auch dazu eingeladen; 78 fromme Prediger, deren kein einziger zur Brüdergemeine gehört, die sie aber doch lieb haben, machten diese Gesellschaft aus. Dann fanden sich auch die Kirchenpatronen, als Herren der Prediger, welche alle Grafen und Baronen sind, dabei ein, auch die Vorsteher der Brüdergemeine wohnten bei, und der Bischof Reichel präsidierte, wir waren von morgens 8 bis abends 6 Uhr beisammen, die Essenszeit ausgenommen. Es war herzerhebend, die Unterredungen und Entschlüsse, das Evangelium von Jesu Christo rein zu bewahren, und treu zu verkündigen, anzuhören; als sich am Abend die Gesellschaft trennte, so fiel alles auf die Kniee, und Bischof Reichel betete vortrefflich, alles weinte, es war eine Stunde, die mir in der Ewigkeit noch Freude machen wird.

Bei meiner Nachhausekunft am 4. Juli fand ich nun eine ungeheure Menge Briefe, unter andern auch den Deinigen, der mich ganz besonders freute. Beantworten konnte ich ihn aber nicht eher als jetzt, da viele dringende, Augenpatienten betreffende Briefe mit darunter waren. Vor 14 Tagen bin ich nun mit einem Teil meiner Familie hierhergereist, weil meine Frau ein schweres Leiden hat, der Hals wird ihr immer auf die rechte Seite gezogen, und mein kleinstes Mädchen ist auch schwächlich. Wir werden außer dieser Woche noch 14 Tage hier bleiben.

Entschuldige Dich nicht, lieber teurer Bruder! es bedarf's nicht, meine Bruderliebe zu Dir ist treu, beständig und ewig.

Von dem Vorfall mit Brögelmann weiß ich nicht das geringste, indessen merke ich aus Deinem Brief so viel, daß etwas sehr Anstößiges vorgegangen sein muß. Gott erbarme sich's! — so etwas ist in unsern Zeiten, wo ohnehin das wahre Christentum so verlästert wird, schändlich, schrecklich und abscheulich und wird schwer geahndet werden. — Liebster Bruder! ich kann es nicht laut und nicht warm genug sagen, wie erschrecklich gefährlich es sei, sich selbst zum Seelenführer und Lehrer aufzuwerfen; allemal ist mehr oder weniger versteckter geistlicher Stolz die dem Herzen selbst verborgene Triebfeder; — man glaubt dem Herrn zu dienen und dient seiner Ichheit. Hätte ich selbst im geringsten etwas dazu beigetragen, daß ich religiöser Schriftsteller, und ein Zeuge der Wahrheit geworden bin, ich könnte mich nicht beruhigen; da ich aber vor dem Angesichte des Herrn versichern kann, daß ich keine Feder ansetze und kein Wort — die Religion betreffend — rede, bis ich der Aufforderung des Herrn gewiß bin, so demütige ich mich unter die Hand des Herrn und gehorche freudig, aber doch mit Furcht und Zittern. In diesem Monat wird der fünfte Teil meiner Lebensgeschichte unter dem Namen: „Heinrich Stillings Lehrjahre" in Berlin bei Rottmann herauskommen; dies Werk wird meinen Beruf vollkommen legitimieren.

Ich wohne nun als kurbadischer Hofrat in Heidelberg und habe ganz und gar kein Amt, sondern der Kurfürst gibt mir meine Besoldung, daß ich als Schriftsteller, zum Besten des Reiches Christi, wirken soll; die Augenkuren setze ich dann nebenbei treulich fort.

Wenn auch der Kurfürst stirbt oder ich sterbe, so haben weder ich noch meine Frau und Kinder zu sorgen nötig, um so etwas bekümmere ich mich ganz und gar nicht, das ist ja nicht meine, sondern des Herrn Sache; ich diene ihm in meiner Schwachheit, so treu ich kann, und so viel als er mir Kraft und Gnade schenkt, dafür hat er mir versprochen in seinem göttlichen Wort, daß er mir meine Notdurft geben will, und mehr verlange ich nicht.

Der liebe Bruder Roßhof auf der Gemarke hat mir recht liebevoll geschrieben, und so habe ich ihm auch geantwortet. Ach, wie süß ist die Bruderliebe! — ich habe sie so sehr zur Stärkung nötig.

Grüße Deine liebe Gattin, und alle lieben Brüder!

Alles und in allem Christus! in ihm Dein

ewiger Bruder

Jung gt. Stilling.

Karlsruhe, den 20. August 1810.

Mein teuerster und innigst geliebter Bruder!

Jetzt bist Du auch einmal ein Werkzeug in Stillings wunderbarer und heilger Führung gewesen. Gelobet sei der Herr über diese, gerade zu rechter Zeit, und in zureichender Größe erschienene Aushilfe und Wohltat. Er segne tausendfältig die teuren unbekannten Geber, hierbei kommt der Empfangschein, den Du besorgen wirst. Der Herr segne auch Dich überschwänglich für Deine Liebe! Die anbetungswürdige Vorsehung schickte es so, daß mein zweiter Sohn, der sonst zum Studieren bestimmt war, und auch bis dahin das hiesige Lyzeum besucht hat, sich der Handlung widmen mußte, und so schwer es auch jetzt hält, einen Lehrburschen in diesem Fach unterzubringen, so fand ich doch sofort eine offene Tür, so daß ich meinen Friedrich bei einem christlich gesinnten und angesehenen Kaufmann, Herrn Eschenauer in Straßburg, unterbrachte. Nun mußte er gleich seine Stelle antreten, die Unkosten, die dazu erfordert wurden, konnte ich mit meiner Besoldung nicht bestreiten. Ich und meine Frau flehten — wie immer — zum Herrn, und durch Deine Hand kam die Hilfe. An dieser Führung bin ich aber von jeher so gewöhnt, daß ich gar nicht mehr zweifeln kann, ob mich der Herr in meinem Alter werde stecken lassen. Meine Besoldung reicht in meiner Lage und in meinen Verhältnissen bei weitem nicht zu, und der gute Großherzog ist ganz schwachsinnig, so daß er über nichts mehr disponieren kann; da hilft nun der Herr immer durch.

Du wünschest, daß ich Dir allerlei Nachrichten mitteilen soll; Du weißt aber auch, daß man Briefen nicht alles anvertrauen darf, und mußt also vorlieb nehmen. Was das Solyma im asiatischen Rußland in Kaukasien betrifft, so verhält es sich damit folgendergestalt: Die Missionsgesellschaft zu Edinburg in Schottland schickte vor etwa zehn Jahren zwei Missionare nach Petersburg mit dem Auftrag, sich bei der russischen Regierung die Erlaubnis auszubitten, am Kaspischen Meer eine Mission zu errichten, um den dortigen tartarischen Nationen das Evangelium zu verkündigen. Insgeheim aber kam noch das Ansuchen um einen beträchtlichen Strich Landes dazu, wohin man in der Zeit der großen Versuchung fliehen könnte.

Anfänglich fand diese Sache Widerstand und Schwierigkeiten, allein der Herr setzte sie durch, und beides wurde von der russischen Regierung bewilligt und die gehörige Ukase*) darüber ausgefertigt. Nun war eben mein „Heimweh" in die russische Sprache übersetzt worden; dieses hatte große Sensation verursacht, und die dortigen Freunde hätten mich beinahe für einen Propheten erklärt, weil sie sahen, daß der Herr meine Voraussagung im Heimweh wörtlich zu erfüllen schien. Wahrscheinlich haben die schottischen Missionare nun auch mein Heimweh gelesen, wodurch sie bewogen worden sind, nun schon zweimal an mich zu schreiben und mir ihre gegenwärtige Lage zu schildern; auch da geht es durch's Gedränge und schwere Proben, aber der Herr wird ihnen durchhelfen. Das ihnen gegebene Land kann Hunderttausende von Familien reichlich ernähren, es liegt am Don-Fluß und ist ein Paradies.

Eine andere Merkwürdigkeit, die ich Dir mitteilen muß, ist folgende: In Basel lebt jetzt ein junger Mensch, der in Palästina

---

*) Verordnung der russ. Regierung.

am Jordan, nicht weit von Bethlehem zu Haus und in Kapernaum in die Schule gegangen ist. Ein türkischer Gesandter, der an den russischen Hof nach Petersburg bestimmt war, nahm ihn nebst noch einigen andern Knaben zur Bedienung mit. Nach etwa einem jährigen Aufenthalt in Petersburg starb der Gesandte; vor seinem Ende vermachte er jedem dieser Jünglinge ein Legat und empfahl ihnen, Handwerker zu lernen und in den christlichen Ländern zu bleiben — hieraus erhellt, daß er ein heimlicher Christenfreund gewesen sein muß. Mein Freund Naschuranes wählte das Schneiderhandwerk, lernte es und reiste nun als Mohammedaner nach Deutschland; so kam er nach Hamburg als Schneidergeselle, hier ging er aus Neugierde zuzeiten in die Kirche; dies setzte er auch in Bremen fort; endlich hörte er in der Domkirche daselbst in einer Predigt die Worte: „Wer nicht an mich glaubt, der kommt ins Gericht". Dies fuhr ihm wie ein Blitzstrahl durch sein ganzes Wesen, und nun hatte er keine Ruhe mehr. Nun ging er nach Osnabrück und hörte dort den frommen Superintendenten predigen; diesem entdeckte er sich, wurde von ihm im Christentum unterrichtet, dann getauft, konfirmiert und zum Abendmahl zugelassen; hierauf reiste er nach Holland, dann den Rhein hinauf. Er war auch hier, mich zu besuchen; da ich aber abwesend war, so traf er mich nicht; nun kam er nach Basel, wo er in guten Händen ist. Er korrespondiert mit mir; er ist von Kopf und Herz ein vortrefflicher Mensch und brennt vor Liebe zum Herrn. Noch arbeitet er als Schneidergeselle, allein er will Theologie studieren, welches ihm sehr leicht wird, denn er spricht arabisch; seine Muttersprache ist die syrokaldäische, die auch unser Herr gesprochen hat; folglich wird ihm das Hebräische sehr leicht sein, mit dem Griechischen ist er auch schon bekannt.

Liebster Bruder! dieser junge, äußerlich und innerlich schöne und sehr ansehnliche Orientale ist ein merkwürdiges Phänomen; ich ahne große Dinge von ihm. Er heißt Johann Rudolf Bernhard Naschuranes. Er schreibt schon eine zierliche deutsche Hand, und sein Stil ist zwar noch mangelhaft, aber er trägt schon das Gepräge eines großen Geistes. Der Herr segne ihn!

Nun noch eins: In Konstanz lebt ein katholischer Professor, er ist kein Geistlicher, sondern Dr. juris und Lehrer der Geschichte und Philosophie, ein herzlich frommer, lieber Mann, der aber die Schwachheit hat, daß er glaubt, außer seiner Kirche sei keine Seligkeit zu hoffen; er heißt Sulzer. Dieser liebe Mann besucht oft die Erweckten in der Schweiz, und bedauert diese frommen Leute mit Tränen, daß sie dem allem ungeachtet verdammt werden müssen. Da er nun weiß, daß ich viel Einfluß auf diese Leute habe, so entschloß er sich, an mich zu schreiben und mich zu seiner Kirche zu bekehren; denn er glaubt, wenn er mich gewonnen hätte, so würden viele meinem Beispiel folgen. Wir wechselten eine Zeitlang Briefe miteinander, allein der gute Sulzer glaubte, wenn diese Korrespondenz öffentlich im Druck erschiene, so würde das mehr nützen; auch damit war ich zufrieden. Jetzt ist nun sein Buch erschienen, es heißt: Wahrheit in Liebe, in Briefen über Katholizismus und Protestantismus an den Herrn Dr. Johann Heinrich Jung genannt Stilling, großherzogl. badischer geheimer Hofrat usw. von Johann Anton Sulzer usw. Diese Aufforderung im Angesicht des ganzen Publikums, zumal in der gegenwärtigen Zeit, ist keine Kleinigkeit; sie kann von großen Folgen sein. Ich bin nun wacker an der Arbeit; ich gehe so gründlich als möglich zu Werke und zwar mit aller möglichen Schonung. Der Titel meines Buches heißt: Antwort durch Wahrheit in Liebe auf die an mich gerichteten Briefe des Herrn Professor Sulzer in Konstanz über Katholizismus und Protestantismus von usw.

Was dieser äußerst wichtige Vorfall für Folgen in meiner Führung haben wird, das will ich in Geduld und Ergebung erwarten.

Schreibe mir doch zuzeiten. Der Herr sei mit Dir und allen Deinen Lieben!

Ich bin von Herzen Dein ewig treuer Bruder

Jung Stilling.

Karlsruhe, den 1. Juni 1813.

Mein teuerster und innigst geliebter Bruder und Herr!

Ich war mit meiner Familie ein paar Wochen nach Heidelberg verreist, wo ich meinen jüngsten Sohn auf die Universität brachte und zugleich meine Kinder und Kindeskinder besuchte. Ich hatte das selten große Vergnügen, meinen Enkelsohn,*) den Sohn, meines Eidams, des Kirchenrates und Vorstehers Schwarz, predigen zu hören. Seine Predigt war orthodox und echt christlich.

Wenn ich ehemals gewußt hätte, daß ich in meine gegenwärtig gedrängte Lage kommen würde, so hätte ich meinen jüngsten Sohn**) eine Kunst oder ein Handwerk lernen lassen, allein ich war Professor und glaubte es zu bleiben; jetzt hat er nun die Vorkenntnisse, und zu alt, noch ein Handwerk zu lernen, muß er studieren, er hat das Studium der Staatswirtschaft gewählt, welches am ersten zu einer Versorgung führt. Ich habe nun freilich keine Aussicht, womit ich die Kosten bestreiten werde, allein darum sorge ich nicht, auch dieses ist Führung des Herrn, das weiß ich gewiß; ich bin ebenfalls ohne die geringste Aussicht, woher ich Geld nehmen sollte, auf die Universität gegangen und wie herrlich hat's der Herr ausgeführt! — Das wird auch jetzt der Fall sein. Noch nie bis auf diese Stunde, hat mir das Nötige, nicht einmal das, was zum Wohlstand gehört, gefehlt. Hier in Karlsruhe weiß auch niemand meine eigentliche Lage, aber nie, nie weiß ich, woher das Mangelnde ersetzt werden soll, und nie fehlt's, wenn's nötig ist.

Es ist zum Anbeten. Es gibt wenig Menschen, die der Herr

*) Es ist dies der 1793 geborene Wilhelm Heinrich Elias Schwarz, der 1873 nach 60jähriger Amtstätigkeit als Stadtpfarrer und Kirchenrat zu Mannheim starb; er schrieb u. a. „Jung Stillings Lebensende".

**) Jung-Stillings 7. Kind Friedrich geb. 1795. Dieser wurde 1816 vom Kaiser Alexander I. von Rußland als Kameralist nach St. Petersburg berufen, 1827 in den Erbadel erhoben, wurde 1838 Oberpostmeister und Staatsrat von Livland und starb in Riga 1853. Dessen Sohn Friedrich erhielt 1865 zu Petersburg die Erlaubnis, den Namen „Jung-Stilling", wie sein Großvater, führen zu dürfen.

so sichtbar an der Hand führt. Daß Du meine Lage der lieben Gräfin Bernhardine mitteiltest, war wohl gut gemeint, allein sie wurde dadurch beunruhigt, und das tut mir leid. In solchen Verhältnissen kann man nicht vorsichtig und nicht zartfühlend genug sein. Ich entdecke mich niemand und niemals, wo nur der Gedanke möglich ist, ich suchte Hilfe bei ihm. Nur allein dem Herrn, und da, wo ich sicher bin, daß es keine Verlegenheit verursacht; Seelen, wie die Deinige, denen kann ich mich ganz anvertrauen. Von London oder Altona habe ich noch keine Nachricht, auch das überlasse ich der Vorsehung und bleibe ganz willenlos.

Gestern las ich in der Zeitung in einem Artikel vom Kap, daß van der Kemp*) gestorben sei, ein großer Verlust für die Mission und das Reich Gottes, ich wünsche zu wissen, wie der liebe Mann zum Tode gekommen ist.

Leo hat sich herrlich legitimiert und alles Mißtrauen beseitigt, sein Bibelwerk geht durch des Herrn Segen schleunig und glücklich vonstatten, Gott sei ewig Dank dafür!

Dein Selbstbekenntnis, mein lieber Bruder! ist genau so, als wenn Du das meinige geschrieben hättest. Mir dünkt aber, ich wäre noch weit schlechter, aber da fällt mir immer ein, was Tersteegen einstmals schrieb: Wie schlecht und jämmerlich es um mich steht, das mag ich Dir nicht schreiben, damit Du mich nicht für stolz hältst; und wirklich, Tersteegen hatte recht, es wird einem gar nicht schwer, einem erfahrenen Christen das Gefühl eigener Grundverdorbenheit zu entdecken, denn man weiß, daß es ein Kind Gottes als einen Beweis weit geförderter Heiligkeit ansieht; die unergründliche und tief versteckte Eigenliebe verliert also nichts dabei. Man muß sich also so genau kennen, wie Du und ich uns kennen, wenn man recht offen gegeneinander sein will, denn ich bin überzeugt, daß Du mich des-

*) Miss. Dr. Theodor van der Kemp, der „Apostel der Kaffern", starb nach kurzer, aber reichgesegneter Pionierarbeit in Süd-Afrika am 15. Dezember 1811. Über den beständigen Grausamkeiten gegen seine Schwarzen von Seiten der weißen Kolonisten brach ihm das Herz. Ein Freund fragte den Sterbenden: „Ist es dunkel in dir oder licht?" Er antwortete „licht! licht!" Und ging ins ewige Licht.

wegen nicht für stolz hältst, wenn ich Dir mein Elend nach der Wahrheit entdecke, und der nämlichen Gesinnung kannst Du auch von mir versichert sein.

Es ist etwas ganz Besonderes um den Weg der innern Verlassung; es ist, als wenn einem die ewige Liebe ganz abandonniert hätte. Der erquickende Genuß der Nähe des Herrn, auch bei dem Bleiben in seiner Gegenwart und bei dem innern Herzensgebet (dem Oraison der M. Guyon) ist sehr selten und tief im Seelenzentro entfernt, daß man's kaum gewahr wird. Die Gewißheit der Vergebung der Sünden ist wie mit einer Wolke bedeckt, die Hoffnung der Seligkeit steht auf dem Punkt: — ach, ich darf mich kaum unterstehen, es nieder zu schreiben — als wenn die ewige Liebe fragte: kannst du dich entschließen, von Herzen zu sagen: wenn mich der Herr auch verdammen wollte, — wie ich es wirklich verdient habe, würde ich ihn dennoch lieben? — Welch eine schreckliche Frage! — Und doch, o Abgrund der ewigen Erbarmung! gibt es Seelen, die auch dieses Opfer bringen müssen, aber da tritt dann der Engel des Bundes ein und spricht selbst das J a aus. Dieses ist der eigentliche Brennpunkt der Vernichtung, aus welchem die Seele ganz verklärt hervorgeht und nun mit ihrem Heiland innigst vereinigt wird.

Es kommt mir fast so vor, als ob das geheimnisvolle Leiden in Gethsemane, das noch kein Mensch recht eingesehen und ergründet hat, mit dieser Vernichtung etwas ähnliches habe: Jesus Christus gab sich für die Menschheit zum blutigen Versöhnopfer hin. — Dieses mußte er als bloßer Mensch tun, denn als Gott konnte er nicht leiden, folglich mußte sich während seiner Leidenszeit die Gottheit in sein Innerstes zurückziehen und verhüllen. Da stand er nun als bloßer Mensch, ohne von seiner Gottheit etwas zu empfinden. Jetzt fühlte er nun, als Bürge für die Sünden aller Menschen, daß er entweder die ewige Verdammnis ausstehen oder die ganze Menschheit aus Sündern zu Kindern Gottes umschaffen müsse. Diese Alternative kostete ihn blutigen Schweiß, und um das letzte auszuführen, folgte er dem Willen seines himmlischen Vaters und, Gott sei ewig Lob und Dank, es gelang. Ich gebe diese meine Idee nicht für wahr aus, indes kommt sie mir doch so vor. Was habe ich armes Nichts Dir doch für Sachen geschrieben, aber es floß so aus meiner Seele in die Feder. Halte mich nicht für stolz.

Laß Du meine Briefe sehen wen Du willst, ich vernichte alle, die ich bekomme, und die ich nicht aufbewahren muß. Ich, meine liebe Frau und Tochter, wir alle grüßen Dich aus der Quelle der ewigen Liebe, in und durch welche ich auch bin Dein ewiger Bruder

Jung Stilling.

Karlsruhe, den 25. März 1813.

Mein teuerster und innigstgeliebter Bruder!

Dein liebes Schreiben vom 4. Februar habe durch Einschluß der lieben Gräfin zur Lippe richtig erhalten. Es freut mich, daß uns der Herr diesen schönen Weg, miteinander zu korrespondieren, geöffnet hat. — Mein Weg ist der Weg des dunklen Glaubens, der sich vom nackten Glauben darinnen unterscheidet, daß ihm die Glaubensgründe nicht fühlbar klar sind, auch dann nicht, wenn sie die Vernunft richtig und logisch aus dem Wort Gottes demonstriert, und doch geht die Seele ihren Weg leidend fort und folgt nur immer auf dem Fuß dem Flammentritt seines himmlischen Führers, diesen schweren, einsamen und dunkeln Weg habe ich von Anfang an bis daher immer gehen müssen, ich weiß auch gar wohl warum? — Mein natürlicher Charakter ist unbeschreiblicher Leichtsinn und Frohsinn, darum muß ich immer so geführt werden, damit die dadurch entstehende Schwermut und Zerknirschung dem Charakter die Wage halte, nach und nach töte und überwinde. Kein Mensch, der mich persönlich kennt, hält mich für leichtsinnig und lustig, weil die Gnade über mein Temperament herrscht, aber wenn meine Prüfung aufhörte, so traue ich mir nicht das Geringste zu. Dadurch nun, daß mich der Herr von jeher immer an den

Rand des Absturzes hinführte, wurde ich beständig im Wandel vor ihm, und im inneren Gebet erhalten, und das ist noch immer der Fall. O welche unendliche Liebe, welche unbegreifliche Weisheit in der Führung sündiger Menschen. — Der nackte Glaube ist von allen Vernunftsgründen entblößt, und beruht allein auf einer Überzeugung, die aus dem innern Seelengrund emporsteigt, er ist das Reinste, Erhabenste und Heiligste.

Du hast das point d'honneur des Weltmannes sehr genau und richtig geschildert; ich habe es auf meinen öftern Reisen, und durch meinen langen Aufenthalt an einem sehr gesitteten und fein gebildeten Hof genau kennen gelernt: der Weltmann bildet sich ein Ideal aus allem, was er gefunden hat, das den Leuten wohlgefällt, danach richtet er sein Äußeres und seinen Umgang ein; ob es mit seinen innern wahren Gesinnungen übereinkommt, darum kümmert er sich nicht, wenn er nur allenthalben gefällt, dann hat er seinen Zweck erreicht, daher kommt's dann, daß er in seiner Familie, und wo er sich nicht zu genieren braucht, unerträglich, ungesittet, überhaupt gar oft ein miserabler Mensch ist. Du hast das Zartgefühl des Christen ganz unvergleichlich dargestellt; mehr läßt sich darüber nicht sagen. Bei dem Weltmann kommt alles aus der Quelle der Selbstsucht; wenn er nur in seinen Zirkeln gefällt, so ist er zufrieden und hat seinen Zweck erreicht. Die Quelle aber, woraus das Betragen und die Handlungen des Christen fließen, sind wahre Gottes- und Menschenliebe; sein eigenes Ich kommt dabei nicht weiter in Betracht, als insofern er gleichsam in der Gesellschaft ein Repräsentant des Erlösers ist. Er muß also in jeder Gesellschaft durch seine Kleidung, durch Reinlichkeit, durch freundlichen Ernst, durch zuvorkommende Dienstfertigkeit und Höflichkeit Liebe und Ehrfurcht erwecken; alle Gebräuche der guten Lebensart, insofern sie der Sittenlehre Christi nicht widersprechen, genau beobachten, in seinen Reden sparsam, genau, bestimmt und gefällig sein, und wenn über die Religion gewitzelt und gespottet wird, durch ein ernstes Schweigen zu imponieren suchen; muß er sprechen, so tue er es ohne Beleidigung und mit Würde. Es ist ein großes Talent, die elenden Witzspiele mit gleicher Münze bezahlen zu können, dies ist aber nicht jedem gegeben. Ein gewisser Theologe speiste an einer Tafel, wo ein preußischer General spöttelte, und unter anderem sagte: Mose sei ein Narr, daß er die Schöpfung der Welt erzähle, die doch von Ewigkeit her gewesen wäre. Jeder schwieg dazu. Der General drang in den Theologen, seine Meinung zu sagen. Er versetzte: Hätte Moses behauptet, die Welt sei von Ewigkeit her, so würde der Herr General sagen, Moses sei ein Narr, es müsse ja doch alles einen Anfang haben. Damit hörte alles auf. Beim Weggehen klopfte der General dem Pastor auf die Schulter und sagte: „Nun, Sie nehmen mich unter ihrem Mantel mit in den Himmel." Die Antwort war: „Dort läßt sich keine Kontrebande einschleichen." Dergleichen Abfertigungen sind köstlich, aber es gehört Weisheit und wahre Furcht Gottes dazu, damit man keine Perlen vor die Schweine wirft. Unser glorwürdiger Erlöser war der größte Meister in solchen Abfertigungen, und man mag ihren Geist wohl studieren.

Es ist sonderbar, daß ich in meinem ganzen Leben nie in dergleichen Verlegenheiten gekommen bin. Mußte ich ein Zeugnis ablegen, so gab mir der Herr die Gnade, daß ich es mit Würde konnte; und nie trat der Fall ein, daß es mir übel genommen wurde. Ich habe am Hof nie Ursache gehabt, ein Wort, das ich gesprochen hatte, zu bereuen. Ich erstaune oft über die beispiellose Barmherzigkeit Gottes.

Es freut mich ausnehmend, daß auch dort der christliche Verein der seligen Frau von Oynhausen Beifall und Unterstützung findet. Sie hätte ihn so gerne noch bei ihrem Leben aufblühen gesehen, aber der Herr wollte es nicht, er nahm sie zu sich. Jetzt suchen nun ihr Vetter von Kersenbruch und ihre Fräulein Tochter ihre frommen Wünsche zu erfüllen. Der Herr verleihe dazu seinen Segen! Helmsdorf heißt der Ort, wo Herr von Kersenbruch wohnt.

Dem lieben Leo ist doch zum Teil unrecht geschehen; auch da säet der Feind sein Unkraut; man hat noch keine Spur entdeckt, daß er Gelder unterschlagen hätte, die dem Bibelzwecke gewidmet waren. Die bergischen Freunde haben sich durch den braven Konsistorialpräsidenten Jakobi in Paris genau erkundigen lassen und befriedigende Nachrichten erhalten. Mich besuchte auch hier ein angesehener preußischer Geschäftsmann, der sich einige Monate in Paris aufgehalten, und mit Leo viel Umgang gehabt hatte. Dieser erzählte mir, er wirke in Paris mit erstaunlichem Segen, und alles, was man zu seinem Nachteil sage, sei Neid und Verleumdung. Vielleicht hat es dem lieben Leo hier und da an der gehörigen Schlangenklugheit und Taubeneinfalt gefehlt.

Wenn ich glaube, daß mit dem Jahr 1816 die 6000 Jahre der Weltdauer zu Ende liefen, und der große Sabbat anfange, so will ich damit nicht behaupten, daß dann auch die Zukunft des Herrn eintrete, denn der Sabbat fängt den Freitag abend mit Sonnenuntergang an, der Herr aber kommt erst gegen Mitternacht. Es wird mir immer wahrscheinlicher, daß der Bengelsche Termin von 1836 der richtige ist. Indessen bindet sich der Herr so genau nicht an unsere Rechnungen, genug, der Herr ist nahe!

Die Aussöhnung des Kaisers mit dem Papst schadet uns Protestanten nicht, solange das Toleranzsystem herrschend bleibt.

Der liebe Röhrig war hier; wenn er zurückkommt, wird er mich länger besuchen. Meine Tochter Karoline, und meine Tochter Amalie sind beide außerordentlich von der Gnade ergriffen, und machen uns wahre Freude. Wir vier erwidern alle Eure zärtlichen Wünsche und Grüße aus dem innersten Grund des Herzens. Wir, Du, Deine teure Gattin, und was Dir lieb ist, sind durch den Herrn in ein Bündlein gebunden. Er sei uns innigst nahe. Dein ewiger Bruder

Jung Stilling.

Karlsruhe, den 21. April 1814.

Ich kann Deine gehaltreichen Briefe, mein innigstgeliebter Bruder, nicht so beantworten wie sie es verdienen; meine Korrespondenz ist sehr groß, und die Schriftstellerei drängt mich auch, weil ich denn doch die drei Zeitschriften, den grauen Mann, die biblischen Erzählungen und das jährliche Taschenbuch notwendig fortsetzen muß, solange mir der Herr die nötigen Kräfte dazu reicht. Wir sind hier in Karlsruhe mit allen Einquartierungen verschont geblieben, obgleich 200 000 Mann durch unser Land nach Frankreich gezogen sind, auch ist dadurch nichts verteuert worden, an allem ist noch immer Überfluß. Der Herr verspart die furchtbaren Rheinländer auf noch spätere, aber schwerere Gerichte. Ich kenne kein frivoleres, gegen alle Religion leichtsinnigeres Volk als die Badenser und die Pfälzer . . .

Deine Ansicht der Rolle, die Bonaparte auf dem großen Welttheater gespielt hat, ist ganz genau auch die meinige, nur mit dem Unterschied, daß ich dabei den Charakter des Menschen der Sünden immer im Auge behielt und sein Tun und Lassen, immer an diesem Probierstein anstrich, wo ich dann manches fand, das nicht zum Tier aus dem Abgrund paßte. Ich will nur einen Hauptgrund bemerken: Der Widerchrist muß durchaus gegen Christum und gegen den Glauben an ihn wirken, er muß Christo die Herrschaft über die Menschheit entreißen wollen, daran aber hat Napoleon nie gedacht, er war nur insofern Widerchrist, daß sein Reich von dieser Welt sein sollte, um das in jener Welt bekümmerte er sich nicht. Aus Politik hat er dem Christentum mehr genützt als geschadet. Auch habe ich wohl mehrmals das Paradoxon gesagt: Bonaparte hat mehr Seelen zu Christo bekehrt, als mancher Apostel oder apostolische Mann: denn die Bekehrung, die das Gericht über ihn, in Rußland und in Preußen bewirkt hat, ist erstaunlich und unerhört. Ich wurde am Anfang verwichenen Märzes nach Bruchsal zur Tafel geladen, wo ich dabei die Gnade hatte, die liebenswürdige Kaiserin und verschiedene Personen von ihrem Hof zu sprechen, dieses ist wohl der einzige Hof in der Welt, an welchem die Religion Hofton geworden ist. Drei Personen waren mir besonders merkwürdig: 1. die Prinzessin Sturza, Niece der Hospodars*) von der Moldau und Wallachei, Marnsi und Ypsilanti, die die erste Hofdame und Liebling der Kaiserin ist, sie will aber durchaus nur Fräulein genannt werden. Diese vortreffliche Griechin ist eine im innern Leben mit

*) „Hospodar" wurde früher der Fürst der Walachei und Moldau von den Fremden genannt, im Lande selbst heißt er „Dommi" (von dominus Herr).

Christo in Gott weit geförderte Seele, und es tut mir wohl, daß sie sich auf ewig mit mir vereinigt und verbündet hat.

Sie hat vielen Einfluß auf die Kaiserin und kann also sehr viel Gutes wirken.

2. Der Admiral Schischkof, jetzt Minister des Innern, ein alter Mann und wahrer Christ, ist auch jetzt bei der Kaiserin, er entwirft gewöhnlich die Publikationen, die der Kaiser an seine Völker, von der Armee aus ergehen läßt, insofern sie auf Religion Bezug haben. Er ist sehr demütig und bescheiden und spricht wenig, aber desto gründlicher und bestimmter; und 3. hat die Kaiserin auch einen Hofkavalier, einen Fürsten Gallizin, bei sich, der auch ein wahrer Christ ist, mit dem ich aber nicht sprechen konnte, weil ich nicht fertig genug französisch rede, um einen Diskurs von der Art durchführen zu können. Die vorigen beiden und mehrere Russen sprechen gut deutsch. Diese sagten mir auch, daß der Kultusminister, Fürst Gallizin, ein rechtschaffener und gründlich erweckter Mann sei, welch ein Glück! was kann ein solcher Mann wirken. Ich habe schon seit mehreren Jahren Freunde in Rußland gehabt, mit ihnen korrespondiert und von ihnen erfahren, daß es in der griechischen Kirche zu tagen beginne und sich die Erweckungen weit und breit erstrecken, aber die Gerichtsposaune, die im Herst 1812 über Napoleon und sein Heer hindonnerte, wo der Engel des Herrn auch mehrere Hunderttausende zu Boden schlug und mit ihren Leichen den Weg von Moskau bis Wilna bedeckte, hat unbeschreiblich zum Segen gewirkt: Bei allen Russen ist das nur eine Stimme: wir haben die Franzosen nicht geschlagen, das hat Jesus Christus getan. Wenn man ihnen hier Frieden zu wünschte, so sagten sie: Jesus Christus gibt den Frieden. Daher hat auch Alexander die silberne Medaille schlagen lassen, welche die Russen am Hals tragen, wo auf der einen Seite das Auge der Vorsehung und auf der andern die Worte stehen: „Nicht uns, nicht uns Herr, sondern deinem Namen die Ehre". Du wirst die Medaille schon gesehen haben; der Kaiser selbst und alle seine Großen, haben sie am Halse hängen. Aber die Veränderung des preußischen Charakters ist mir noch erstaunlicher und in meinen Augen ein Wunder Gottes. War denn

nicht Berlin der Sitz des Unglaubens und der Religionsspötterei? hat sich nicht von da aus der Abfall von Christo über das ganze nördliche Deutschland verbreitet? Was war die preußische Armee im siebenjährigen Krieg unter Friedrich dem II., und was ist sie jetzt unter Friedrich Wilhelm dem III.? Jener hat mit allem seinem Genie und seiner Tapferkeit weiter nichts getan und ausgerichtet, als daß er seine Monarchie in dem Zustand erhielt, in dem sie vor dem Krieg war, dieser aber rettete mit seiner Landwehr seinen Staat vom Rand der gänzlichen Auflösung und richtete durch seine Rechtschaffenheit und festen Mut, ohne ein großes Genie, nur ein verständiger, sachkundiger Mann zu sein, den großen Koloß und Weltverderber zugrunde: denn die Wahrheit zu sagen, muß man doch aufrichtig gestehen, daß die Preußen in allen diesen blutigen Kämpfen das meiste geleistet haben. — Du wünschest, mein teuerster Bruder! daß sich die drei verbündeten Monarchen einig bleiben möchten, ich glaube es, sie sind alle frei, fromm und gutmütig und haben sich persönlich kennen gelernt, zusammen gebetet und zusammen Gott gedankt. Franz hat gewiß der guten Sache persönliche Opfer gebracht. Seine Tochter hat er nicht angesehen, sondern ihr irdisches Glück, — wenn es ein Glück war — dem allgemeinen Besten aufgeopfert. Wilberforces Werk habe ich auch, er ist ein herrlicher Mann, so zeigt er sich auch allenthalben, wo er wirkt und erscheint. Du gedenkst auch meiner Durchhilfe, ja wahrlich, die ist merkwürdiger und sonderbarer als je in meinem Leben, an mir wird wörtlich erfüllt: ehe sie rufen will ich hören. Im ersten Quartal dieses Jahres wurden die Besoldungen nicht ausbezahlt, dieses wußte ja kein Mensch außer Landes; und aus der Ferne, ohne daß ich erfahren kann, von wem, kam mehr als ich brauchte, und nun ganz unerwartet durch eine besondere Fügung das Quartal noch dazu. Halleluja!

Daß Du in Deinem Alter Dich noch mit Unterrichten quälen und durchbringen mußt, tut mir schmerzlich weh, allein wir müssen der Führung des Herrn folgen: — ich habe 50 Jahre Jugend unterrichten müssen und bin vom geringsten Dorfschulmeisterlein bis zum Professor auf einer ansehnlichen Universität hinaufgestiegen, und ich versichere Dir heilig, daß mir unter allen Geschäften in der Welt, keines verdrießlicher und meinem Charakter mehr zuwider war, als Schulunterricht, aber ich mußte gehorchen.

Dein Gedicht ist voller Salbung und erbaulich schön. Wär der Hexameter richtig, so ließ ich es drucken. Ich, meine Frau und Töchter grüßen, küssen und umarmen Dich in wahrer zärtlicher Liebe. Auch Deine teure und so werte Gattin desgleichen.

Ewig Dein

im Herrn verbundener Bruder

Jung Stilling.

Karlsruhe, den 1. März 1816.

Mein teuerster und innigst geliebter Bruder!

. . . Du wünschest von meinem und der Meinigen Befinden Nachricht zu haben, womit ich Dir von Herzen gerne dienen will. Ich bin seit dem Antritt meines 76. Jahres im verwichenen Herbst immer schwächlich, ein stumpfer Schmerz in der linken Seite unter den kurzen Rippen, der mit Magenkrampf verbunden ist, quält mich täglich mehr oder weniger, wobei ich dann oft mit Schnupfen behaftet bin. Dabei wirke ich täglich fort, soviel mir der Herr Gnade schenkt. Nach meinem Inneren fühl ich mich über allen Begriff unwert und sündhaftig. Mein zerknirschter Geist sehnt sich unaussprechlich nach Gnade, aber fühlbare Erquickungen habe ich nie, sondern meine Seele ruht in einem tiefen, aber leidenden Frieden. Und so hoffe ich dereinst nackt und bloß mich zu den Füßen unseres Herrn niederzuwerfen und um seines Verdienstes willen gnädig angenommen zu werden. Meine liebe seit 24 Jahren schwer leidende Frau erhält sich demungeachtet immer aufrecht, und wandert an meiner Seite den Stilling-Prüfungsweg redlich fort; ihr Wirken, Tun und Lassen wird dereinst seinen herrlichen Gnadenlohn nach sich ziehen.

Meine älteste Tochter, die mit dem Kirchenrat und Professor

der Theologie Dr. Schwarz*) in Heidelberg in der Ehe lebt, hat 10 hoffnungsvolle Kinder; der älteste Sohn**) ist Rektor an der Schule zu Weinheim und zweiter Prediger daselbst, kommt aber nächste Ostern hierher als Hofmeister des Sohnes des Herrn Ministers von Berkheim. Die älteste Tochter hat den Professor Vömel***) in Wertheim und wird mich künftigen Herbst mit einem Urenkel†) beschenken. Alle diese Leute sind wenigstens religiös gesinnt, der Fortschritt in der Heiligung muß erbeten und erwartet werden. Mein ältester Sohn††) ist wirklicher Hofgerichtsrat am Hofgericht zu Rastatt, er hat meiner Frau, also seiner Stiefmutter jüngste Schwester geheiratet und mit dieser 6 ebenfalls hoffnungsvolle Kinder. Mein Sohn ist ein grundrechtschaffener, sehr tätiger und geschickter Rechtsgelehrter, auch allgemein dafür anerkannt. Ich habe also 16 lebendige und sehr liebe Enkel oder Kindeskinder. Es ist merkwürdig, daß der Herr diese zwei Familien auch in meine Nähe geführt hat, wir können doch alle in einem Tag zusammen kommen, wenn's erfordert wird. Nun habe ich noch eine Tochter von Selma, meiner zweiten Frau, die heißt Karoline,†††) sie ist 28 Jahre alt, sehr wohl gebildet von Körper, von hoher Geistesbildung, durchdringendem Verstand und weit gefördert im Christentum; sie war bisher unser Hausengel, ihre Tätigkeit, ihr aufgeweckter lieblicher Umgang und ihre treue Pflege versüßten uns alles. Aber nun tritt sie im nächsten Frühjahr ein wichtiges Amt an; sie wird Vorsteherin von dem hiesigen Graimbergischen Töchterinstitut,*†) weil die Frau von Graimberg mit meiner dritten

---

*) Siehe seinen Brief über Jung-Stilling Seite 121.

**) vgl. die Notiz über ihn Seite 161, Anmerkung.

***) Der langjährige Rektor des Frankfurter Gymnasiums Dr. theol. et phil. Johann Theodor Vömel gestorben 1868.

†) Jung-Stillings Pathenkind Heinrich Vömel, gestorben als pens. Beamter in Frankfurt a. M. 1888.

††) Jacob geb. 1774 zu Elberfeld.

†††) Siehe das Buch: „Aus den Papieren einer Tochter Jung-Stillings“, Barmen, W. Langewiesches Verlagshandlung 1860, worin auch etliche Auszüge aus Briefen Jung-Stillings mitgeteilt sind.

*†) Von der Großherzogin Stephanie ins Leben gerufen.

Tochter Amalie*) die Erziehung der beiden Großherzoglichen Prinzessinnen übernimmt. Unserer lieben Frau Gräfin Bernhardine habe ich die ganze Geschichte dieses merkwürdigen Instituts geschrieben, sie wird sie Dir mitteilen.

Mit meiner jetzigen Frau habe ich drei Kinder. Einen Sohn von 21 Jahren,**) dieser sollte studieren; aber sein Leichtsinn und flüchtiges Wesen bei einer übertriebenen Gutmütigkeit, machten es bald ratsam, ihn von der Universität zu entfernen, und da er ohnehin keine Lust zum studieren hatte, so brachte ich ihn in ein ökonomisches Institut in der Pfalz, wo er sich der Landesökonomie gewidmet und sich sehr zu seinem Vorteil gebessert hat, so daß er nun ein recht braver junger Mensch ist. Nun folgt meine dritte Tochter Amalie von 19 Jahren, die gänzlich im Graimbergischen Institut gebildet worden ist; sie ist schon seit 2 Jahren Gehilfin der Frau von Graimberg und Lehrerin der Religion, der Geographie, der Rechenkunst usw. bei der jüngsten Klasse des Pensionats; da sie aber nebst der Frau von Graimberg zur Erziehung der Prinzessinnen von der Großherzogin ins Schloß berufen worden, so ist nun an ihre Stelle eine Sousgouvernante nötig; wenn Du eine weißt, mein lieber Bruder! die eine wahre Christin ist, vollkommen gut französisch spricht und schreibt und in weiblichen Arbeiten geschickt ist, auch sonst eine feine Bildung und Aufführung hat, so würdest Du uns alle, besonders aber meine Tochter Karoline, die künftige Vorsteherin des Instituts, sehr verbinden, wenn Du sie uns verschaffen könntest. Endlich habe ich nun noch eine Tochter von 17 Jahren; diese ist mein jüngstes Kind, auch im Graimbergischen Institut erzogen, sie betritt den Weg ihrer Schwester und wird nun die Stütze unseres Alters sein, sie heißt Christine***).

Verzeihe mir, daß ich Dich so lange mit mir und meiner

---

*) Später Nachfolgerin ihrer Schwester Caroline und der Frau von Schenkendorf in der Leitung jenes Instituts. Sie starb 1860 nach einer reichgesegneten Wirksamkeit viel geliebt und geehrt.

**) Friedrich, s. die Notiz über ihn Seite 161, 1. Anmerkung.

***) Später verehelicht mit Kanzleirat Heddäus in Mannheim.

Familie unterhalten habe, allein es war mir nun einmal so, als müßte ich Deinem brüderlich liebenden Herzen das alles mitteilen. Das Graimbergische Institut ist eine sehr merkwürdige Erscheinung in unserer wichtigen Zeit; aus dieser Anstalt gehen fast lauter Missionarinnen aus, die in allen Ständen Licht und wahres Christentum verbreiten. Da sind Prinzessinnen, Gräfinnen, adlige Fräulein, Töchter der Gelehrten, Kaufleute und Honoratioren, die in einem Geist der Liebe den Herrn Jesum verehren, über alles lieben lernen und sich untereinander wie Schwestern mit einer nie erwarteten Eintracht behandeln. Man spürt in diesem Zirkel das Wehen der Nähe des Herrn; und wo er sie hinsendet, da werden sie leuchten und wärmen.

Die kürzere oder längere Ruhe, die wir jetzt genießen, muß zum Lampenschmücken angewendet werden; das erste, was wir dann zu erwarten haben, wird wohl die Erscheinung des Menschen der Sünde sein; und die große Versuchungsstunde, die er veranlassen wird, wird dann die Scheidung zwischen den Reichsgenossen des Herrn und der ganzen verdorbenen Masse der Christenheit vollenden. Jene wird der Herr an einen Bergungsort führen, und diese durch die schrecklichen Zornschalen richten, bis er selbst kommt und das Tier und seinen Anhang zum Feuerofen befördert.

Ich und meine Frau und Töchter grüßen Dich, Deine liebe Gattin und alle, die Dir lieb sind.

Von ganzem Herzen

Dein ewiger Bruder

Jung Stilling.

Jung an H. C. zu G.*)

Marburg, den 23. Juli 1801.

Du wünschest von meiner merkwürdigen Schweizerreise einige nähere Nachricht zu haben. Ich erteile sie Dir von Herzen gerne,

*) Dieser Brief befindet sich bei der Berger-Briefsammlung. Der Adressat ist also wohl ein Freund im Rheinland.

soviel mir dazu Zeit vergönnt ist. Ich hatte einen schweren Winter gehabt unter der Last meiner Berufsgeschäfte. Augenkuren, Korrespondenz und häusliche Leiden, indem ich auch einmal drei Kranke im Hause hatte; und ich hätte erliegen müssen, wenn mich der Herr nicht mit seiner Kraft unterstützt hätte. Nun hatten wir, ich und meine Frau, uns vorgenommen, die Osterfeier bei meinem Schwager, einem frommen Prediger in Nieder-Hessen zuzubringen, damit ich einmal ausruhen, und mich wieder erholen möchte. Dazu war alles vorbereitet, allein der Herr führte es anders. Drei Wochen vor Ostern erhielt ich auf einmal und ganz unerwartet einen Brief von einem frommen Prediger in Winterthur in der Schweiz, daß eine alte fromme blinde Dame daselbst nächst Gott ihr Gesicht durch mich wieder zu erhalten wünsche. Sie würde mir die Reise hin und her, nebst meiner Versäumnis gern vergüten. Diesen Ruf sah ich für göttlich an. Ich bat also meinen Fürsten (den Landgraf von Hessen-Kassel) um Erlaubnis, auf 6 Wochen in die Schweiz reisen zu dürfen, um Blinden zu helfen. Diese Erlaubnis bekam ich, und nun richtete ich mich gleich zur Abreise, und schrieb nach Winterthur, ich würde in Gottes Namen kommen. Des Freitags vor Palmsonntag fuhr ich also mit meiner Frau von hier weg bis Frankfurt. Dort ruhten wir bei unseren Freunden den Sonnabend aus und fuhren am Palmsonntage nach Heidelberg. Den Montag ruhten wir auch da wieder aus, und fuhren am Dienstag bis Heilbronn. Des Mittwochs mittags waren wir in Ludwigsburg, wohin uns Stuttgarter Verehrer unseres Herrn entgegen kamen. Der Herr Minister und Geheimrat, Freiherr von Seckendorff — ein sehr begnadigter und im Christentum weit geförderter Mann, welcher die Stütze der großen Menge erweckter Seelen in Württemberg ist, kam uns mit vielen Freunden entgegen, und wir speisten im Ludwigsburger Waisenhaus (wo über 300 arme Kinder ernährt und erzogen werden) zu Mittag. Der Waisenschulmeister Hartmann, ein Greis von 78 Jahren, ein wahrhaft apostolischer Mann, bewirtete uns. Des Nachmittags fuhren wir allzusammen nach Stuttgart, wo sich nun viele Freunde, arme und reiche, vornehme und geringe im Seckendorffischen Hause versammelten, allwo wir auch logierten.

Des folgenden Tages, als am grünen Donnerstage, reisten wir unter vielen Segenswünschen unserer Freunde nachmittags ab und kamen am Abend in Tübingen an. Den andern Tag fuhren wir frühzeitig weg und langten den Abend in Tuttlingen an. Des folgenden Tages, als am Samstage vor Ostern, kamen wir zu Schaffhausen, 94 Stunden von unserer Heimat entfernt, an. Hier logierten wir bei gottseligen Freunden und hielten Ostern daselbst. Am Ostermontag operierte ich drei Personen aus Schaffhausen sehr glücklich. Einer davon war ein blindgeborener Jüngling von 14 Jahren.*) Das Zimmer war voll Leute, als ich ihn operierte, die Mutter, bei der meine Frau war, lag in einem besonderen Zimmer auf den Knieen und betete für ihren Sohn. Nachdem ich ein Auge operiert hatte, und nun der erste Lichtstrahl in sein Auge fiel, fuhr er auf und rief: „Ich sehe die Majestät Gottes." Alles weinte, alle fielen sich um den Hals, und ich stand gebeugt vor dem Herrn und flehte ihn um fernern Segen. Den Osterdienstag fuhren wir nach Winterthur, wo wir im Hause der blinden Dame logierten. Sie ist eine sehr reiche Kaufmannswitwe, und ihr verheirateter Sohn, welcher auch bei ihr im Hause wohnte, treibt die Handlung. Die Firma ist: Hans Jakob Frei sel. Witwe und Söhne. Solch eine ruhige, edle und vortreffliche Familie weiß ich mich nicht zu erinnern, je gesehen zu haben. Auch diese würdige Frau operierte ich glücklich, sie erhielt ihr Gesicht wieder. — Aber nun, liebster Bruder! groß ist der Herr, und ich bin nichts! — Du weißt, wie es mir in Elberfeld erging. Als ich dort auszog, hatte ich fünfhalbtausend fl. Schulden. Es wurde zwar von Zeit zu Zeit davon abgetragen; aber die Menge derer, die der Herr mir zu versorgen aufgetragen hatte, nebst den schweren Zeiten, hatte mir es dennoch bisher unmöglich gemacht, alles abzutragen. Es war noch immer etwas über 1600 fl. zu bezahlen, und ich sah kein Mittel, aus dieser Last zu kommen. Zwar hatte mein Schwiegersohn und meiner Frau Geschwister mir das Geld vorgeschossen, damit ich in Elberfeld los würde, allein ich war es denn

*) Joh. Caspar Alterffer, siehe die Briefe Jungs an denselben Seite 107 ff.

doch noch immer schuldig. Drei Tage nach der Operation der Frau Frei ist ihre Familie in der Stube beisammen, und ich und meine Frau waren ausgegangen; da beschließen nun die guten Leute — die doch nicht das geringste von meiner Schuld wußten, mich so zu setzen, daß ich sorgenfrei leben könnte. Als ich nun des Abends mit meiner Frau schlafen ging, fanden wir gerade 1660 Gulden, teils baar, teils in Wechsel auf dem Bette. — Bruder, wie ward es uns! — Wir beide sanken am Bette nieder und mit Tränen des Dankes bekannten wir dem Herrn unsere Erkenntlichkeit. Die Familie Frei hatte uns frei gemacht. — Ach Gott, wie gut ist's Gott vertrauen. Dreißig Jahre hatte ich ihm fest vertrauet, er werde am Ende alles wohl machen: nun es ist geschehen! Ich bin niemand einen Heller mehr schuldig. Mein ganzes Leben sei ihm aufs neue gewidmet! — Meine Frau sagte mit Tränen zu mir, als sie das Geld auf dem Bette fand: Seinen Freunden gibt er's schlafend.*) In Winterthur operierte ich 33 Blinde; dann reisten wir nach Zürich, wo ich bei Lavaters Schwiegersohn, dem Professor und Prediger Geßner, logierte. Hier lebte ich wie in dem Vorhof des Himmels. Vierzig Personen von den Züricher Frommen wünschten sich mit mir und meiner Frau durchs heilige Abendmahl vor dem Herrn zu verbinden. Geßner erfüllte dieses Verlangen, und so genossen wir an einem Montag Abend des Herrn Nachtmahl zusammen. Der fromme Geßner teilte es gerade aus und auf die nämliche Art, wie es Christus seinen Aposteln ausgeteilt hatte. Der Herr war spürbar in unserer Mitte. — In Zürich operierte ich 19 Blinde.

Von Zürich reiste ich nach Zeglingen im Kanton Bern, wo ich einen Herrn und eine Magd operierte. Von Zeglingen fuhren wir über Aarburg und Olten über die Baseler Alpen nach Basel. Hier lebte ich nun mit der Baseler Gesellschaft, die mir außerordentlich wohlgefiel. Wahres und lauteres Christentum herrscht unter diesen Leuten, und sie stiften durch ganz Deutschland sehr viel Gutes. Auch war ich in der Herrnhuter Gemeine zu Basel und fand das

*) vgl. Psalm 127, 2.

nämliche, die Herrnhuter in der Gesellschaft harmonieren vortrefflich miteinander, so wie es Christen geziemt. Denkt einer etwas anders als der andere, so hat dieses auf die Liebe keinen Einfluß. Keiner urteilt über den andern, weil er an sich selbst genug zu urteilen findet. Von Basel reisten wir nun, wie allenthalben, unter tausend Tränen und Segenswünschen ab und fuhren über Freiburg im Breisgau und Rastatt nach Karlsruhe, wo ich ein paar gesegnete Stunden mit dem Herrn Markgrafen von Baden zubrachte. Es ist ein gottseliger und sehr begnadigter Fürst. — Nun ging's wieder über Heidelberg nach Frankfurt und von da nach Schlangenbad, wo ich noch 4 Personen operierte, und dann nach Hause reiste. Ach! lieber Bruder! was hat der Herr an mir getan! Mein ganzes Leben sei ihm aufs neue gewidmet, und meine alten Kräfte sollen durch seine Gnade für ihn verzehrt werden. Vielleicht sieht die Familie Frei in W. nicht gern, wenn ihr die mir erzeigte Wohltat ausgebreitet würde, dazu sind die Leute zu bescheiden. Darum sei etwas behutsam, lieber Bruder. Verzeihe das eilige Schreiben. Ich hatte zu wenig Zeit. Der Herr sei Dir nahe und Deinem ewigen Bruder

Jung.

An Herrn Professor Müller*) in Schaffhausen.

Marburg, den 24. Mai 1801.

Unaussprechlich lieber Bruder und Freund!

Verzeihen Sie mir Form und Gehalt meiner Briefe. Mangel an Zeit, Menge und die Vermeidung dicker Pakete, machen mir diese Methode zur Pflicht.

Meine körperlichen Leiden, der Überlauf Hilfsbedürftiger und das drückende Gefühl, so wenigen und so unvollkommen helfen zu können, beengten mich dergestalt, daß ich mich Ihnen nicht in meiner wahren Gestalt zeigen konnte. — Ich konnte Ihnen das nicht sein, was ich Ihnen gerne hätte sein mögen, Bruder — im wahren Sinne des Worts!!!

Ich durchschaute gleich im ersten Anblick Ihr ganzes Wesen und empfand, daß Sie ein Mann nach meinem Herzen, ganz zur ewigen Vereinigung mit mir geeignet seien. Sagen konnt ich's Ihnen damals nicht, aber hier haben Sie's nun schriftlich. Wenn wir hier in der Fremde auf unserm Handwerk ausgewandert haben, so wollen wir hernach uns als Meister im neuen Jerusalem setzen und zusammen arbeiten. Möge uns nur dann auch das Meisterstück gelingen! Unsere Zukunftsregeln stehen Matth. 25 V. 31—46.

Alles was Sie schreiben ist *καλον κ'αγαθον***), ich lese Ihre Sachen um mein Leben gern. Möchte ich nur immer gleich erfahren, was von Ihnen herauskommt.

---

*) Es ist Prof. Johann Georg Müller, der Bruder des Geschichtsschreibers, ein geistig hervorragender Mann. Das Original dieses Briefes ist in der Ministerialbibliothek zu Schaffhausen.

**) Schön und gut.

Jetzt schreibe ich morgens am 2. Bändchen der „Szenen aus dem Geisterreich", und abends am ersten Nachtrag zur „Siegesgeschichte".

Der Herr segne unsere Arbeiten! — Sie sollen alle nur ihn und sein Reich zum Ziel und Zweck haben.

Sammelt die übriggebliebenen Brocken, laßt nichts verderben! — Dies sei unser Geschäft im Reiche der Wahrheit, wenn wir nichts besseres tun, nicht selber backen können.

Der Herr stärke und erfreue Sie mit seiner seligen Nähe und

Ihren ewigen Bruder

Jung.

An die Schwestern Kirchhofer*) in Schaffhausen.

M., den 25. September 1800.

Meine teuersten und innigstgeliebtesten Freundinnen und vier Schwestern!

Sie werden es mir zugut halten, daß ich Ihnen allen zusammen nur einen Brief schreibe. Für diesmal halte ich's für's beste: Denn meine Zeit ist kurz und der Arbeit sehr viel. Der verwichene Sommer war für mich geschäftvoller, als noch einer in meinem Leben; ich mußte drei wichtige Reisen machen, und in

*) Die „Schwestern Kirchhofer" sind jedenfalls Töchter des Konrektor Melchior Kirchhofer, der 1836 seinen 100jährigen Geburtstag feierte und 1837 starb. Die 5 Kinder dieses Melchior Kirchhofer sind: 1. Anna Dorothea, geb. 1767, gest. 1822; 2. Anna Barbara, verheiratete Vogel, geb. 1768; 3. Anna Elisabetha, verheiratete Beyel, geb. 1770; 4. Christiana, geb. 1773, gest. 1817; 5. Dr. Melchior Kirchhofer, Pfarrer in Stein am Rhein, geb. 1775, gest. 1853, der als Kirchenhistoriker bekannt geworden ist. Die Schwestern Kirchhofer waren fromme Töchter, die zu dem Jung-Stillingschen Kreise gehörten und später auch von der Bewegung beeinflußt wurden, die von Frau von Krüdener ausging, als sich dieselbe im Sommer 1817 in dem benachbarten badischen Dorfe Toitstetten eine Zeitlang aufhielt.

der Zwischenzeit hatte ich die erste Zeit des Sommers täglich vier und danach fünf akademische Lehrstunden; da ich nun diese Herbstferien zu Haus bleibe, so werde nun alle meine Geschäfte beseitigen, und dann will ich wieder jeder von Ihnen, meine Herzenskinder! so oft antworten, als Sie's verlangen; schonen Sie meiner ja nicht, schreiben Sie mir so oft es Ihnen Ihr Herz sagt, ich antworte dann so bald ich nur immer kann.

Es geht uns allen in diesen Zeiten wie ehemals den Jüngern, die nach Emmaus reisten: Sie hatten die große Hoffnung in ihrem Busen genährt, daß der Messias nun sein Reich aufrichten und sie alle glücklich machen würde; statt dessen aber war er vor ihren Augen aufs schmählichste und schrecklichste hingerichtet und begraben worden — das war ihnen zu arg — das konnten sie nicht begreifen, und ihr Glauben fing in ihrer größten Betrübnis an zu wanken. Zwar schwebten ihnen dunkle Ideen von seiner Auferstehung vor der Seele; sie erinnerten sich, daß er sich so dunkel habe verlauten lassen, er werde am dritten Tage auferstehen; sie hatten auch ein Gerücht von der Art gehört, allein das war ihnen nicht genug zur Gewißheit, und es war schon Abend des dritten Tages; sie klagten gegeneinander — und siehe da! — der Herr war auf einmal mitten unter ihnen, ohne daß sie ihn kannten; er belehrte sie selbst und schloß ihnen sein Geheimnis im Brotbrechen vollends auf.

Meine Lieben! Was dort im Kleinen vorging, das geschiehet auf ähnliche Weise im Großen: Wir alle, die wir mit treuem Glauben an ihm hangen, wir hören und sehen nichts von ihm. — Er ist wie ein Reisender, den man sehnlich erwartet, und lange keine Briefe von ihm erhalten hat. Während seiner Abwesenheit hausen seine Verwalter übel mit seinen Gütern, und wir seine Kinder, müssen Schmach leiden, und von Ferne zusehen — viele fangen an zu wanken und irre zu werden. — Wo bleibt dann die Hoffnung seiner Zukunft? — seufzen sie und trauern. — Jesus Christus wird an seinem geistlichen Leibe aufs neue gekreuziget, und wir harren abermals seiner Auferstehung. Viele von den Unsrigen leiden fürchterlich — fast scheint es, als würden sie gegen die Verheißung des Herrn — über Vermögen versucht —

aber das ist denn doch nicht der Fall, wer unerschütterlich fest glaubt, vertraut und betet, der empfängt immer das Maß von Kraft, das er bedarf. Unser teurer Lavater ist uns ein erhabenes Beispiel; er leidet unaussprechlich, aber er duldet auch unaussprechlich; seine Leiden bringen unverwelkliche und selige Früchte. Wohl ihm! daß ihn der Herr der Gemeinschaft seiner Leiden würdigt. Kinder! macht Euch nur von allem Irdischen los, setzt keine Hoffnung auf irgend etwas hinnieden, Euer Wandel sei im Himmel! Tut Eure häuslichen Geschäfte so wie sie Euch vorkommen, froh und treu, aber seid immer am innern Menschen reisefertig, macht ja keine Pläne auf die Zukunft für dieses Leben, sondern setzt Eure ganze Hoffnung auf das Künftige. Es ist mir allemal zuwider, wenn ich höre, daß einer Güter kauft oder ein neues Haus baut. — NB. Wenn ers zu seiner täglichen Notdurft nicht bedarf. Dann denke ich: Deine Kindeskinder werden es schwerlich besitzen. Es geht gerade wie vor der Sündflut, man heiratet, man macht ewig dauernde Pläne zu zeitlichem Glück, man baut Schauspielhäuser, legt stehende Schaubühnen an, man baut Kirchen, als ob wir noch tausend Jahre hineingehen wollten, und gibt auf den Noah nicht acht, wie er an der Arche baut! Der arme Schwärmer! — er hat geträumt, die Welt würde untergehen, da baut er sich dann ein Schiff, um darin auf dem Wasser zu schwimmen. — O, wie dumm, wie einfältig! Kann denn der Narr auf dem Wasser säen und pflanzen! Ebenso geht's nun auch mir: Ich schreibe meine Siegesgeschichte, kündige mit Wahrscheinlichkeit nach Anleitung des Geistes der Weissagung die baldige Ankunft des Herrn zur Gründung seines Reiches an, die mehresten nehmen keine Notiz davon. — Stilling und die Offenbarung Johannis passen gut zusammen, man moquiert sich, und lästert. Andere lesen das Buch, finden aber, daß ich den Geist der Auslegung nicht habe: Denn es sei ja bloß eine poetische Darstellung der Zerstörung Jerusalems. Wieder andere stoßen sich hie und andere da. Ich bin zwar nicht der Noah unserer Zeit, aber ich helfe doch an der Arche bauen, und ich freue mich der Siegesgeschichte hoch. Wenn ich sie noch nicht geschrieben hätte, so eilte ich, um sie zu schreiben — ich fühle innig, daß der Herr dieses Werkes halben zufrieden mit mir ist, und wenn nun einmal meine Nachträge dazu gedruckt sind, so werden es seine Kinder auch immer mehr sein. Über Ihre gegenwärtige äußere Lage schreibe ich kein Wort — denen, die Gott lieben, müssen alle Dinge zum Besten dienen. — Die Leiden, die uns noch bevorstehen, die haben Sie nun schon zum Teil überstanden. Herr Gott, stehe jedem bei, so wie er es bedarf!

Meine Lieben! Könnten wir uns doch nur immer in seiner seligen Nähe erhalten, so würde uns in der Glut des Leidens wohl sein, sowie den drei Jünglingen im Feuerofen. Beständig im Andenken Gottes jeden aufkeimenden Gedanken prüfen, ob er auch das Licht vertragen könne, und im Sehnen nach Licht und Kraft unaufhörlich beharren, das ist's, was uns obliegt. Der selige Heimgang der Freundin in Winterthur ist mir nahe gegangen, der Herr stärke die Hinterlassenen! Was macht das? — Doch ich schreibe ja an Sulzer. Den Brief an ihn besorgt Ihr ja wohl, sowie auch den an Euren guten Bruder. Ich und meine Frau, Schwestern und Kinder grüßen herzlich Ihre lieben Eltern und Sie alle vier von Grund der Seelen. Unser Herr Jesus Christus sei Ihnen alles in allem, sein Geist lebe und herrsche in Ihnen unumschränkt. Bleibt in der Liebe — so bleibt Ihr in Gott, denn Gott ist die Liebe. Mit dieser Liebe liebet auch mich, sowie ich Euch liebe. In den Friedensgefilden des Reiches Gottes werden wir uns dereinst überstandener Leiden freuen.

Bis dahin Ihr treuer Bruder

Jung.

Auszug eines Briefes von Jung nach Basel.

Der Herr reinige und läutere die große und wichtige Anstalt der Brüdergemeine immer mehr zu seinem Preise! — Aber auch das nämliche ist mir in Ansehung der deutschen Gesellschaft eine angelegene Sache.

Diese christliche Vereinigung so vieler Kinder Gottes in ein gesellschaftliches Band, hat so viele gute Anlagen und Keime zu einer künftigen großen Ernte, daß ich nicht genug zum Herrn flehen kann, ob es ihm gefallen möchte, diese Verbindung zu einem fruchtbaren Werkzeug oder vielmehr zu einer Pflanzschule seines nahen Reiches zu machen. Ich glaube wenigstens mit großer Zuversicht, daß er noch große Zwecke mit dieser Gesellschaft hat. Besonders ist mir wichtig, daß er unsern lieben Steinkopf, der ein wichtiger Mann für dieselbe war, nach London ruft, wo er die Kommunikation zwischen der englischen Missionsanstalt, und überhaupt zwischen allen englischen Erweckten, und uns Deutschen bewirken kann und wird. Der Herr sagt: „Wo zwei oder drei in meinem Namen versammelt sind, da bin ich in ihrer Mitte". Was diese bitten in seinem Namen, das wird er erhören.

Was wird's aber nun sein, wenn sich immer mehrere in Einigkeit des Geistes aneinander anschließen, und Tausende zu ihm flehen, sollte das nicht immer mehr erhört werden? Daher ist mir das alljährige Losungsbüchlein der Brüdergemeine so äußerst wichtig: so viele tausend Christen betrachten täglich einerlei Wahrheiten, daher entstehen dann auch einerlei Seufzer und einerlei Bitten zum Herrn, die auch gewiß erhört werden.

Hierbei ist mir auch merkwürdig, daß auf diese Weise auch die Gebete, welche nicht ernstlich genug sind, dennoch erhört werden, weil andere, größere, weitgeförderte, und ernstlichere Beter um das nämliche bitten.

Es ist nicht zu sagen, welchen unendlichen Segen die allgemeine Vereinigung zu einem großen Zwecke, die Einigkeit des Geistes nach sich zieht. Diese Vereinigung zeugt allgemeine Liebe, die Liebe Demut, Geduld, Ausharrung, diese bringt Erfahrung, diese Reichtum an Erkenntnis, mithin Lehrhaftigkeit und Belehrbarkeit, und aus diesem allen entsteht dann die Hoffnung des ewigen Lebens, mit dem hohen Gottesfrieden, der immer mit ihr verbunden ist.

Der Geist unsers Herrn Jesu Christi, der Geist des Vaters und des Sohns sei ihr einziger Lehrer und Führer!

Aus dem Basler Protokoll vom Februar 1802.

An Pastor Hasenkamp*) in Dahle in der Grafschaft Mark.

Marburg, den 6. Juni 1801.

Mein teuerster Freund!

. . . .

In Ansehung des Verhältnisses zwischen Ihnen und mir bin ich nun ganz beruhigt; die Ursache, warum ich auf ein Bekenntnis Ihrer Gesinnungen gegen mich drang, liegt in meinem Charakter; ich kann nicht ruhig sein, wenn ich nicht weiß, ob christlich denkende Seelen mit mir und meinem Wirkungskreis zufrieden sind. — Daß Sie mit allen meinen Ideen übereinstimmend denken sollen, das kann und will ich nicht fordern: denn ich kann hin und wieder irren; aber daß Sie mich Schwachen dennoch tragen und in Liebe zurechtweisen müssen, das ist Ihre Pflicht. Ich bin mir bewußt, daß ich im wahren Glaubensgrund rechtsinnig bin, und dies macht mich zum Glied am Leibe Christi; ich kann also auch von allen Mitgliedern die Bruderliebe fordern.

Zu dem allen kam aber nun noch eine Ursache, die mich antrieb, eine Erklärung Ihrer Gesinnungen gegen mich zu begehren: Ihr seliger Bruder in Duisburg, nicht der ältere Gerhard, sondern der folgende, hat in einer gedruckten Schrift gegen mich geschrieben und geeifert, dies tat mir um seinetwillen — weh: denn wenn er mit meinen Äußerungen nicht zufrieden war,

---

*) Johann Heinrich Hasenkamp, geb. 1750, gest. 1814, war von 1776—79 Rektor in Emmerich, später Pastor zu Dahle. Seine christlichen Schriften sind in 2 Bänden nach seinem Tode herausgegeben worden.

Sein Bruder Johann Gerhard, geb. 1736 war Rektor am Gymnasium zu Duisburg; er stand in enger Verbindung mit den niederrheinischen Separatisten und mit Collenbusch. Er starb 1777.

Der andere Bruder Friedrich Arnold, geb. 1747, gest. 1795, der Gerhards Nachfolger im Rektorate war und seine Witwe heiratete, um ihre Kinder zu versorgen, ist wohl derjenige, den Jung-Stilling in diesem Briefe meint. Er war ein Freund Menkens, und schrieb zahlreiche Schriften, in denen er die Neologie und die Aufklärung bekämpfte.

so mußte er an mich schreiben und mir im Vertrauen sagen, wo ich fehlte. Wenn er mich dann überzeugte, so war ich der erste der öffentlich bekannte und den Fehler wieder gut machte; überzeugte er mich aber nicht, und war der Fehler auf seiner Seite, so wurde das Publikum nicht irre gemacht. Überhaupt halte ich's für sehr schädlich und der guten Sache sehr nachteilig, wenn *christliche* Schriftsteller gegeneinander öffentlich auftreten; denn das tut ihnen und der Wahrheit großen Schaden.

Sehen Sie, teuerster Freund! ich befürchtete, Sie möchten wohl ein abgewendetes Herz gegen mich haben; denn es war möglich, daß Sie in Ansehung meiner mit Ihrem Bruder gleiche Gesinnungen hegten. Dieser liebe Mann war übrigens, so weit ich ihn kannte, rechtschaffen vor Gott, er meinte es gut; aber sein hitziges Temperament mochte oft den Meister spielen. Er ist gerechtfertigt und mit Gott versöhnt durch *Christum*. — Er ist selig! — ich habe auch nie ein Wort auf seine Widerlegung meiner Ideen geantwortet, ich schwieg still.

Alles übrige Ihres Briefes ist vollkommene Wahrheit; ich will mich gewiß bestreben, dem Geist des Herrn in allem zu folgen, und seinem Sinn gemäß zu schreiben. *Er wolle mich erleuchten, leiten und führen!!!*

Bengels Abriß der Brüdergemeine kenne ich nicht — nur weiß ich, daß er mit dieser Gemeine und mit Zinzendorf nicht zufrieden war, und das war kein Wunder — damals lief viel Unlauteres und noch mehr Unvorsichtiges mit unter. Auch jetzt hat noch Verschiedenes einen unlauteren Anschein, aber wenn man auf den Grund forscht, so findet man gewiß, daß diese Gemeine ein Tempel — und wohl der einzige ist, in dem der Herr lebt, webt, Feuer und Herd hat.

Jesus Christus, der unser ein und alles ist, sei Ihnen, mein geliebter Bruder! innig und geistig nahe! In ihm Ihr

ewiger Bruder

H. Jung. *)

---

*) Der Eingang und einige Nachschriften dieses Briefes handeln von der bevorstehenden und dann von der glücklich erfolgten Operation eines blinden Mannes, der offenbar Jung-Stilling von Pastor Hasenkamp zugewiesen worden war.

An Herrn Joh. Abrah. Heider, Kaufmann in Ronsdorf bei Elberfeld.

Karlsruhe, den 30. Juni 1807.

Mein teuerster und geliebter Bruder!

Ich bin seit acht Wochen her in einer erstaunlichen Unruhe gewesen, weil ich mit meiner ganzen Haushaltung von Heidelberg hierher ziehen mußte. Das Mustern und Einpacken meiner Bücher und Papiere machte mir viel zu tun, so daß ich kaum die ankommenden Briefe alle lesen, geschweige beantworten konnte. — Die mir überschickten Zahlen sind durchaus unrichtig, denn das Wort, welches die Zahl 666**) hervorbringt, ist ein Name des Satans, und hat durchaus keine Gemeinschaft mit dem andern Namen, worauf gezielt wird, denn dieser heißt auf deutsch: ein Löwe aus dem Wald. Dergleichen Spekulationen sind in jetziger Zeit schädlich, denn sie machen, daß man die Dinge welche vergehen, nicht im rechten Licht ansieht. Jetzt ist unsere Pflicht, in heiliger Stille und Gelassenheit aufzumerken und zu beobachten, wie die Weissagungen in Erfüllung gehen; und dann die Lampen bereit zu halten, denn der Herr ist nahe. Das Monarchienbild, das Nebukadnezar sahe, wird jetzt zermalmt (Daniel 2); an dies werden sich hernach alle andern noch zukünftigen Schicksale, den Weissagungen zufolge, anschließen. Wir alle grüßen Sie und alle Lieben herzlich. Der Herr sei Ihnen nahe und Ihrem

treuesten Bruder

Jung gen. Stilling.

---

*) Jung-Stillings erste Gattin Christine war eine geborene Heider, die Tochter des Joh. Peter Heider, Kaufmann in Ronsdorf; es liegt also nahe, hier an einen Verwandten von dieser Seite her zu denken.

**) Vgl. Offenb. Johs. 13, 17, 18.

Jung an Heider.

Karlsruhe, den 3. Februar 1817.*)

Mein teuerster und innigstgeliebter Bruder!

Ihr Schreiben vom 26. Januar habe ich soeben erhalten. Ich bin seit Neujahr von den Toren der Ewigkeit wieder zurückgekehrt. Seit 1½ Jahren haben meine Kräfte so abgenommen, daß ich keine zehn Schritte gehen kann, ohne ohnmächtig hinzusinken. Vor Weihnachten aber war es mir ausgemacht, daß ich heimgehen würde; auf einmal aber hieß es: ich werde nicht sterben, sondern leben und des Herrn Lob verkündigen. Ich liege nun zehn Wochen im Bett und werde auch sobald nicht aufstehen können. Im Bette kann ich auch vormittags eine halbe und nachmittags eine halbe Stunde schreiben, aber auch keine Minute mehr. Sie begreifen also nun, bester Bruder! warum ich Ihnen nicht geantwortet habe, denn ich habe niemand geantwortet, weil ich nicht konnte, noch nicht kann, und überhaupt in Zukunft nicht können werde: denn das bischen Zeit und Kraft muß ich auf ein wichtiges Geschäft verwenden, das ich noch vollenden muß.

Den vortrefflichen Brief Ihrer lieben Tochter, meiner herzlich geliebten Frau Nichte, beantworte der Herr durch seinen Geist an ihrem Herzen. Wir alle grüßen Sie alle herzlich. Der Herr sei Ihnen nahe und auch Ihrem

ewigen Bruder

Jung Stilling.

---

*) Wahrscheinlich einer der letzten Briefe, die Jung-Stilling geschrieben hat; denn er starb bereits am 2. April 1817.

Ein Biograph von durchsichtiger Klarheit, ein Beurteiler voll Kennerschaft und Bewunderung, ein Erläuterer von feinfühlendem Geschmack und liebreichem Verstehen ist neuerdings für unseren prachtvollen Conrad Ferdinand Meyer in Dr. August Langmesser erstanden. In einem 536 seitigen, mit einer — ganz dem Wesen des Schweizer Dichters entsprechend! — gewissen signorilen Großartigkeit gedruckten Buche hat er uns ein umfassendes Bild C. F. Meyers gestaltet. Der Aufbau des Werkes ist ausgezeichnet gegliedert. Zuerst das Leben des Poeten: Der Naturboden, Werden und Wachsen, Stilles Reifen, Erste Früchte, Auf der Höhe des Lebens und Schaffens, Herbststürme, Ausgang. Hundert Zeugnisse sind herbeigeschafft. Intimes, Briefe des verblichenen Dichters an Zeitgenossen, an Freunde und geliebte Verwandte, Aussprüche namhafter Leute über C. F. Meyer, die Lebensskizze seiner Schwester über ihn (von uns seinerzeit eingehend gewürdigt), andere schon erschienene Schriften desselbigen Themas und manches sonstige. Alles hat A. Langmesser erwogen und durchdrungen. Und so entwickelt sich C. F. Meyers Werdegang vor uns. Klar und schön erzählt Langmesser. Nicht etwa mit dem Wust von Kommentaren und Zitaten. Keine Spur von derlei langweiligem Ballast. Nur gewichtige und aufhellende Briefstellen. Durch diese Darstellungsweise kommt in mancherlei Licht, was uns bis jetzt im Dunkel war . . .

Norddeutsche Allg. Zeitung.

. . . Die Biographie ist fesselnd geschrieben, stellt alle Phasen der Entwicklung Meyers ins rechte Licht und läßt auch auf seine Zeitgenossen und auf Zeitereignisse interessante Schlaglichter fallen . . .

Die mittlere Partie von Langmessers Buch behandelt die Werke des Dichters unter gelegentlicher Rückbeziehung auf die vorangegangene Biographie. Die Darstellung ist hier eine schöne und klare mit Vermeidung aller Weitschweifigkeit.

Und so dürfen wir uns dieses neuen Buches über den großen Schweizer Dichter herzlich freuen . . . J. V. Widmann in „Der Bund“, Bern.

Wir betrachten dieses Werk als eine vorzügliche Einführung in das Verständnis des Wesens des Dichters und seiner Schöpfungen; es wird jedem, der den Dichtungen Meyers nahe oder näher treten will — und wer möchte dies nicht? — beim ersten und letzten Studium wertvolle Fingerzeige und Erläuterungen geben, indem es die Wurzeln dieses Genius mit liebevoller Hand aufdeckt, das Werden seiner Schöpfungen von ihrem ersten Gedanken bis zur reifen Ausarbeitung mit Wärme, aber ohne irreführenden Überschwang beleuchtet und schildert und sie in Beziehung setzt zum Wesen und Denken und zu den Lebenserfahrungen des Dichters.

Der Freie Rätier, Chur.

... Mit liebevoller, kundiger Hand hat der Verfasser zwischen diesen Selbstbekenntnissen die verknüpfenden Fäden gezogen, und der wunderschöne Stil, in welchem diese eigenen Abschnitte Langmessers abgefaßt sind, die Gliederung und Schreibart des ganzen Werkes überhaupt, scheinen unseres Erachtens beinahe sein größter Vorzug. Man hat die Empfindung, als ob der Biograph sich an dem prächtigen, bilderreichen, dabei aber doch stets anschaulich-klaren Stile des beschriebenen Dichters selbst gebildet und erwärmt, im Gedenken an ihn seine Sätze geformt hätte; so liest sich denn das Buch meist keineswegs wie eine nüchterne wissenschaftliche Abhandlung, sondern vielmehr wie ein aus warmem, geistesverwandtem Herzen quellender Nachruf ... Davoser Blätter.

... Referent bekennt gerne, daß ihm der berühmte Erzähler Meyer durch Langmesser vielfach nähergetreten und auch verständlicher geworden ist, ja dieser hat ihn auf manche Schönheit in den Dichtungen Meyers, die ihm entgangen war, aufmerksam gemacht, und einigem, was ihm etwas allzu erkünstelt erscheinen wollte, mehr genähert ...

Was dem Buche Langmessers Wert gibt, ist der Umstand, daß ihm, der Meyer zwar kannte und persönlich noch sprach, aber der nicht in näherem Verkehr mit demselben gestanden ist, von der Gattin, die ihrem Mann in seiner spätern Lebenszeit eine so treue und gute Lebensgefährtin war, und die auch ein freundliches Dasein ihm zu rüsten verstand, manches aus dem Nachlaß und dem Briefwechsel und auch aus ihren persönlichen Erinnerungen mitgeteilt wurde. Wir hören von dem Verkehr desselben mit Felix Dahn, Anna von Doß, Ernst Eckstein, Louise von François, Detlev von Liliencron, Hermann von Lingg, Alfred Meißner, Julius Rodenberg, Ernst Stückelberg, Louis Vuillemin, Joseph Viktor Widmann, Georg von Wiß, Rahn usw. Die deutschen Literaten haben ihm, das zeigt sich auch hier, allezeit eine große Bewunderung entgegengebracht, ihn umschmeichelt und umworben und sein künstlerisches Selbstbewußtsein mächtig gehoben, ihn jedoch auch, vielleicht mehr als es seiner eigentlichsten Anlage entsprach, modernen Strömungen, beispielsweise in der Kulturkampfzeit, näher gebracht.

Aber es ist nicht nur ein reiches, stoffliches Material, was die Biographie Langmessers lesenswert macht, sondern auch seine fleißige und in einem edlen Tone gehaltene Darstellungsart. Man hat den Eindruck, daß es dem Verfasser ein ernstliches Anliegen war, sich auf der Höhe seines Stoffes zu halten und von einem Dichter auch in einer Weise zu reden, die seiner nicht unwürdig ist. Abgesehen von einzelnen Wendungen, Provinzialismen oder wieder gesuchten Ausdrücken, ist die Sprache eine edle und lichtvolle. Die Darstellung verliert sich nicht in Abschweifungen, fällt aber auch nicht durch gekünstelte Kürze auf. Das Buch ist architektonisch gut gegliedert ... L. Pestalozzi im „Ev. Wochenblatt", Zürich.